W0281942

DU MÊME AUTEUR

Biographies

MONSIEUR DASSAULT, Balland, 1983, Portaparole, 2010

GASTON GALLIMARD, Balland, 1984 (Grand prix des lectrices de *Elle*) (« Folio » n° 4353)

UNE ÉMINENCE GRISE, JEAN JARDIN, Balland, 1986 (« Folio » n° 1921)

L'HOMME DE L'ART, D.-H. KAHNWEILER, Balland, 1987 (« Folio » n° 2018)

ALBERT LONDRES, VIE ET MORT D'UN GRAND REPORTER, Balland, 1989 (prix de l'Essai de l'Académie française) (« Folio » n° 2143)

SIMENON, Julliard, 1992 (« Folio » n° 2797)

HERGÉ, Plon, 1996 (« Folio » n° 3064)

LE DERNIER DES CAMONDO, Gallimard, 1997 (« Folio » n° 3268)

CARTIER-BRESSON. L'ŒIL DU SIÈCLE, Plon, 1999 (« Folio » n° 3455)

PAUL DURAND-RUEL, LE MARCHAND DES IMPRESSIONNISTES, Plon, 2002 (« Folio » n° 3999)

ROSEBUD, éclats de biographies, Gallimard, 2006 (« Folio » n° 4675)

Entretiens

LE FLÂNEUR DE LA RIVE GAUCHE, AVEC ANTOINE BLONDIN, La Table ronde, 2004

SINGULIÈREMENT LIBRE, AVEC RAOUL GIRARDET, Perrin, 1990

Récit

LE FLEUVE COMBELLE, Calmann-Lévy, 1997 (« Folio » n° 3941)

Documents

DE NOS ENVOYÉS SPÉCIAUX : LES COULISSES DU REPORTAGE, J.-C. Simoën, 1977 (en coll. avec Philippe Dampenon)

Suite des œuvres de Pierre Assouline en fin de volume

TU SERAS UN HOMME, MON FILS

PIERRE ASSOULINE
de l'Académie Goncourt

TU SERAS UN HOMME, MON FILS

roman

GALLIMARD

© *Pierre Assouline et Éditions Gallimard, 2020.*

À mon père
Marcel Assouline
plus que jamais

« Nous avons existé par cela, cela seul
Qui n'est point consigné dans nos nécrologies
Ni dans les souvenirs que drape la bonne aragne
Ni sous les sceaux que brise le notaire chafouin. »

T.S. ELIOT,
La Terre vaine
(traduit de l'anglais par Pierre Leyris)

PROLOGUE

Londres, le parvis de l'abbaye de Westminster

23 janvier 1941

Ce matin, j'ai quartier libre. Le formuler ainsi sonne assez martial mais qu'est-ce qui ne l'est pas en ce moment ? Aussi j'en profite pour flâner à Piccadilly du côté de chez Hatchards, à l'affût des nouveautés en musardant dans les rayons des classiques avec la même gourmandise. Puis, après une heure ou deux à fureter dans la librairie, je reprends mon errance dans la ville ; et, sans que je puisse me l'expliquer, je me laisse porter par mes pas jusqu'à l'abbaye de Westminster, incapable d'en franchir le portail tant le parvis fige mes souliers en ses dalles. Je reste là, debout et immobile, de longs instants face à la grande rosace.

Ce qui me paralyse, ce n'est pas le spectacle des dégâts causés par les derniers bombardements de la Luftwaffe, mais bien la réminiscence de mon émotion ici même, il y a cinq ans, pour les funérailles nationales de Rudyard Kipling. Je me souviens que, soudain, la foule immense s'était fendue dans un silence impressionnant : la houle des inconnus s'était ouverte naturellement pour laisser un couloir aux généraux et aux amiraux, aux lords et aux ministres, à commencer par le premier d'entre eux, aux anciens combattants des guerres sud-africaines et aux parlementaires, aux éditeurs et aux traducteurs, aux *clubmen* et aux francs-maçons, aux amis et aux artistes, à l'ambassadeur de cette France dont il disait qu'elle était sa seconde patrie et même à des gens qui lui avaient inspiré des personnages, dont les noms occupèrent toute une colonne dans le *Times* du lendemain, mais pas aux écrivains. On n'en vit pas, même pas J.M. Barrie, le père de Peter Pan, qui avait pourtant accepté d'être des porteurs mais renonça à la dernière minute. À croire que ses pairs n'avaient pas leur place dans cette cérémonie d'adieu à une vision du monde. Ils manquaient au cortège fait à ce cercueil qui semblait si dérisoire ainsi recouvert du drapeau de l'Empire.

Cette foule était venue honorer le plus grand poète de l'Empire britannique, l'intransigeant défenseur d'un ordre menacé, le conservateur absolu de la tradition le plus libre et le plus indépendant qui fût, le conteur qui avait enchanté l'enfance de chacun, le lauréat du prix Nobel de littérature, l'homme connu pour sa notoriété, ou tout simplement un Anglais ordinaire de génie, qui sait. Dans sa bénédiction, le doyen de Westminster loua en lui le prophète de tant de générations. Chacun donnait l'impression d'avoir perdu un ami proche. Ces gens à la mine grave, murés dans la peine sinon dans le chagrin d'un moment fraternel, se recueillaient. Ils reflétaient l'inoubliable poème qu'Auden avait écrit en hommage à Yeats à la mort de ce dernier. Il y est dit, je crois, que les langues affligées cachèrent la mort du poète à ses poèmes et que dès l'instant où la vie déserta son corps, il devint ses admirateurs. À nous aussi de devenir les modestes auteurs de nos propres vies.

De son vivant, Rudyard Kipling était l'un de ses personnages. Ce jour-là, lui aussi était devenu ses admirateurs.

Quant à moi, dès que la nouvelle de sa mort fut diffusée, j'avais aussitôt laissé en plan mes obligations professionnelles et fait le voyage depuis Paris afin de lui exprimer ma gratitude. Pour son œuvre bien sûr mais avant tout pour un poème. J'avais découvert « If... » dès sa parution en anglais, en 1910.

Connaissant mon admiration pour l'auteur, ma grand-mère m'avait offert pour mon anniversaire le recueil *Rewards and Fairies* qui le contenait. Peut-être cherchait-elle aussi à me rapprocher de mon propre père. Quand il avait brutalement quitté la maison, abandonnant tout et tous derrière lui, ma mère ne supportant plus la présence de ses livres, ma grand-mère voulut bien hériter de sa bibliothèque. Ce livre s'y trouvait, corné, biffé, souligné. Qu'il figurât parmi les récits historiques contre-révolutionnaires et les pamphlets nationalistes qui constituaient l'ordinaire des lectures de mon père me surprenait. Et plus encore lorsque je découvris ce poème qui portait dans la marge des signes de sa main. Il est vrai qu'on pouvait le lire comme un appel, une prière, une supplication, une exhortation d'un père à son fils.

« If... » avait changé le cours de ma vie. Car une poignée de vers peut engager une existence. Sans lui, rien ne dit que je me serais retrouvé à Londres ce 23 janvier 1941, sur le parvis de cette abbaye de Westminster dont

Kipling aimait à rappeler d'une formule bien dans sa manière qu'elle était « le centre spirituel de notre race ».

Je me retrouve ferré dans le ressouvenir, sans en souffrir mais non sans mélancolie, cinq ans plus tard à quelques minutes près, dans cette ville qui se relève à peine des orages d'acier allemands avec un courage inouï. Il y a quinze jours, Londres n'était qu'un incendie. Pour les membres de la plus ouverte des sectes, entendez les abonnés du *Kipling Journal*, cela a eu des conséquences très concrètes : « Jusqu'à nouvel ordre, l'adresse de la Kipling Society sera 2 High Street, Thame, Oxfordshire. Ce changement s'est avéré nécessaire à la suite des dommages causés dans nos bureaux londoniens par des raids aériens. » En découvrant cette annonce, je me suis promis de la faire étudier à mes élèves de Janson-de-Sailly un jour, lorsque la guerre serait finie, comme modèle de litote, les Anglais ayant le don de cultiver l'*understatement* comme l'un des beaux-arts au même titre que le jardinage.

Moins on raisonne, mieux on laisse résonner ; face à cette abbaye plus grande que nos vies, un de ces rares édifices historiques qui donnent l'étrange sensation de nous faire ressentir le temps, les yeux clos, je perçois à nouveau l'écho lointain des psaumes de la liturgie anglicane ; à la fin de la cérémonie, sur la musique assourdie des orgues, le chant du « Recessional » que Kipling avait composé pour le jubilé de diamant de la reine Victoria s'était élevé, entonné par les officiants quittant le chœur en procession à pas mesurés pour rejoindre la sacristie. Épouvanté par l'optimisme qui régnait dans le pays alors que pour l'écrivain tout portait à l'inquiétude, il l'avait conçu comme une manière de conjurer le mauvais œil puisqu'il célébrait la grandeur de l'Empire autant qu'il prévenait de la menace de sa perte. Beaucoup ne voulaient en retenir que sa dimension positive et occultaient la mise en garde qu'il exprimait. Contre l'arrogance colonialiste, c'était un appel à la réflexion et à l'humilité. Mais les paroles en étaient si solennelles, et si marquées de la réputation de l'auteur, qu'on les interpréta comme une exaltation de l'Empire. Tout Kipling était là et le malentendu n'a jamais cessé.

Le jour de ses funérailles, la radio diffusait ses poèmes : « Le drapeau », « Les sept mers », « La chanson des Anglais »... C'était son jour, à n'en pas douter. Et pourtant, l'hommage dut être interrompu. Quelques heures plus tard, au même endroit, quelque huit cent mille Britanniques, parmi lesquels les mêmes personnalités qui venaient de rendre hommage à Kipling, défilaient devant le sceptre, le manteau du Sacre et l'étendard royal pour leurs adieux à George V mort juste après lui. On entendit le carillon de Big Ben sonner soixante-dix fois en son honneur. La nation prenait la mesure de sa propre continuité, le sens de sa durée dans la lignée des siècles. On s'en doute, un nom dépassait l'autre, mais les deux demeurèrent associés dans l'esprit des gens et dans les journaux, d'autant que la forte amitié qui les liait était connue de tous. On eût dit que Sa Majesté emmenait son héraut avec lui dans l'au-delà. Nul n'osa dire qu'elle lui volait la vedette. L'écrivain, pourtant, en avait l'habitude : lors de la remise de son Nobel, alors qu'il se trouvait déjà à Stockholm pour se rendre aux festivités, les banquets, cérémonies et discours furent annulés in extremis en raison de la mort du roi Oscar II deux jours avant…

Un tableau me revient confusément en mémoire dont je n'arrive pas à me défaire ; l'image aux contours mal définis s'incruste comme l'air entêtant d'une chanson dont on ne parvient pas à se débarrasser. Ce tableau, je n'identifie ni son thème, ni son titre, ni même son auteur. Juste une masse noire indistincte et deux ou trois personnages au loin précédés d'une lanterne, c'est tout malgré mes efforts. J'en suis là lorsqu'une voix menaçante, heureusement familière sans quoi elle m'eût inquiété, accompagnée il est vrai du canon d'un pistolet enfoncé entre mes omoplates, me sort de mon rêve éveillé :

« Lieutenant Lambert ! rendez-vous. Les yeux, vous êtes cernés ! »

Ce rire franc et généreux est celui de mon fils, mon unique enfant, si on peut encore appeler ainsi un grand gaillard de vingt et un ans aux épaules larges, à la poignée de main broyeuse, sanglé dans son uniforme de soldat de la France libre. Bien que nous ayons pris notre frugal petit déjeuner en famille à la maison ce matin, nous tombons dans les bras l'un de l'autre comme de vieux camarades sains et saufs, heureux d'en avoir réchappé, longtemps après la bataille.

« Mais que fais-tu là ? Ne me dis pas que tu m'as suivi…

— Je suis quand même ton fils, non ? fait-il en haussant les épaules. Et quand on s'appelle Louis Lambert, professeur révoqué du lycée Janson-de-Sailly, de ce fait réfugié à Londres avec sa famille, que le jour se lève sur le cinquième anniversaire de la mort du cher, de l'immense, de l'insubmersible, de l'immarcescible poète du Royaume-Uni, où peut-on se trouver ailleurs que sur ce parvis un jour pareil, n'est-il pas ? »

Nous faisons quelques pas, mon bras appuyé au sien non par nécessité (je me tiens encore bien droit à condition qu'une toux irrépressible ne me force pas à me courber), mais par affection.

« C'est bête mais je n'arrive pas à franchir le seuil de l'abbaye », dis-je, la voix légèrement étranglée.

Mon émotion doit être palpable puisqu'il retire la main de sa poche, la pose sur mon épaule de manière à m'envelopper délicatement comme pour me protéger d'un ennemi d'autant plus invisible qu'il est intérieur, et, l'air de rien, me pousser à la confession. À peine avons-nous franchi la nef où furent sacrés des Plantagenêts que des vannes s'ouvrent en moi, libérant un flot de paroles inattendues dans ma bouche.

« … Et si je ne devais conserver qu'une seule image de cette journée, ce serait probablement celle d'un inconnu, un certain Mr Prynn si ma mémoire est bonne, qui s'avança une fois que toutes les couronnes officielles avaient été déposées, et Dieu sait qu'il y en eut. Les plus sobres furent les plus remarquées : celle de ses anciens camarades de classe et celle d'un employé de sa propriété qui, sachant son amour des arbres, tressa une couronne de feuilles de chêne, de frêne et d'aubépine. Celle de Mr Prynn était plus simple encore, faite de fleurs et de feuillages. Cet inconnu était le jardinier chargé de l'entretien du cimetière militaire britannique de Loos-en-Gohelle, dans le nord de la France. Seuls ceux qui connaissaient bien Kipling comprirent pourquoi de tous les hommages, celui-ci, le plus poignant, l'aurait bouleversé. »

À cette évocation, mon fils serre mon bras en réconfort.

« Quand je pense qu'il y a quelques mois à peine, le HMS *Kipling* ainsi baptisé en son honneur, avec six autres destroyers de la Royal Navy, escortait un cuirassé pour bombarder le port de Cherbourg... À croire que le vieux bonhomme fait encore entendre sa colère d'outre-tombe ! Quel type... »

Quelques personnes, des Français probablement, se sont arrêtées non loin de nous et paraissent m'écouter avec toute l'attention due à un guide alors que je parlais bas. Des lecteurs sans aucun doute qui avaient probablement entendu son nom au passage. Je n'ai pourtant rien d'un éminent spécialiste de son œuvre. N'empêche que son monde m'est familier.

Si je reconstitue ce que je sais de lui, si je rassemble mes lambeaux de mémoire, si j'enchevêtre mes éclats de choses vues, je me rends compte que je n'ai même pas eu à enquêter sur lui tant le procédé m'est étranger : il m'a suffi d'être habité par lui et par ses mots. Une imprégnation absolue.

Mon fils, qui veut conserver son caractère intime à notre déambulation, m'entraîne aussitôt plus loin vers la chapelle d'Édouard le Confesseur ; puis, pressentant que je lui dévoilerais plus avant cette part essentielle de ma vie, il guide nos pas en direction du cloître.

« Mais, papa, te rends-tu compte que tu me parles *vraiment* de lui pour la première fois alors que tu sais que je pars peut-être demain en mission et que l'on ne se reverra peut-être pas… avant un certain temps ? dit-il en adoptant un léger ton de reproche, se plaçant face à moi, ses mains posées de part et d'autre de mes épaules.

— Me l'as-tu jamais demandé ? Je ne peux pas répondre à des questions que l'on ne m'a pas posées… »

Son silence embarrassé, accentué par un regard qui perd soudainement toute assurance, s'estompe derrière un sourire amusé lorsque je lui demande s'il connaît Vernet-les-Bains. Ma manière à moi de détendre l'atmosphère, de nous aider à supporter notre commune émotion. Le rappel de son probable départ vers la France occupée a réveillé en moi une sourde angoisse. Toutes les incertitudes et tous les dangers liés à cette mission dont il ne peut rien me dire de précis m'inclinent alors à lui confier cette histoire durant laquelle il a vu le jour. Je me surprends à la lui raconter comme si je ne devais plus jamais le revoir.

« Vois-tu, mon fils, entre Kipling et moi, ça a commencé comme ça… »

I

AVANT-GUERRE

I

Vernet-les-Bains

On raconte parfois que les hauts lieux favorisent les grandes rencontres. Du moins en est-il souvent ainsi dans les romans. L'hôtel du Parc avait certes quelque chose de majestueux. Lorsque l'hôtel Ibrahim Pacha en devint la dépendance, avec son décor imaginé par l'hôte le plus exotique de l'endroit, ce prince que l'on disait fils du pacha d'Égypte et de Constantinople, ce général qui l'avait inventé de toutes pièces après avoir séjourné dans la ville en 1846, le prolongement donna à l'ensemble une touche inattendue.

Nous n'étions jamais que dans un village des Pyrénées-Orientales, sur le versant noir du massif du Canigou, montagne sacrée des Catalans culminant à 2 784 mètres. Et pourtant, ce microcosme occitan avait vraiment l'air international en ce mois de mars 1914, comme souvent à cette époque de l'année. Une certaine douceur de vivre régnait dans ses rues. D'ailleurs, on y entendait parler anglais sans que nul en fût surpris. Me croira-t-on si je révèle qu'en ce temps-là, le *Times* publiait chaque jour dans la page du bulletin météo les humeurs annoncées du climat et des températures à Londres, au Royaume-Uni, dans l'Empire où jamais le soleil ne se couche et à Vernet-les-Bains ?

Les endroits m'étaient familiers depuis mon enfance. Invariablement, mes parents choisissaient d'y faire une longue halte au retour des grandes vacances, leur manière de nous purifier au grand air avant d'affronter la rentrée et la frénésie parisienne. Notre tradition avait connu une légère évolution. Cela faisait déjà un certain temps que je ne parlais plus à mon père. Désormais, bien que je fusse entré dans la vie active depuis quelques années déjà, j'accompagnais seul ma grand-mère en villégiature à Vernet, perspective qui me comblait tant sa présence était lumineuse ; avec le temps, mon attachement à sa personne demeurait sans mélange, et la qualité de notre compagnonnage, si j'ose dire, intacte.

Contrairement à mon père, je l'adorais, et elle ne manquait jamais une occasion de me faire ressentir que c'était réciproque ; conscient de mon privilège, je savourais chacun de nos instants comme si c'était le dernier. Dotée d'une mauvaise santé de fer, elle n'en laissait rien paraître et donnait le change, ce qui ne passait pas inaperçu dans ce colloque permanent de rhumatisants, de goutteux et d'arthritiques. Ma grand-mère tenait et se tenait, elle se dressait contre les misères de l'âge ; renoncer à ce mode de vie lui aurait paru manquer à la plus élémentaire dignité. Une attitude qu'elle soutenait en toutes circonstances avec un sourire jamais forcé en accord avec le bleu de ses yeux. Au fond, elle était élégante en toutes choses, mais à sa manière, solidaire de tous ses âges, fière de ses cheveux blancs et lucide sur ses quelques absences ; même l'élégance du commun, celle des habits, elle la considérait non comme une question de robe mais comme une idée qui flotte autour d'un corps. Elle avait… *a touch of class* – et ce n'était pas un hasard si l'expression semblait si délicate à rendre en français. Hermétique au cynisme, à la cruauté, à la perfidie, à la perversité des salons qu'elle avait jadis fréquentés, c'était une femme d'esprit qui déployait culture et malice avec l'air de ne pas y toucher. Tout en elle manifestait qu'elle était inaccessible à la désillusion, parvenue à une saison de la vie où l'on peut se croire enfin débarrassé du moindre désir de reconnaissance et des méfaits de l'amour-propre. Je lui devais tant, à commencer par mon goût pour la littérature.

Quand nous étions petits, la famille déjeunait chez elle les samedis et dimanches. Elle avait eu l'idée de choisir des maximes de La Bruyère, des épigrammes de Martial ou des fables de La Fontaine, de les recopier sur des feuilles et de les coller au cabinet de toilettes, sur le mur face au trône. Assis, nous n'avions rien d'autre à faire que de lire, d'autant que c'était placé juste à la hauteur de nos yeux ; c'est ainsi qu'elle nous a non pas initiés mais éveillés à la littérature. Elle savait y faire, pas de doute. Elle m'apprit aussi à rêver sur des livres et me persuada que trouver un ouvrage familier dans une auberge où l'on couche, c'est comme reprendre une conversation à l'impromptu avec un ami que l'on se réjouit de retrouver.

En y repensant, non, vraiment, je n'avais pas le sentiment de sacrifier quoi que ce soit en faisant office de chevalier servant durant une semaine à cette époque de l'année. N'eût été notre lien de sang et une certaine différence d'âge, je l'aurais volontiers épousée, Eugénie. Contre toute logique, je n'envisageais pas la vie sans elle. À cette seule pensée, je mettais ma main sur la sienne déjà bien parcheminée mais dont la peau demeurerait pour moi à jamais inoubliable.

Au départ de la gare du quai d'Orsay à Paris, nous avions rejoint sans encombre Villefranche-de-Conflent par le chemin de fer, où une diligence était venue nous chercher. Nous n'avions pas déposé nos valises à l'hôtel du Parc depuis vingt-quatre heures, le temps de prendre la mesure du temps et de tisser autour de nous les premiers fils d'une toile d'habitudes, que, dans la vaste salle à manger en bordure du jardin d'hiver, alors que nous venions à peine de commander les plats, son visage se métamorphosa : les traits d'abord figés par une sidération vite métamorphosée en stupéfaction, les yeux écarquillés, elle se saisit de son mouchoir en dentelle pour dissimuler sa bouche, se contenant mal. Le regard baissé vers son assiette encore vide, elle se retenait de pouffer.

« C'est si drôle que cela ?...

— Ne te retourne pas, mais c'est lui, j'en suis sûre, dit-elle.

— Lui ?

— Ton grand homme, ton poète, tu sais bien...

— Mallarmé, ici, ça m'étonnerait... Ça fait bien quinze ans qu'il est mort !

— Mais non, ton Anglais, celui dont tu nous parles tout le temps... »

Incrédule, je laissai tomber ma serviette et me retournai discrètement en la ramassant. Quelques rangs plus loin, à une table occupée par plusieurs personnes, les visages convergeaient vers un homme écouté avec autant de respect que de crainte. Il avait tout d'un orateur s'exprimant du haut d'une tribune et d'une réputation.

« Il y a bien quelque chose de lui, en effet. Mince, crâne dégarni, petite moustache, lunettes finement cerclées, mais enfin c'est là une description d'un physique banal, pour ne pas dire ordinaire, je connais même nombre de Français qui y correspondent. »

Animée de sa délicatesse coutumière, ma grand-mère n'insista pas, d'autant que le vol-au-vent n'attendait pas. Réputée pour son verbe éclatant, elle savait demeurer d'une grande discrétion si la circonstance l'imposait. Elle n'en avait pas moins introduit le doute en moi. Après tout, Vernet-les-Bains était prisée des riches curistes anglais. Puis notre conversation se poursuivit selon un rituel si bien établi que nous l'avions tous deux intégré comme un réflexe naturel : j'exposais (brièvement), elle commentait (longuement). Quoiqu'elle eût dévié sur l'assassinat du patron du *Figaro* à son bureau par Mme Caillaux, l'épouse du ministre des Finances outrée de la campagne de dénigrement dont son mari était la cible (« Une femme de caractère ! mais six balles, tout de même... »), sa remarque m'avait intrigué.

À la fin du repas, après l'avoir raccompagnée dans sa chambre pour une sieste à laquelle rien ni personne ne l'aurait fait déroger, je me dirigeai du côté du casino, épicentre de la société de villégiature, plus précisément au Club anglais où j'étais à peu près certain de retrouver nombre de clients de l'hôtel. Cela ne manqua pas. Notre homme y prenait place en compagnie d'un autre bien plus âgé, tous deux bavardant dans un coin isolé près de la fenêtre, dans la vaste bibliothèque internationale. Comme un canapé en cuir repoussé leur tournait le dos tout près, je m'y installai afin de ne rien perdre de leur entretien.

Manifestement, ils se connaissaient bien. En reconstituant les bribes de leurs échanges, je parvins à en déduire que l'aîné des deux était un vieil ami du père de l'autre, qu'il avait été un officier de haut rang, et même commandant en chef de l'armée des Indes :

« Quand je pense que j'avais une vingtaine d'années à peine, et que vous acceptiez de bavarder de la situation avec moi alors que je n'étais qu'un modeste reporter du *Pioneer,* autant dire rien…, dit son interlocuteur avec une pointe d'admiration. Était-ce à Simla ou à Allahabad, je ne sais plus, mais je vous en serai toujours reconnaissant.

— Nous avions parlé de la vie de baraquement et de la criminalité dans l'armée. De grands sujets ! C'est que vous étiez alors très sérieux, mon cher. »

Ils partirent d'un même éclat de rire. Vraisemblablement, ils avaient depuis développé une amitié. Peut-être même étaient-ils convenus de se retrouver à Vernet-les-Bains avec leurs femmes. Leur propos dévia sur la nation hôte. L'inconnu était de toute évidence un authentique francophile :

« Voyez-vous, lord Roberts, quand on aime la France et les Français, mars est le meilleur mois du point de vue touristique. La France cesse d'être tout à son ouvrage pour se nettoyer, s'élaguer, se tailler, se repeindre. Cet équilibre inébranlable, cette capacité à s'exprimer utilement, et travailleurs avec cela… Vraiment, c'est une nation d'artistes.

— Tout ce que nous ne sommes pas, en quelque sorte. Je crois que ce sont là des impressions de randonneur…

— C'est que la France a l'intuition du continent auquel elle appartient. Alors que l'Angleterre est un paquebot qui a jeté l'ancre au large d'un monde qu'elle visite parfois. »

Puis ils se levèrent pour s'adonner à l'occupation favorite de ceux qui se trouvaient là à la seule fin d'accompagner une épouse défaillante : marcher. Dans le parc ou la vallée, en montagne en solitaire ou en compagnie, mais marcher, marcher, marcher jusqu'au vertige. Je me croyais seul dans le fumoir alors qu'un homme avait pris place depuis un bon moment déjà à l'autre bout du canapé ; mais il était si discret, installé derrière un scotch qui n'était sûrement pas le premier, plongé dans la lecture du *Daily Telegraph*, que je ne l'avais pas remarqué. Une quarantaine d'années, affable, rond plutôt qu'enveloppé, tirant sur son cigare avant de le mâchouiller, on pouvait deviner que sa physionomie annonçait son âme. La franchise de sa poignée de main me le confirma. Il se présenta. Holmes, Edward Holmes. Un journaliste, je l'aurais parié, mais un correspondant de guerre, je ne l'aurais pas juré. Il n'avait rien d'un baroudeur ni d'un militaire reconverti. Surtout dans ce cadre, encore que les lambris alentour n'empêchaient pas de l'imaginer dans des situations extrêmes. Mais non, cet intellectuel tombé en journalisme par nécessité paraissait échappé d'une nouvelle de Tchekhov. On le sentait lourd du fardeau d'une vérité humaine qu'il ne pouvait ni porter ni éviter de porter.

« À votre avis, l'homme qui parlait à lord Roberts…, tentai-je.

— C'est lui.

— Lui qui ?

— Kipling, quelle question ! fit-il en levant les bras en l'air. Rudyard Kipling, "l'illustre écrivain" comme on dit chez vous ! »

Décidément, ma grand-mère avait l'œil et le bon. Pourtant, les portraits de Kipling n'étaient pas si répandus et rien dans sa physionomie n'accrochait vraiment le regard. Pas même sa mise si courante chez les Anglais. Encore que, contrairement aux autres clients du grand hôtel, lui ne rutilait pas. Sa patine lui était naturelle, sans antécédent clair. À distance, au *vu* de ce que dégageaient son charisme, son magnétisme, sa présence, elle l'avait *senti,* voilà tout.

« Vous le connaissez ? Je veux dire : pas seulement en tant que lecteur ?

— On s'est rencontrés en 1900 dans le sud de l'Afrique. La seconde guerre des Boers. Il avait pris la défense de la cause britannique contre l'indépendance de l'État libre d'Orange et de la République du Transvaal. Il a même offert la moitié des droits d'auteur de son poème "Le mendiant distrait" qui a connu un immense succès à un fonds d'aide aux familles des soldats. À cette époque, Rud, ses familiers l'appellent ainsi, disait que la guerre était un drôle de truc, un croisement entre le poker et l'école du dimanche, mais surtout du poker. Là aussi, lord Roberts était commandant en chef. Vous avez peut-être lu un poème de Rud intitulé "Bobs"… Eh bien, Bobs, c'est cet homme ! Ils forment un sacré tandem, ces deux-là. On n'en parle certainement pas dans votre presse, mais dans la nôtre, quel pétard ! depuis quelques années ils ont fait campagne pour instaurer un service militaire obligatoire afin de réagir à la menace allemande, en vain jusqu'à présent. Ils ne sont pas suivis.

— Et comment avez-vous fait connaissance ?

— Mon journal m'avait envoyé couvrir les événements. On croisait tout le monde au Mount Nelson Hotel. Tous les honorables membres du "Boers Circus" : Bennett Burleigh du *Daily Telegraph*, Gwynne de Reuter, Julian Ralph du *Daily Mail*, et Amery pour le *Times*, j'allais oublier le principal quand il est devenu son grand ami, Perceval Landon que le *Times* avait chargé de ne pas quitter lord Roberts d'une semelle à la tête de son armée sur le terrain. Un jour, ses hommes ont réquisitionné les locaux et les machines de *The Express*, un journal boer, pour le remettre à Landon et Gywnne afin qu'ils y fabriquent *The Friend of the free state*, une gazette destinée aux troupes britanniques. Ils m'ont appelé pour leur donner un coup de main. L'expérience a duré un mois mais ça m'a permis de faire la connaissance de Kipling, réquisitionné lui aussi, en quelque sorte, et ravi de prêter main-forte. C'était juste après la chute de Bloemfontein. Depuis, on ne s'est pas perdus de vue. On s'est retrouvés aux États-Unis quand il vivait dans le Vermont. Et maintenant, ici ou là, depuis que je suis chroniqueur des mondanités sur la Riviera et ailleurs. Il me tolère parce que je ne lui ai jamais demandé d'interview. Je suis considéré comme un ami de la famille. »

J'avais du mal à contenir l'excitation dans laquelle

cette révélation me plongeait. Je passais pourtant pour un animal à sang froid. Sauf que, ce jour-là, je ne contrôlais pas une situation que, dans mes rêves les plus fous, je n'aurais jamais osé préméditer.

« C'est incroyable, vous ne vous rendez pas compte. C'est la Providence qui vous envoie à Vernet-les-Bains lui et vous, la Providence, le hasard, la grâce, appelez cela comme vous voulez. Vous croyez que je pourrais lui parler ? »

Holmes se gratta la moustache qu'il avait bien épaisse. Mon état l'intriguait. Il me considéra ironiquement avec un air de fausse gravité, de bas en haut et de haut en bas, comme si je postulais à un emploi qui requérait des qualités athlétiques dont il se porterait garant dans une lettre de recommandation qu'il se ferait fort de rédiger.

« Ça dépend, c'est important ?

— Pour moi, vital.

— Comme vous y allez ! s'exclama-t-il. Si c'est une question de vie ou de mort...

— Il s'agit d'un poème. Juste un poème.

— En effet... Je dois le retrouver pour le souper avec Carrie, sa femme. Il descend toujours avant elle pour humer l'atmosphère, observer le ballet des nouveaux arrivants, écouter aux portes surtout quand il n'y en a pas, tout ça. J'en fais autant mais pour glaner des informations. Lui, c'est autre chose. On est écrivain ou on ne l'est pas. Cette moisson le nourrit. À tout à l'heure et on verra ça. »

Je ne me le fis pas dire deux fois. Avec ce genre d'homme, on pouvait se sentir tout de suite familier. Déjà, je ne lui donnais pas du monsieur, je l'appelais

Holmes à l'égal d'un collègue, comme disent les fonctionnaires dans l'Instruction publique, ou d'un confrère comme c'est courant chez les gazetiers. Il avait quelque chose d'un personnage à la Chesterton pour qui le journalisme consiste à dire : « Lord Jones est mort » à des gens qui n'ont jamais su qu'il existait. Je le remerciai et le quittai avant de revenir aussitôt sur mes pas :

« Comment dois-je être avec lui ?

— Suivez le conseil d'Oscar Wilde et tout ira bien.

— Mais encore ?

— "Soyez vous-même, tous les autres sont déjà pris" », dit-il en modifiant son timbre de voix.

Ce qui ne fit qu'augmenter mon embarras. D'autant qu'à bien y réfléchir, je n'avais pas l'intention d'emprunter le masque d'un autre. Pas mon genre. Il m'expliqua qu'il s'agissait juste d'être en parfaite adéquation avec soi, de le vivre comme un accomplissement, car cette qualité n'était pas donnée *naturellement*. De crainte que cela ne nous emmenât trop loin, je quittai le Club anglais pour de bon, rempli d'espoir.

Comme tous les jours à 16 h 30, des musiciens commençaient à déballer leurs instruments dans le kiosque du parc, devant le casino, pour le concert marquant la fin de l'après-midi ; les serveurs en costume bleu étincelant sous le soleil disposaient de petits guéridons sur la pelouse, les recouvraient de nappes blanches et s'apprêtaient à servir le thé au public qui se pressait déjà de partout et même de l'établissement rival, le grand Hôtel du Portugal ; des plaids aux motifs écossais avaient été préparés car la température commençait à baisser sérieusement, la vision des monts enneigés au loin agissant comme un rappel de la vraie nature des lieux. Tout était en ordre dans le meilleur des mondes pyrénéens.

Il me fut impossible de penser à autre chose qu'à mon improbable rendez-vous jusqu'à la tombée de la nuit. Ma grand-mère prit pour une lubie que je sois déjà en habit à 17 heures, le faux col ajusté, les souliers parfaitement lustrés et plus noirs que noirs tant me hantait l'injonction de tout arbitre des élégances outre-Manche : « *No brown after six.* »

À l'heure dite, je faisais les cent pas à proximité du grand escalier en fumant nerveusement. Il y avait du monde. La foule des dîneurs se pressait déjà. De loin, quand la noria des clients me laissait entrevoir le bar, j'apercevais Holmes juché sur son tabouret. D'un signe de la main, il m'enjoignait de me calmer pour mieux saisir le bon moment. Sa gestuelle était sereine, précise et sans ambiguïté. *Cool*… Il se disait le maître des horloges mais ne voulait rien en laisser paraître auprès de son ami car les grands personnages, souvent les plus sollicités, détestent céder à la pression, fût-elle amicale.

Soudain, Kipling apparut au bas des marches accompagné d'un autre homme avec lequel il était en conversation. Je n'en captais pas le moindre mot en raison du brouhaha mais elle paraissait de plus en plus animée ; puis Kipling sembla furieux et laissa éclater sa colère. Des mots vifs à en juger par leur sonorité furent échangés puis l'homme s'effaça lentement, à reculons, comme s'il faisait face au roi George V et qu'il ne devait surtout pas lui tourner le dos, jusqu'à disparaître.

Mme Kipling n'était pas encore descendue. Mon heure était venue. Mais la foule se densifiait tant qu'elle me masquait Holmes. Que conseillait-il ? Je ne savais pas quoi faire. Kipling n'était plus qu'à quelques mètres de moi. Il marchait seul depuis quelques minutes, donnant l'impression de ne pas pardonner aux autres le tourment qu'il s'imposait à lui-même. Je me jetai à l'eau.

« Pardon, monsieur, vous êtes bien un écrivain ?

— Je suis dans l'encre.

— C'est-à-dire que...

— Fournisseur de récits d'imagination si vous préférez, répondit-il en contenant sa nervosité.

— Puis-je me permettre... j'aimerais m'entretenir avec vous de quelque chose qui vous touche de près... »

Sa colère n'était pas apaisée. Il la reporta sur moi :

« Je refuse d'être interviewé, vous m'entendez ? La critique littéraire américaine est brutale et immorale. C'est outrageant d'être insulté en public et d'être interrogé sur sa vie privée ! Vos lois sur le copyright m'ont privé de mon argent. Plaise au ciel qu'aucun de mes écrits n'échoue à nouveau dans votre pays pour tomber dans les mains de races inférieures qui ignorent la loi de la propriété littéraire ! Ça ne vous suffit pas de voler mes livres, vous voulez aussi vous immiscer dans ma vie privée ? Mais, monsieur, quand j'ai quelque chose à dire, je l'écris et je le vends ! Mes pensées m'appartiennent, vous comprenez ça ? »

Et il fit volte-face pour se rendre au restaurant. Fut-il pris d'un soudain remords ? Je ne le crois pas. Il opéra un léger demi-tour. Puis, cet homme au patronyme déjà légendaire qui annonçait une lignée sinon une dynastie, dont la seule présence attirait tous les regards, me scruta comme si je n'étais qu'une création de la veille, avant de me lancer à distance :

« Voyez mon agent à Londres, A. P. Watt ! »

Flageolant, je me dirigeai alors vers le bar. Holmes passa aussitôt commande au préposé aux cocktails d'un haussement de sourcils, simple mais éloquent. Il me tendit un verre.

« Allez, avalez ça, vous allez en avoir besoin. »

Je m'exécutai, cul sec naturellement, me retenant de tout régurgiter d'un même élan. Ma gorge était en feu mais au moins, j'étais remis d'aplomb après avoir été secoué par ma brève rencontre.

« Mais c'est quoi, cette chose ?!

— À cette heure-ci, je carbure au "Pastèque" : anis, fenouil, réglisse et tequila. C'est bon pour ce que vous avez. Carburer, j'adore cette expression... Mais qu'est-ce qui vous a pris ! Ce n'était vraiment pas le moment.

— Pas facile de lui parler, à votre ami. Il me fait peur, en fait.

— Sérieusement ? s'étonna-t-il.

— Il a de ces colères... Il ne m'a même pas laissé le temps de me présenter, il m'a confondu avec un reporter américain en mal de sensations.

— Il a toujours pris les journalistes de haut.

— Qui croirait qu'un tel homme ait pu écrire un chef-d'œuvre aussi apaisant que *Kim*...

— Ah, *Kim*, un concentré de sagesse et de beauté. Et ça, ces qualités-là, c'était plutôt son père. Le meilleur de *Kim*, il le doit à John Lockwood Kipling. La prochaine fois, choisissez mieux votre moment. »

Y aurait-il seulement une prochaine fois, j'en doutais

intérieurement tant mon attitude, précipitée, inopportune, cafouilleuse, me parut immature. Edward Holmes était ma seule carte, lui seul pouvait me fournir le mode d'emploi de cet homme d'une complexité inattendue ; tout reposait sur sa bienveillance car en réalité, il ne me devait rien, il ignorait même de quoi il retournait au juste, mais il avait confiance et se montrait prêt à être mon garant. N'eût été notre différence d'âge, je lui aurais volontiers proposé de devenir mon meilleur ami d'enfance. Il correspondait parfaitement à la définition de l'ami que j'avais entendue un jour dans la salle des professeurs : quelqu'un que vous pouvez appeler à minuit pour lui demander de vous aider à transporter un cadavre et qui le fait sans vous poser de questions. Holmes, qui prêtait l'oreille à la conversation de deux hommes à côté de nous pendant la secrète rumination de mon échec, esquissa un sourire amusé lorsqu'ils évoquèrent l'origine de leur smoking. Il ne put s'empêcher de murmurer :

« Cette coutume qu'ont vos snobs de nommer en anglais ce que les Anglais désignent autrement dans leur langue… »

Il est vrai que depuis la fin de l'autre siècle l'anglomanie faisait des ravages en France, avec plus ou moins de discrétion ou d'ostentation selon les caractères. On la retrouvait dans les domaines les plus divers de la vie quotidienne et des disciplines de la connaissance. Mais les plus atteints étant les intellectuels, les artistes et les milieux aisés, cette anglophilie creusait le fossé qui les séparait du monde populaire plus naturellement enclin à l'anglophobie.

Le lendemain, après m'être ouvert de ma mésaventure

auprès de ma grand-mère, je tâchai de conserver leur rythme habituel à nos journées. Comme le climat s'y prêtait, une fraîcheur bienvenue sous un ciel bleu immaculé, nous fîmes un tour dans la vieille ville, pour saluer les commerçants qui commençaient à nous connaître depuis le temps, certains même s'inquiétant si une année s'écoulait sans que nous donnions de nos nouvelles. La promenade s'avérant trop brève, nous décidâmes de pousser jusqu'au village de Casteil, dans la vallée, à suer un peu et rechercher la douceur de l'ombre malgré la saison. Ma grand-mère n'étant pas du genre à se laisser effrayer par le silence des espaces infinis, et encore moins par le seul spectacle de la rivière Cady déchaînée, nous pouvions passer de longs moments côte à côte, sa main accrochée à mon bras, sans échanger un mot mais sans que cela créât le moindre embarras entre nous. Elle avait le don de savoir se taire en plusieurs langues ; je l'aimais aussi pour sa tendance à toujours privilégier la légèreté de l'implicite, au risque de l'ambiguïté et de son lot de malentendus. L'explicite avait selon moi le tort de réduire la part du rêve. Tout en déambulant dans le réseau de ruelles de la vieille ville jusqu'au château médiéval sérieusement restauré, je ruminais les confidences auxquelles Holmes s'était laissé aller au bar à l'issue de son troisième mélange infernal. Un « Kipling, mode d'emploi » en quelque sorte, ce dont je n'aurais jamais osé rêver depuis qu'il était entré dans la galaxie de mes grands auteurs par la grâce d'un poème…

« Ne lui parlez pas du Vermont ! Il a dû le quitter en catastrophe après en être venu aux mains avec son beau-frère, ça s'est terminé devant les tribunaux, une histoire d'argent, un cauchemar et une humiliation pour lui alors qu'il adorait cet endroit, sa maison. Il a toujours dit : il n'y a que deux endroits au monde où j'aimerais vivre, Bombay et Brattleboro, et je ne peux vivre ni dans l'un ni dans l'autre… Évitez aussi toute allusion à *Dingley, l'illustre écrivain*, des frères Tharaud : tout le monde sait qu'il est le modèle de cette satire mordante et malgré le prix Goncourt, je doute qu'il ait tellement apprécié… Et n'oubliez pas que ce couple, lui comme elle, a la phobie de l'indiscrétion comme tous ceux qui n'ont pas grand-chose à cacher, à croire qu'ils dissimulent des secrets d'État alors qu'il s'agit juste de leur vie privée – mais privée de quoi, on se le demande… »

Je me revoyais quelques heures auparavant face à Holmes, m'interrogeant sur la manière de s'y prendre avec un immense écrivain dès lors qu'il contient des foules en lui. C'était le cas de Kipling à un point inimaginable. Doué de tous les prestiges, il n'était pas seulement connu pour sa notoriété mais partout publié, traduit, acheté, lu et relu, avidement commenté. Ses lecteurs se déplaçaient en masse pour écouter ses conférences. On le guettait à l'arrivée du paquebot ou du train. Mais pour autant était-il aimé ? Je n'osais trop me poser la question car elle risquait de me paralyser. Je craignais que la réponse me déplût. J'en étais là de ma rêverie lorsque je sentis la main de Holmes sur la mienne. Ma surprise était telle que je mis un certain temps à la retirer :

« Je crois que vous faites fausse route…

— Ne vous inquiétez pas, vous n'êtes pas mon type, dit-il dans un sourire. Encore que conquérir un hétérosexuel, ça m'a toujours plu… Vous n'avez pas le nez assez plongeant, ce qui aurait été prometteur de puissantes émotions, mais vous ne pouvez pas comprendre… »

La journée se poursuivait, radieuse malgré la fraîcheur de la température. Parvenus dans une étape sur la route de l'abbaye bénédictine de Saint-Martin-du-Canigou, nous prîmes, ma grand-mère et moi, la seule table que deux groupes de touristes n'occupaient pas. À ma grande surprise, Kipling se trouvait assis à l'une d'elles en compagnie de Mgr Jules de Carsalade du Pont, l'évêque si catalaniste de Perpignan-Elne qu'il prêchait en catalan, de lord Roberts et d'un essaim de dames dont l'une, assez énorme et débordant de toutes parts, l'épouse du grand soldat, le faisait paraître encore plus svelte et élancé malgré ses quatre-vingt-deux ans ; elle n'avait pu parvenir dans un lieu si haut perché qu'au moyen d'une chaise à porteurs.

Cette fois, je me gardai bien de m'immiscer dans ses vacances, comptant sur l'arrivée impromptue de Holmes, la grâce du *kairos* ou une intervention divine. Son regard inépuisable, très mobile, était toujours aux aguets, mais de quoi ? Lorsque Kipling m'aperçut, il comprit aussitôt que je l'observais depuis un bon moment. S'absentant visiblement sans regret d'une conversation à laquelle il n'avait pas pris part, il se dirigea vers notre table. Je craignais le pire. Allait-il me blâmer pour mon manque d'éducation en présence de ma grand-mère, ce que j'aurais vécu comme une suprême humiliation ? Il s'inclina devant elle en lui présentant ses hommages puis s'adressa à moi :

« Holmes m'a parlé de vous. Je crains qu'il y ait eu une méprise hier soir. Empruntons le chemin de randonnée, on discutera de tout ça. Nous irons vers la montée, ce sera sportif. Madame, si vous voulez bien vous joindre à notre table pendant ce temps, je vais vous présenter à ma femme, Caroline, à Nora ("Lady Bobs"...) et bien sûr à Son Altesse royale la princesse Henri de Battenberg qui se consacre entièrement, et ce depuis des années, à un travail considérable : la transcription et l'édition du journal de sa mère, la reine Victoria. Pour la restauration de l'abbaye, à laquelle nous avons tous participé, elle a fait don d'un prie-Dieu et d'un harmonium allemand... »

Ainsi fut fait, ce qui nous libéra.

Me sentant impressionné, Kipling chercha à me mettre à l'aise. La vision des montagnes au loin lui rappelait celles d'Afrique du Sud qu'il avait tant aimées. Il rêvait de se soumettre à la majesté des lieux, à leur puissance d'envoûtement, leur flamboyance édénique. Le fabuleux nouvelliste en lui prenait le pas sur l'homme, en parfait captif de son propre romanesque. Kipling, l'homme qui ne voulut pas être roi du Canigou, juste son sujet consentant et comblé. Il l'avait même écrit en des termes enflammés à M. Auriol du Club alpin français. Après avoir dévié sans transition sur sa dette littéraire vis-à-vis du poète Heinrich Heine, de toute évidence le seul Allemand qu'il pût souffrir, il s'interrogea et, par la même occasion, m'interrogea sur la passion des Français pour sa prose et leur indifférence quasi totale à sa poésie, laquelle n'était d'ailleurs pas traduite. Je justifiai le phénomène en arguant de la complexité et de la difficulté à transposer ses images, son lexique, en espérant qu'il en vienne enfin à mon affaire, mais à un malentendu il en substitua un autre :

« Alors comme ça, vous voulez écrire des poèmes…

— En fait, non, pas du tout… »

Surpris, il s'arrêta de marcher, me toisa. Au mouvement par lequel il haussa des sourcils qu'il avait particulièrement noirs, épais et broussailleux, je compris qu'il attendait des explications.

« Je m'intéresse de près à l'un de vos poèmes : "If…". J'aimerais connaître mieux ce qui se cache derrière chacun de ses mots, vous poser quelques questions à ce sujet. Je souhaiterais le traduire en français mais je ne voudrais surtout pas déformer vos intentions. Ni en dévier le sens. Ni me l'approprier. Il s'agit pour moi de garder la bonne distance avec un texte dont je me sens très proche. Pouvez-vous m'en accorder l'autorisation ?

— Vous êtes traducteur ?

— Euh… Non.

— Écrivain ?

— Non plus.

— Universitaire alors ?

— Pas davantage, fis-je légèrement honteux, comme si cela aggravait mon cas. Je suis professeur de lettres au lycée Janson-de-Sailly, à Paris. Je brûle de donner votre grand poème à étudier à mes élèves et pourquoi pas à ceux de mes collègues. Mais les traductions existantes sont insatisfaisantes à maints égards, malgré la version de vos nouvelles par Pierre Mille que j'ai pu lire dans *Le Temps* et dans *La Revue de Paris*, si je puis me permettre, m…

— Surtout ne me donnez pas du “maître” comme les Français le font avec leurs écrivains, c’est ridicule !

— J’aimerais…, tentai-je.

— Avez-vous déjà rencontré Robert d’Humières ? »

J’hésitai à dire le fond de ma pensée, sa personnalité m’échappant encore pour l’essentiel.

« Non, mais je le connais déjà trop pour vouloir le connaître mieux. »

À sa mine, je compris que j’avais peut-être été maladroit mais c’était plus fort que moi. Ma grand-mère disait souvent que nous avions ceci de commun dans la famille que nous ne mourrions pas d’une pensée rentrée. Peut-être allait-il se renseigner sur moi auprès de son propre ambassadeur en France, l’essayiste André Chevrillon, un neveu du grand Hippolyte Taine, qu’il tenait en haute estime ; mais ce bon connaisseur des lettres anglaises n’aurait rien eu à lui dire pour la simple raison que je n’avais guère d’existence sociale, je n’étais rien.

Robert d’Humières représentait tout ce que je détestais. Un amateur, un dilettante, un dandy à qui toutes les grâces avaient été offertes et qui n’en avait rien fait ou presque. Je voyais bien les avantages qu’il y avait pour un Kipling à paraître dans notre langue sous la cosignature d’un vicomte d’Humières, un aristocrate distingué, séduisant, aussi prisé de la grande société du noble faubourg que lancé dans les mondanités parisiennes, saint-cyrien qui avait démissionné de l’armée pour se consacrer aux Arts et Lettres, comme il devait certainement l’écrire en pensée. Très peu pour moi. Pour le discréditer auprès de Kipling, il m’eût suffi de lui rappeler, sinon de lui révéler, qu’il programmait régulièrement des pièces de

George Bernard Shaw au Théâtre des Arts. Pour tout dire, outre qu'il avait fréquenté Oscar Wilde, c'était un ami de Marcel Proust, et celui-ci ne sachant pas vraiment l'anglais, il lui avait donné un coup de main dans sa traduction de *La Bible d'Amiens* de Ruskin. On disait qu'il lui avait même fait lire et aimer Kipling jusqu'à s'identifier à Mowgli ! J'aurais pu insister sur son petit monde, rapporter le fielleux couplet de Robert de Montesquiou qui traînait dans Paris : « Ne laissez pas sans lumières / Vos fils à Robert d'Humières »... C'eût été inélégant de ma part. Seulement voilà, il avait été des premiers, avec son ami Louis Fabulet, à révéler Kipling au public français en traduisant *Le Livre de la jungle* pour le Mercure de France, ce qui avait valu à l'écrivain d'être aussitôt acclamé comme un nouveau Jean de La Fontaine, suivi d'autres livres de lui et de Joseph Conrad, et cela ne s'oublie pas. J'ignore comment il prit ma réserve car la conversation dévia sur *Kim* :

« Franchement picaresque et dépourvu d'intrigue, disons une œuvre imposée du dehors, jugea-t-il sans complaisance.

— Tout de même !

— Mon père disait : “Si tu obtiens la simple beauté et rien d'autre, tu obtiens pour ainsi dire ce que Dieu a inventé de mieux.” Grâce à cette leçon de sagesse, j'ai su reconnaître mes bonheurs dès qu'ils se sont présentés, et non longtemps après, bourrelé de remords d'être passé à côté. Et cette grâce-là, voyez-vous, n'a pas de prix. Mais, monsieur Lambert, nous sommes bien d'accord : vous ne notez rien, n'est-ce pas...

— Où voyez-vous un crayon et un carnet ? lui dis-je en retournant mes mains.

— J'ai une sainte horreur des interviews. Pourtant, l'une des rares que j'ai accordées dans ma vie, à l'un de vos compatriotes d'ailleurs, M. Jules Huret du *Figaro* – vous connaissez peut-être –, m'a laissé un agréable souvenir. Au moins, il ne m'a pas trahi, lui. »

Je ne le pris pas en mauvaise part mais la remarque sonnait tout de même comme un avertissement. On sait que l'indiscrétion tue le mythe. D'autant qu'il ajouta :

« Pas de notes… même dans la tête ! N'oubliez pas que j'ai été journaliste autrefois aux Indes, je sais faire, moi aussi. Enfin, Holmes a dû vous raconter tout ça. »

Puis, probablement mis en confiance par ma qualité avérée de simple-petit-prof-de-lycée, il s'ouvrit un peu plus de ses tourments du jour, bien loin des soucis thermalistes du microcosme de Vernet-les-Bains où les Kipling séjournaient régulièrement depuis quelques années sur les conseils d'un grand médecin, le professeur Eichhorst, que sa femme avait consulté à Zurich pour ses crises d'arthrose.

Les manœuvres des grandes nations européennes paraissaient indéchiffrables. Le pacifisme gagnait du terrain alors que l'Allemagne ne cessait de se réarmer. Mais plus que tout, l'avenir de l'Irlande l'inquiétait : le projet de loi du *Home Rule* lui accordant une autonomie interne tout en restant sous la tutelle de la Couronne britannique avait du mal à se faire accepter, et une mutinerie venait d'éclater à Curragh, dans le comté de Kildare, où l'armée britannique possédait sa principale base. Enfin, l'amitié franco-anglaise se portait bien, il y veillait. Quelques jours avant, il avait accepté l'invitation à déjeuner à Perpignan de Lambert Violet, le président de la chambre de commerce, propriétaire de la marque de vermouth Byrrh dont les affiches publicitaires couvraient les murs un peu partout. Ils avaient parlé de l'érection d'un monument pour le dixième anniversaire de l'Entente cordiale et, mû par la curiosité, Kipling était convenu de l'accompagner à une corrida.

Nous étions vraiment loin du Cap, une autre de ses villégiatures préférées, dans sa chère Afrique du Sud. Vu la distance, il avait l'habitude d'y passer quelques mois. Il disait qu'il y voyait vivre le premier chapitre de la Genèse, un monde en création, une civilisation en train de se faire de toutes pièces. Loin, très loin de Vernet-les-Bains...

Malgré l'épaisseur de la porte capitonnée, on entendait les roulettes des premiers chariots du petit déjeuner grincer sur le parquet à l'étage. Cette nuit-là, mon sommeil avait été profond mais bref. Ce devait se refléter sur mon teint lorsque j'entrai dans la chambre, mitoyenne, de ma grand-mère. À peine avais-je tiré les rideaux et remarqué qu'il avait dû neiger jusque dans le parc qu'elle me lança un mot bien dans sa manière.

« Oh, mais mon Louis n'a pas bonne mine ! Mon petit-fils ne souffrirait-il pas de kiplingite par hasard ?

— Rassure-moi : ce n'est pas une maladie honteuse au moins, car cela sonne bizarrement...

— N'aie crainte, l'ordonnance est déjà prête. »

Et elle me tendit quelques feuilles du nouveau papier à lettres à la disposition des clients, dont l'en-tête était désormais libellé *Hôtel du Parc et sa dépendance Hôtel*

Ibrahim Pacha. Kipling devait apprécier, lui qui avait visité l'Égypte un an auparavant avec sa femme. À cette pensée, par laquelle je me mettais instinctivement à sa place en imaginant ses réactions aux moindres détails du quotidien, je compris que je devais être effectivement atteint de quelque chose. Un texte de lui intitulé « Pourquoi la neige tombe à Vernet » figurait sur le papier, en anglais et en français, que la direction se faisait un honneur de diffuser ; il ne pouvait s'en offusquer puisqu'il avait déjà autorisé le *Merry Thought*, une gazette locale qui paraissait quatre fois par an, à le reproduire. Il est vrai que l'hiver, Vernet était aux Anglais ; ils le concédaient pour l'été aux aristocrates français et espagnols.

Le bref texte rapportait une légende, pleine de chevaliers, de chablis et de bourgogne, attestant de son imagination sans limites ; on y apprenait pourquoi rituellement et depuis des siècles la neige s'abattait sur Vernet-les-Bains à deux reprises entre le 11 et le 22 mars ; une histoire qu'avait dû lui inspirer un séjour trop prolongé dans le jardin d'hiver. Quoi qu'il en soit, celle-ci devait connaître le destin de toute histoire issue de sa plume jamais en repos, ni en panne : publiée dans des journaux, ovationnée par les lecteurs, traduite, éditée en recueil avec d'autres, vendue à des dizaines de milliers d'exemplaires puisqu'elle était signée de lui. À croire que ses lecteurs avaient tous conclu un pacte personnel avec l'auteur du *Livre de la jungle*, de *Capitaines courageux*, de *Kim*, de *Stalky et Cie*, d'innombrables nouvelles et d'autant de poèmes, et que le parchemin attestant de son prix Nobel de littérature 1907 avait valeur de diplôme, ou mieux encore, de garantie pour tout ce que sa firme littéraire et poétique produirait en gros, demi-gros, détail, pièces détachées. Il semblait impuissant à expliquer un phénomène que rien ne pouvait freiner depuis ses débuts. La violence de ses prises de position, que seuls les Britanniques étaient en mesure de connaître, paraissait sans effet sur sa production littéraire. Holmes disait qu'il n'arrêtait pas de travailler, que c'en était décourageant pour des tire-au-flanc comme lui. En prêtant une oreille indiscrète à l'une de leurs conversations, j'avais entendu Kipling lui confier : « Je ne connais pas d'anesthésique plus efficace que l'absorption dans le travail. » L'écriture lui semblait une nécessité vitale et pas seulement matérielle. Pour l'avoir observé pendant près d'une semaine à Vernet, je suis persuadé que s'il n'avait pas écrit, il aurait tué quelqu'un. La fiction était pour lui une échappatoire, un moyen de vivre par procuration d'autres vies que la sienne, une façon de fuir une existence terne, sa manière à lui de canaliser sa violence. Elle lui procurait un équilibre relatif.

Généralement intrépide, ma grand-mère n'était pas du genre à contempler le Canigou depuis les fenêtres. Mais comme elle avait le choix, inusité pour un dimanche matin, de s'adonner aux joies de la volupté thermale, je m'apprêtais à me lancer dans une longue marche en solitaire lorsqu'un groom essoufflé par sa course, le camembert de travers juste au-dessus des sourcils, me rattrapa en route :

« M. Kipling demande que vous l'attendiez à la sortie de l'église…

— Laquelle ? Il y en a quelques-unes à Vernet !

— Euh, l'église anglicane je crois. »

Évidemment, j'aurais dû m'en douter, ruminais-je en

lui tendant sa pièce. C'était bien le moins dans cette ville si anglaise par intermittence. J'avais appris par la chronique locale que la construction d'une église anglicane avait été lancée quelques années auparavant sur un terrain racheté au comte Henry de Burnay, un entrepreneur portugais qui avait investi dans d'innombrables compagnies à travers le monde, jusqu'à l'établissement de thermes de Vernet-les-Bains. Des personnalités avaient mis la main à la poche parmi lesquelles lord Edward Grey, qui était alors ministre des Affaires étrangères, et inévitablement lord Roberts et Rudyard Kipling. J'en aurais volontiers profité pour visiter l'église Saint-George, souvent vantée pour la curiosité de son mélange de styles, mi-anglo-normand, mi-néo-médiéval, mais pendant le service c'eût été déplacé ; de plus, tout dans le rituel, à commencer par sa divine liturgie eucharistique, m'était étranger.

Parvenu au bout de la rue du Temple vers 11 heures, soit une heure après le début de l'office, je n'aurais guère à attendre. Lorsqu'il surgit enfin dans la foule à la sortie, il clignait des yeux comme ébloui par un soleil invisible.

« Les obligations..., se justifia-t-il. La routine. C'est comme les bains et les massages qui s'ensuivent. Vous avez essayé ? On vous allonge sur un lit chaud et malodorant, et un type vous brise les os des bras et des jambes... Une horreur ! Je préfère encore être sale et heureux. Enfin, après cette torture, vous vous sentez ramolli pendant une heure et après seulement, je dois le dire, vous éprouvez une sensation de légèreté qui n'est pas désagréable... »

Il parlait et parlait encore, évoquait leurs prochaines

étapes au départ de Vernet qui le mèneraient à Avignon, Arles, Grenoble, Lyon, Orléans, mais il n'avait toujours pas répondu à ma curiosité première. Je profitai du court instant où il reprit enfin sa respiration pour revenir à « mon » poème :

« Et "If..." alors ? risquai-je.

— Quoi, vous aussi, vous voulez connaître les sources de mon *daemon* ? »

Mon insistance l'agaçait. Pourtant, je ne voulais pas l'accabler d'un interrogatoire. En poésie, il ne s'agit pas de comprendre mais de perdre connaissance, de s'abandonner, et le sens reviendra de lui-même. Ou alors d'emprunter des chemins détournés dans le fol espoir d'entrevoir son art et sa manière de caresser le divin détail. Ayant remarqué que depuis deux jours il conservait un volume des *Odes* d'Horace dans sa poche, et qu'il l'ouvrait dès qu'il se trouvait seul, je tentai timidement de mémoire, en désignant l'ouvrage d'un sourire entendu :

> *... Dulce et decorum est pro patria mori :*
> *mors et fugacem persequitur virum*
> *nec parcit inbellis iuventae*
> *poplitibus timidove tergo...*

Avais-je la tête de celui qui fonce vers sa défaite ? Il dut prendre ma citation pour de la cuistrerie. En tout cas, elle ne poussa pas mon avantage. Le fait est qu'elle le laissa froid. Ce n'était pas le moment, le si recherché moment décalé, toujours pas. Voilà en effet une chose étrange. Quel bouillon, la vie... Un massif de silence me menaçait. Heureusement, il avait bien une idée derrière la tête.

« Dites-moi, vous êtes professeur, n'est-ce pas ? De français, c'est bien cela ? Avez-vous déjà été précepteur ou quelque chose comme cela ?

— Pendant mes études, durant une année... J'ai donné des cours de perfectionnement à des adolescents chez sir Francis Bertie...

— Notre ambassadeur à Paris, vraiment ?...

— Je me rendais deux fois par semaine à sa résidence de la rue du Faubourg-Saint-Honoré. Vous le connaissez... »

Une lueur nostalgique traversa alors son regard et comme souvent en pareille circonstance, il devenait pensif, absent au monde quelques secondes à peine, avant de se ressaisir. Il me raconta alors avoir conservé une affection durable pour un Français à la grosse barbe brune, un exilé de la Commune de Paris, qui lui avait donné des cours particuliers lorsqu'il était écolier à Portsmouth. Sa passion était si communicative que ça avait suffi à lui transmettre le goût de sa langue.

« Et sa femme, lady Feodorowna, vous l'avez connue ? me demanda tout essoufflée Mme Kipling qui nous avait rejoints. Elle était la petite-nièce de duc de Wellington. Mais vous ne donniez tout de même pas des cours à leur fils, Vere ? demanda-t-elle soupçonneuse.

— Non, à l'époque il était déjà adulte, il faisait ses débuts d'avocat à Londres. À des enfants de sa famille qui venaient régulièrement à Paris.

— Hum... Ça vous dirait de passer une semaine en

Angleterre pour perfectionner le français de notre fils John ? Il a quelques difficultés, disons..., fit Kipling en baissant le regard. Remarquez, je ne le blâme pas, moi-même, je le lis assez bien, je peux m'exprimer en faisant un certain effort, mais l'écrire, qu'Allah me pardonne ! »

Nous étions parvenus jusqu'au grillage du court de tennis où leur fille Elsie disputait avec une certaine grâce une partie contre une autre jeune fille de dix-huit ans. Je l'observais l'observant non sans fierté. Valait-il mieux que les autres ? De cela, on pouvait douter ; mais qu'il fût autre, cela ne faisait aucun doute. Kipling semblait enjoué ; il présentait une tout autre physionomie que celle de l'encoléré de notre première rencontre bien que, à force de l'épier depuis plusieurs jours, toujours en mouvement, les cinq sens aux aguets, le corps et l'esprit rétifs au repos, j'aie pu comprendre que ses adversaires l'aient décrit comme un être balançant entre l'excès et l'hystérie. Il est vrai qu'à l'annonce de la mort du Premier ministre libéral Henry Campbell-Bannerman au 10 Downing Street, Kipling avait selon ses propres termes réagi « avec joie ». Et encore, je ne l'avais jamais entendu haranguer une foule dans l'un de ses discours politiques. Edward Holmes m'avait prévenu que ce jour-là, une autre facette de l'homme me serait révélée ; je le croyais d'autant plus que, comme à tous ses lecteurs français, elle m'était inconnue. Seul le prestige du conteur en lui avait alors véritablement traversé la Manche.

« Ah, sir Francis, aussi fin et subtil que pittoresque. Un diplomate, un vrai, et jusqu'au bout des ongles. Un jour qu'un politicien français lui avait tenu des propos un peu frustes sur l'entente franco-britannique, il avait cru devoir en aviser M. Fallières, votre président de la République, lequel chercha à l'apaiser : "Ah, mais c'étaient sans doute des propos de chasse… — Mais moi, avait répondu l'ambassadeur, je représente tout le temps la Grande-Bretagne, même à la chasse !" »

Il partit d'un grand rire puis se retourna vers moi et me tendit la main, son regard bleu enfin pétillant derrière ses lunettes à fines montures métalliques :

« Je compte sur vous pour retrouver mon fils à Wellington ! »

Puis il me quitta pour rejoindre un groupe de petits qui se jetaient des balles devant le club-house. Dès qu'ils l'aperçurent, ils abandonnèrent leur jeu, le prirent par la main et l'entraînèrent sur l'herbe. Quelques autres se joignirent à leur groupe. Fallait-il qu'il soit un conteur exceptionnel pour que ces enfants le suivent comme des chiens de meute ! Ils étaient encore trop jeunes pour lui en vouloir, comme ces adolescents à qui leurs maîtres donnaient invariablement « If… » à recopier des dizaines de fois en guise de punition. Les petits, eux, n'en avaient que pour les aventures de Mowgli, l'enfant recueilli par les loups. Assis en tailleur à leur hauteur, le chapeau rejeté vers l'arrière, Rudyard Kipling, Prix Nobel de littérature, plus fantaisiste et fantasque que jamais, se lança alors d'une voix patiente et soigneusement timbrée dans une histoire de son cru, cerné par des visages captivés et ravis. Sans se faire prier, avec une gourmandise partagée par son public, le conteur se déploya alors dans un monde merveilleux, et plus rien d'autre n'existait autour d'eux.

2

Professeur

Comme j'arrivais au lycée ce matin-là, les visages exprimaient des regards en coin et des sourires si ironiques que j'eus le réflexe, une fois parvenu dans la cour d'honneur, de me retourner pour vérifier que l'on ne parlait pas de moi dans mon dos. J'étais à deux doigts de retirer ma veste pour l'examiner, au cas où l'on m'y aurait collé un poisson. Après tout, nous étions en avril mais déjà loin du premier jour du mois.

Une fois parvenu dans le couloir du premier étage, celui où se trouvait ma salle de classe, j'eus le fin mot de l'histoire. Une main anonyme avait collé une sorte de tract sur une vitre. On pouvait y lire un poème que je me contentai de parcourir :

Si tu peux voir nié l'outrage de ta vie
Et sans broncher subir les pires contrôles,
Ou perdre auprès des élèves d'un coup tout crédit
Sans demander ton reste et sans la moindre obole,

Si tu peux supporter de voir tes cours moqués
Par ceux qui parlent comme par ceux qui écoutent,
Trop incultes trop rudyardés trop mal armés,
Pour l'endurer jusqu'à l'ultime défaite,
Etc., etc.
Alors tu seras un prof, mon pote.

Ça se voulait drôle, peut-être blessant. Mon amour-propre en fut à peine éraflé. Je regrettai seulement que l'auteur n'y eût pas mis plus de talent. D'autant que ce texte était affiché un peu partout quand il ne traînait pas sur les tables. Des collègues observaient discrètement ma réaction du bout du couloir. Moins hypocrites, mes élèves, que je pouvais voir à travers la vitre, quoique sagement assis à leur place, avaient tous le buste et le regard tournés vers moi, certains goguenards, d'autres compatissants. Moi seul pouvais déchirer ce silence pesant mais je n'étais pas convaincu que cela en valait la peine. Le geste qu'un sursaut d'orgueil aurait dû commander, un autre l'accomplit à ma place. Une main surgit derrière mon dos et arracha le tract avant d'en faire une boulette de papier.

« Le sens de l'humour est en déclin dans cet établissement ! »

La main appartenait à François Hauter, l'un des rares enseignants de Janson en qui j'avais confiance, l'un de ceux avec lesquels j'entretenais une conversation permanente, aussi franche qu'amicale, tant sur notre discipline commune que sur l'actualité politique.

« Tu sais qui c'est ? lui demandai-je alors qu'il retirait

d'autres feuilles de la même encre poétique d'une main tout aussi déterminée.

— Pas eux, pas les gamins, c'est sûr. Allez, Louis, un effort et tu trouveras tout seul... »

Je finis par pousser la porte de ma classe. Les élèves se levèrent d'un seul élan et se tinrent pour une fois dans une manière de garde-à-vous. Je n'en demandais pas tant. Ce jour-là, il en irait comme les autres jours. Hors de question de changer quoi que ce fût. S'ils m'appréciaient, c'était aussi pour ma façon de les surprendre jusque dans ma manière de bousculer le programme de temps en temps. Je campais près de la fenêtre tout en leur tournant le dos, le regard axé sur les médaillons de la grande cour de récréation.

« Qui aujourd'hui ? »

Interloqués puis amusés, je sentais qu'ils se prenaient au jeu. À l'extrémité de mon champ de vision, une forêt de bras se levait. D'un geste large, je les encourageais en bloc :

« Corneille !... Voltaire !... Non, Descartes !... Montaigne !... Victor Hugo, monsieur... »

Au fond, ils se contentaient de dresser l'inventaire des gloires de notre littérature figurant en bustes sur la façade en pierre de taille ou sur les pavillons d'angle du lycée. Hugo demeurait l'éternelle tentation, une œuvre si vaste et si riche qu'elle autorisait tous les échos et tous les pas de côté. Et puis il était du coin, du quartier : n'avait-il pas joui du rare privilège de recevoir dans les dernières années de sa vie des lettres à l'enveloppe libellée : « Monsieur Victor Hugo, en son avenue, Paris » ? C'eût été un bon départ pour un cours. Sauf que ce jour-là, j'avais tout autre chose en tête que je consignai aussitôt au tableau noir :

« *Vie de Rancé* de Chateaubriand. »

Il y a toujours un risque à faire partager son admiration, l'indifférence retentissant comme une sanction pire encore que l'hostilité critique. Les sentant déstabilisés par la nouveauté, non celle de l'auteur mais celle de l'œuvre qui pouvait paraître mineure en regard des *Mémoires d'outre-tombe,* je leur donnai du grain à moudre en m'attachant aux circonstances de ce livre inclassable, bizarre, obscur, chaotique, mystérieux, peut-être rebutant a priori mais si envoûtant. Le directeur de conscience de Chateaubriand lui avait commandé en quelque sorte l'hagiographie de l'abbé qui fonda la Trappe.

« Laissez-moi vous raconter son histoire... son instant décisif symbolisé par une image d'anthologie : la mort de Marie d'Avaugour, duchesse de Montbazon, à quarante-six ans en 1657. Rougeole ou scarlatine, peu importe, comme on se fiche au fond de savoir si on l'a ou non décapitée pour la faire entrer dans le cercueil, l'important est que cette beauté sans pareille fut la passion secrète de celui qui la veilla dans ses derniers jours, l'abbé de Rancé, trente et un ans, et que le trépas de celle dont il avait les faveurs précipita sa prise de conscience et sa conversion aussitôt après cette nuit de feu. Car Armand Jean Le Bouthillier de Rancé était un abbé mondain dont l'allure éblouissait et la conversation fascinait, un abbé séculier en quelque sorte, un abbé commendataire puisqu'il avait reçu en dépôt dès son enfance cinq abbayes dont il percevait les rentes. Jusqu'à sa métamorphose et sa quête d'un repentir... »

Ils avaient l'air de suivre, certains même paraissaient captivés. Alors je poursuivis en adoptant toujours le même ton, brûlant du même feu intérieur et de la même passion que s'il s'était agi du *Livre de la jungle,* racontant comment l'abbé se fit religieux, renonça à ses privilèges et se lança dans la réforme de ses monastères, refondant celui de la Trappe, dans la région du Perche, dans l'Étroite Observance de Cîteaux afin d'y introduire l'austérité dans un esprit hérité des anachorètes... Ni vin, ni viande, ni poisson, ni conversation, ni commerce avec le monde. Mais il avait du chemin à faire avant de parvenir à se désencombrer de soi et laisser l'Éternel occuper tout l'espace. Les vocations affluaient tandis que loin, très loin, Molière et Lully divertissaient la Cour. Dans ses froids écrits, Rancé n'évoquait Dieu que sous l'angle du devoir, de l'obéissance et de la soumission, sans affects ni transports excessifs. Je voulais leur faire comprendre que ce n'était qu'un premier pas.

« Vous me suivez ?... Bien. Pour mourir au monde, il lui fallait renoncer non seulement aux choses d'ici-bas, ce qui est peu, mais aux songes et aux souvenirs encore tout imprégnés de la Montbazon, ce qui était trop. Loin des fastes de la Cour, enfin débarrassé des oripeaux de la vanité, il n'en exerçait pas moins une puissante attraction sur ceux auxquels un tel dépouillement paraît inaccessible. Voilà, conçu comme un devoir en pénitence, *Vie de Rancé* fut vécu et écrit comme tel par Chateaubriand... Question ? Oui, Durfort...

— Il rencontra le succès avec ce livre ?

— Non. Les catholiques le condamnèrent aussitôt, les autres s'en détournèrent et Sainte-Beuve ne le rata pas.

Son bric-à-brac chronologique désorienta les lecteurs. En fait, on le redécouvre à sa juste valeur depuis peu. Tout évolue, le goût du jour importe peu. Ce qui compte, c'est... c'est... de tenir. Lisez-le pour la semaine prochaine et surtout méditez ce qu'il dit d'autre que ce qu'il raconte. »

Quelques soupirs se firent entendre. Je me donnais deux semaines pour leur faire aimer, vraiment aimer ce livre. Puisque l'inspection avait loué mes qualités de passeur, mon goût de la transmission, je ne voyais aucune raison de mettre un frein à mes écarts par rapport aux programmes de l'Instruction publique. Cela se savait mais nul ne m'en faisait grief. Au fond, mes problèmes venaient d'ailleurs.

Au réfectoire des professeurs, assis à leur table commune, j'étais à vrai dire incapable de deviner qui était l'auteur du pastiche. Parmi mes collègues, chacun connaissait mes deux passions, mes marottes comme certains disaient, mes obsessions, pourquoi pas : Mallarmé et Kipling. Ou plus précisément : réussir à éclairer pour les élèves l'obscurité, l'hermétisme, l'ésotérisme longtemps reprochés au premier, non pour y voir plus clair mais pour mieux mesurer l'épaisseur de l'ombre ; et traduire au mieux, au plus près, au plus juste un poème du second, son déjà fameux « If... », afin qu'ils le reçoivent, le ruminent, l'appréhendent et se l'approprient sans le moindre malentendu. Il n'en fallait pas davantage pour que, dans les couloirs, la rumeur me décrive comme intolérant, intransigeant, abdiquant tout esprit critique dès lors que l'on osait s'en prendre à mes dieux tutélaires. Il est vrai que je ne les reniais pas.

Qui n'a pas vécu une partie de sa scolarité au lycée Janson-de-Sailly dans les années voisines de 1890 ne sait pas ce que c'est que le plaisir d'apprendre. J'y étais déjà, mais de l'autre côté, et j'eus le bonheur de suivre les cours d'anglais de M. Mallarmé. Je ne lui dois pas seulement ma connaissance intime, charnelle, de cette langue, qui me permit de lire les œuvres des plus grands dans leurs propres mots. Mon choix de vie n'est pas étranger à son rayonnement, ce charisme si particulier qui rejaillissait sur nous, cette modestie, cette humilité même par laquelle jamais il ne nous prenait de haut, à partir de son immense savoir et de nos pauvres lacunes. Un modèle que ce professeur poète, si décalé par rapport au reste du corps enseignant, si malheureux de se trouver là, un personnage que ses oreilles longues et pointues de satyre, le bel éclat de ses yeux, l'esprit de finesse allié non à l'esprit de géométrie mais à une vraie bonté, rendaient déjà inoubliable. Nul ne savait comme lui produire du silence avec des mots. Il ne cessait de réfléchir au langage. L'idée qu'il s'en fit gouverna sa vie intérieure car ce n'était rien d'autre que l'âme de la poésie. Il avait de ces expressions !... « La fleur même de l'anglais »... « la langue anglaise est dépositaire du génie national tout en étant la monnaie courante de la conversation »... Ah, les formules du professeur Mallarmé... On se les repassait. Qu'est-ce qu'il nous faisait rire lorsqu'il évoquait le génie de George Eliot en insistant doucement sur « cette *authoress* » ! Il y avait quelque chose de pathétique en lui, peut-être sa déception renouvelée de ne pas trouver dans l'anglais les délicatesses musicales qu'il goûtait tant dans le français. Ayant constaté une lacune dans les cours de thème, il avait composé un essai de philologie doublé d'une méthode. Sous l'aspect pratique on trouvait un véritable essai, c'est-à-dire la rencontre d'une idée et d'une écriture. Je me souviens encore de ses exemples : « Si votre soulier vous blesse, donnez-le à votre valet / *If your shoe pinches you, give it to your man.* » Il était friand de proverbes et de locutions au sein desquelles, selon lui, l'âme anglaise s'était réfugiée. En ce temps-là, le *Handbook of Proverbs* plein de chants de nourrices anglaises était son bréviaire. Il les avait sélectionnés puis regroupés par genre et nous les donnait en exercices. Une lubie ! disait le proviseur qui laissait faire. Étrangement, sa réputation d'excentricité le protégeait.

C'est peu dire que M. Mallarmé enseignait pour des raisons strictement alimentaires. Ce devait être provisoire mais cela devint définitif, à son grand désespoir. Il avait demandé une augmentation à plusieurs reprises. Au lieu de cela, on lui donna les Palmes académiques, ce qui le rendit fou de rage. Il ne rêvait que de s'en aller, de se libérer de cette tâche qui lui pesait tant. Cela finit par advenir au bout de trente ans de servitude à se ronger les sangs quotidiennement, avant de se donner enfin tout à la littérature vers 1893. Je me souviens que, pour qu'il puisse faire valoir ses droits à la retraite, Raymond Poincaré, le ministre de l'Instruction publique, avait dû plaider la neurasthénie. Ce qui était vraisemblable tant le professorat le rendait malade sous nos yeux mêmes. Misère de celui qui ne vit pas pour la tâche qui le fait vivre !

Ce jour-là au réfectoire, pour éviter de me lancer sur Kipling, un surprenant soupçon de délicatesse de la part de mes collègues, on m'aiguilla sur Mallarmé. De toute façon, c'était l'un ou l'autre. Pour ma chance, on m'avait collé deux étiquettes au front. Quand les gens vous voient dans un emploi, leur défaut d'imagination les empêche de vous représenter autrement.

« Tu te prends toujours pour ton maîîîîître ? me demanda-t-on sur le ton du persiflage.

— Quand on se choisit un modèle, autant en prendre un qui vous tire vers le haut, n'est-ce pas ? Je l'admirais, mais nous sommes très différents : moi, j'aime mon métier. Le lycée lui était chronophage, pas à moi. Il mesurait tout à l'aune du poème. Il ne m'a jamais invité à ses mardis de la rue de Rome, si vous voulez tout savoir. Et pour cause : je n'étais rien ni personne. Pas même un jeune poète en devenir. Juste un élève.

— Moi aussi, je l'ai eu comme prof, mais un an avant toi, intervint mon ami François qui venait de s'asseoir. À l'époque, on disait que dans les établissements où il avait enseigné avant d'atterrir à Janson, à Sens, à Condorcet, au collège Rollin, le proviseur et l'inspecteur général le jugeaient peu sérieux. Appliqué certes, entendez : laborieux, mais incapable de se rendre maître de l'esprit de ses élèves. On lui reprochait de n'avoir pas seulement l'air d'être ailleurs : il l'était vraiment puisqu'on le soupçonnait d'accabler les élèves de devoirs écrits à faire en classe pour se permettre de versifier pendant ce temps-là.

— Ça n'a pas dû plaire, ça… Surtout que sa poésie, c'était un prodige de pathos, phaebus et gallimartias ! lança une voix.

— C'est possible, lui concédai-je. Ça ne change rien. Je lui dois tant… Il ne m'a pas enseigné que l'anglais. Il m'a dispensé des leçons de vie.

— Ah… exemple ?

— Respecter les temps incubatoires indispensables à toute pensée en mouvement. »

Ce qui eut pour effet de déclencher un éclat de rire général autour de la table. Peut-être l'avais-je dit avec trop de sérieux, mais non, c'était juste que…

« Traduit du mallarméen, ça veut dire quoi ?

— Une école de patience. »

Je m'apprêtais à leur rappeler qu'au plus fort de l'affaire Dreyfus, on reprochait à ses poèmes ce qu'on reprochait aux Juifs : ils désagrègent ! Comment ne pas se sentir solidaires des uns comme des autres ? Heureusement, la sonnerie mit un terme à notre discussion. Mais dans le brouhaha du départ et le vacarme des chaises rangées sous les tables, un collègue assis plus loin mais qui manifestement n'avait rien perdu de nos échanges fit un léger détour pour passer devant moi. Et, d'une moue méprisante, me jeta à la figure :

« Ton Mallarmé a eu son "Raven", et toi, qui sera ton corbeau ? Ah oui, "If…" Le tout petit "If…" Pas de pot pour toi, mon vieux, pas de Poe… »

De lui, je ne m'attendais pas à mieux. Nous étions liés par une antipathie réciproque depuis que j'avais pris mes fonctions dans l'établissement, comme si elle était déjà épidermique. Question de physique, de poignée de main, d'odeur. Pourtant il fallait bien cohabiter dans la maison commune, participer à des réunions pédagogiques, assister à des conseils de classe. J'avais beau l'éviter, il se rappelait toujours à ma mémoire, se plantait sur ma route. C'était lui que François me désignait en décrochant le pastiche dans le couloir. Lui seul pouvait en être capable.

D'ailleurs, la saillie dont il venait de me gratifier relevait du même style brillant mais venimeux. Il est vrai que Graham Richardson était anglais et professeur d'anglais, et que ceci expliquait en grande partie cela.

Mon prochain cours n'avait lieu que deux heures plus tard. Comme il pleuvait sans discontinuer, je me réfugiai dans la salle des professeurs pour lire autant que pour me sécher. Il était là, mon ennemi intime. À croire qu'il m'attendait. Dès que je le vis, m'indiquant d'une main molle une place libre en face de lui comme s'il m'y invitait, un mot me vint à l'esprit que je recherchais depuis quelque temps pour le désigner, un mot qui m'obsédait comme le vague refrain d'une chanson ou d'un air de musique dont on ne parvient pas à retrouver l'origine mais qui nous accapare : sardonique. Tout à fait cela : il était sardonique, avec ce que cela suppose de froideur et de méchanceté, pas seulement dans le rire, auquel l'adjectif est le plus souvent raccroché, mais dans tout son être, accentué à son corps défendant par un regard paresseux, quasiment mi-clos, qui rendait son œil démoniaque. D'autres chaises étaient libres ; pourtant, c'est en face de lui que je m'assis, la curiosité l'emportant sur le dégoût. Je n'envisageais même pas de le convaincre. À quoi bon ? Kipling était de ces rares écrivains que nombre d'entre nous avaient entendus avant de les avoir lus, ce qui s'appelle lus. On nous le lisait quand nous ne savions pas encore lire. Quel statut pour un conteur de hanter l'imaginaire de millions de lecteurs avant même que ceux-ci se soient emparés de son œuvre, qu'ils l'aient tenue entre les mains !

« Quel est le problème avec vous, Richardson ?

— *No problem, my dear !* C'est juste que tu me fais rire

avec ton Kipling. Voilà bien une réaction de Français. “If...”, quand on le lit vraiment, quand on fait la liste de ce que ce père exige de son fils, *oh my God,* mais c’est extravagant, non ? Allons, Lambert, ton père t’a déjà demandé des choses pareilles ?

— Laissez-le de côté, oubliez-le, lui dis-je en insistant pour le voussoyer afin de ne pas tomber dans le piège de la fausse familiarité.

— Si un fils accède à toutes les exigences d’un père tel que Kipling, il ne sera pas un humain mais un dieu ! Autant lui dire qu’il ne sera jamais un homme ! Quand on lit ce poème, soit on devient un héros, soit on se suicide faute de le devenir.

— Tant mieux ! Quelle force intérieure a ce poème pour réveiller ainsi les lecteurs jusqu’à les troubler. Et puis, quel visionnaire !

— À cause de sa dénonciation de l’Allemagne ?

— ... Et quel poète.

— De là à en faire un prophète !

— Un poète et un prophète, c’est compatible. »

Au fil de notre échange qui s’envenimait, il me sembla que ce qui le hérissait le plus chez Kipling, c’était sa germanophobie affichée, revendiquée, proclamée même. Mais au fur et à mesure qu’il se dévoilait, je compris que son hostilité était plus générale, englobant l’écrivain, le politique, l’homme. Rien à sauver.

L’un de ses collègues, qui était français, se joignit à nous, piqué au vif par notre colloque de moins en moins discret.

« Il faudrait parler avec la même exigence aux doctes et aux élèves. Sur le même ton, pourquoi pas.

— Il y a chez Kipling une recherche de la vérité par le biais de la littérature et de la poésie qui me fascine, insistai-je.

— Mais quelle vérité, mon Dieu, quelle *fucking* vérité ?

— La vérité de la vie. Kipling n'a pas la religion de la littérature, il est à mille lieues de ses bigots qui essaient à tout prix de l'investir d'une mission sacrée. Sa fonction, son statut, disons, il n'en fait pas une mythologie.

— Une fonction cognitive de la littérature, intervint alors un professeur de philosophie. Si un écrivain n'entretenait pas un rapport privilégié avec le langage, il n'aurait pas accès à une forme supérieure de la connaissance et donc de la vérité. Et plus encore si cet écrivain est un poète... »

Soudain, c'était comme si toute la salle des profs s'enflammait autour de « mon » poème. Exactement ce que je cherchais à provoquer. Dès lors je tentai de faire dévier le débat pour les amener sur l'autre objet de mes tourments : la traduction. Car c'est bien cela qui me hantait au point d'en perdre le sommeil, tant j'avais le souci de ne pas le trahir. En Angleterre, ce poème s'est vite retrouvé affiché au mur de bien des salles de classe. Soit quatre strophes rassemblant deux quatrains à rimes croisées et comptant chacune huit vers classiques on ne peut plus anglais, le pentamètre iambique fait de cinq pieds. Mais qu'est-ce qui miroitait sous chacun de ces mots ? Et qu'en faire en français sachant que le rythme repose aussi sur la répétition en leitmotiv de « *If you can...* / Si tu peux... » ? La traduction ne m'était ni un métier, ni un passe-temps, ni même une passion. Mais l'admiration que je vouais à Kipling en général et à son poème en particulier m'exaltait. Je brûlais d'un feu que rien ne pouvait éteindre. Si M. Mallarmé ne m'avait pas formé à l'anglais comme il l'avait fait, à son corps défendant d'une certaine manière, j'aurais été capable de l'apprendre dans le seul but d'offrir « If... » aux jeunes Français en rendant justice à tout ce qui fait la richesse supérieure de l'anglais par rapport au français, dans son vocabulaire bien sûr mais en l'espèce dans ses harmoniques, ses sonorités, ses accents, ses rythmes, de manière à ne pas le réduire à son contenu. J'ignorais encore tout des conditions dans lesquelles il avait créé ce poème. Son arrière-plan de silence m'était inconnu. L'avait-il simplement écrit avec plaisir et facilité ou avait-il éprouvé la grâce de tutoyer l'ineffable ? Qui sait si un chef-d'œuvre peut être conçu en bâillant ou en regardant sa montre.

Ma rencontre avec ce poème n'avait pu se produire que parce que j'avais une affinité de problèmes avec lui. On dit que ce qui est pur surgissement est condamné à rester énigmatique mais je ne pouvais m'y résigner. Rien ni personne ne m'aurait fait renoncer. Encore fallait-il que le poète m'accorde son appui et, outre son autorisation, qu'il m'aide à vaincre les régionalismes, les néologismes, les archaïsmes, les citations cryptées, les emprunts aux autres langues qui émaillaient la sienne jusqu'à lui conférer une complexité vertigineuse. Ce flot d'énergie irriguait ses poèmes. Ce n'était pas qu'une question de mots mais d'oreille fine, la seule apte à me faire entendre la musique latente de Kipling, sa sonorité intérieure métamorphosée en style littéraire ; je rêvais de la musique en dessous, de l'air sous les paroles – tant le poète est, pour les Anglais, le chanteur de la tribu ; parfois, lorsque je marchais sur le chemin du lycée, je me surprenais à fredonner « If... ». J'en étais là, et plus j'avançais, plus je me demandais dans quelle folie je m'étais lancé.

Mes collègues s'accordèrent finalement à reconnaître la terrible efficacité du poème. Il contenait une foule, car Kipling avait réussi à sortir de soi pour y faire entrer les autres. Mais leur conversation menaçait de devenir vite pédante, chacun faisant assaut d'érudition quant aux échos du poème « Épilogue » de Robert Browning retrouvés dans le rythme et jusque dans le thème de « If... » et à l'intérêt de débusquer l'inspiration de Kipling moins dans le sonnet 116 de Shakespeare que dans le répertoire du music-hall qu'il était supposé connaître et apprécier bien mieux. Moi aussi j'avais la mémoire couturée de citations, mais ma fascination pour ce poème n'en était pas tributaire, comme s'il y avait fait le ménage avant de s'y installer. Outre sa forme, sa cadence, son message, sa puissance d'évocation, je dois reconnaître que son efficacité m'impressionnait. Non pas son succès déjà mondial, quatre ans seulement après avoir été diffusé. Notre maître Mallarmé nous avait enseigné que le succès, qui repose souvent sur un malentendu, a quelque chose de vulgaire dans sa faculté à corrompre les esprits. Foin de sa popularité, c'est son *efficacité* qui me laissait pantois. Une vraie mystique. J'avais pu l'éprouver sur mes propres élèves, puis sur d'autres et d'autres encore. Aucun autre poème n'avait à ma connaissance produit un tel effet sur de jeunes consciences, pour ne rien dire de sa capacité à ébranler celle de leurs parents. Une efficacité capable d'engager une vie au moment le plus propice. Bien sûr, d'autres autour de la table citèrent Byron, Wilde,

Rimbaud et d'autres. Ah, le cher Oscar... Kipling le méprisait, lui et sa bande, lesquels le lui rendaient bien, semble-t-il, son poème « In partibus » ainsi qu'un passage de *La lumière qui s'éteint* en témoignaient. Cela dit, rien de ce qu'ils avaient écrit n'avait alors atteint un tel statut d'universalité. Kipling, lui, avait étendu le champ de l'empathie, nous émouvant par des situations et des personnages à mille lieues de notre quotidien. « If... » parle aux pères aussi bien qu'aux fils, et qui n'est pas l'un ou l'autre ? Graham Richardson se dressait contre. Un tel roc d'insensibilité ne pouvait s'expliquer que par l'idéologie. On dit que notre pire ennemi est celui qui partage nos préoccupations. Avec lui, aucun risque. Mais à l'observer manipuler les collègues, je me demandais si, au fond, il n'était pas qu'une coquille vide qui se remplit du regard des autres.

« L'œuvre de ton Kipling est sans amour, ni sentiment, ni sexe. On peut y chercher les femmes en étant sûr de ne pas les y trouver. Que des animaux et des machines, voilà son univers. Moralisateur, pompeux. Et esthétiquement écœurant.

— Dans les pièces de Shakespeare, on ne s'embrasse jamais, tentai-je.

— J'aurais préféré qu'il creuse davantage l'exploration psychologique, et tant pis si c'est aux dépens des situations, renchérit l'autre angliciste, adoptant toutefois un ton plus empathique, moins radical. Qu'il aille à la pointe fine des choses. Parce que Kim-le-petit-ami-de-tout-le-monde, hummm... Allez, va pour le grand stoïcien du XXe siècle !

— Mais pourquoi es-tu si obsédé par une traduction

idéale de ce poème ? me demanda un latiniste. Il y a quelque chose d'inquiétant dans ce souci de perfection, de névrotique même, comme un absolu inaccessible auquel tu risques de consacrer une partie de ta vie en vain. Tu as lu la traduction que Kipling a faite des *Odes* d'Horace en anglais ? »

Je me doutais bien qu'il allait en venir là. À vrai dire je l'attendais, tant l'analogie était tentante.

« On ne peut pas dire qu'il ait eu une grande familiarité avec le monde antique, reprit-il. Les allusions aux rituels religieux chez les Romains ou à la poésie grecque l'ont barbé, ça se voit, ça se sent. Il est passé à côté de nuances importantes, la complexité et l'ironie d'Horace, et crois-tu que ça l'empêche de dormir ?

— Moi, si. Parfois, la nuit, je cherche les mots. De toute façon, là n'est pas le problème : Kipling est avant tout pour moi un grand poète et l'un des meilleurs nouvellistes anglais, voilà. Quant à « If... »...

— Oui, oui, on sait ! intervint Richardson. Le problème, c'est aussi que vous, les Français, vous ignorez l'autre Kipling, raciste, impérialiste, chauvin. Ici c'est un adorable francophile qui ne tarit pas d'éloges sur ce pays et ses habitants.

— C'est vrai, rien de ce qui est français ne lui est étranger. Et alors ? Dans "If...", il est tellement dans la mesure...

— ... Et ailleurs, dans une telle démesure, mais ça, vous l'ignorez ! Un drôle de couple tout de même que celui de Kipling et du peuple français : ils s'adorent car ils s'illusionnent réciproquement sur la vraie nature de l'être aimé. Mais traversez la Manche et allez l'écouter... »

Je me doutais déjà de l'argument qu'il allait produire avec la même théâtralité qu'un joueur de poker abattant la carte fatale. Comment lui faire comprendre que Kipling était de ces auteurs qui mettent leur peau sur la table lorsqu'ils écrivent ? Mais que lui le faisait aussi lorsqu'il s'exprimait en public, sans précaution, indifférent aux conséquences de ses débordements sur sa carrière.

« ... Vous étiez l'autre jour à Tunbridge Wells lorsqu'il a prononcé un discours contre l'autonomie de l'Irlande ? Un histrion hors de contrôle. Lisez les comptes rendus dans la presse : même les conservateurs ont été choqués par sa violence. Alors avec des *si*... et des *if*..., on peut avoir une autre image de lui, effectivement...

— On ne juge pas un poète sur autre chose que ses poèmes. Et je maintiens la grandeur du sien, entre autres.

— Tu vas fusionner Kipling et Mallarmé et pour le coup, ça va vraiment devenir incompréhensible ! lança une voix moqueuse du fond de la salle. De toute façon, s'il avait écrit ce poème pour une fille plutôt que pour un fils, ça aurait tenu en une seule ligne : "Si tu sais être belle, tu seras une femme, ma fille"... »

Le débat ne menaçait pas de dégénérer, comme souvent, mais plutôt de se dégrader. D'autant qu'au moment où nous nous levions de nos chaises pour partir, la voix, jusqu'alors allongée sur un canapé, passa devant moi et me décocha un : « Allez, Lambert, inutile de péter plus haut que ton cul, on n'est jamais que des petits profs... » qui me glaça. Plus j'écoutais certains d'entre eux, plus je me disais qu'on peut passer une vie à enseigner sans jamais rien apprendre.

À travers la fenêtre de la salle des professeurs, le ciel demeurait chargé. La pluie s'était calmée. Les passants zigzaguaient gauchement entre les flaques. Ils faisaient tout pour les éviter alors même que des écoliers sautaient dedans à pieds joints au risque de les éclabousser.

J'avais hâte de rentrer chez moi, dans cet autre Paris, après ma dernière heure de cours. Si l'on passait par le préau, un raccourci donnait accès à la chapelle au bout d'une aile du lycée qui débouchait sur la rue Decamps, sombre venelle du seizième arrondissement qui était en toutes choses à l'opposé de mon quartier.

Le Marais était alors le coin de Paris où se concentraient des immigrés venus de Russie et de Pologne. C'est peu dire que la municipalité s'en souciait moins que des lieux huppés de la capitale : l'hygiène était précaire, la saleté régnait dans ses ruelles étroites, les artères principales paraissaient à l'abandon, le tout exhalait un fumet d'exil, de misère et de solitudes agrégées qui prenait autant à la gorge qu'aux yeux. Dans les cours intérieures des anciens hôtels particuliers de l'aristocratie, des artisans avaient monté leurs ateliers. Nous vivions là depuis notre mariage faute de moyens, et il fallait une certaine imagination pour s'en accommoder au nom du folklore et du pittoresque. Pour autant, cela n'avait rien d'un îlot insalubre comme on en trouvait dans le quartier Saint-Merri. Nous aimions ce village au creux de la capitale parce que c'était chez nous et cela nous suffisait, en attendant mieux. Et puis nulle part nous n'aurions le bonheur de traverser tous les matins et tous les soirs le jardin du square Louis-XIII entre les tilleuls de Crimée et les marronniers d'Inde.

Sofia était déjà rentrée. Sa présence se devinait dès la cage de l'escalier aux vocalises qui l'emplissait. Bien que ce fût un exercice, c'était aussi émouvant qu'une danseuse à sa barre. Une amusante correspondance s'effectuait entre les degrés de l'escalier et ceux de l'échelle musicale. Des voisins s'en plaignaient mais avaient renoncé devant notre indifférence polie. Le fait est que l'ensemble de la copropriété était plus ou moins mélomane, qualité indispensable non seulement pour apprécier la musique mais pour supporter sa répétition fragmentée. C'était le cas de ceux que je saluais rituellement en prenant des nouvelles de leurs familles – les Deliège au quatrième étage, le docteur Maigret au deuxième, ceux qui nous prenaient en sandwich et se voulaient compréhensifs pour les nécessités de l'art lyrique.

J'étais son premier public et son plus fervent admirateur. D'ailleurs, je l'avais connue au cours d'une première à l'Opéra-Comique où elle s'était rendue seule, comme moi. Jamais je n'oublierai la date, et pour cause : le 15 décembre 1911.

Le hasard du placement nous avait fait nous coudoyer. Nous assistions à la création de la *Bérénice* d'Albéric Magnard. Elle était des rares parmi les spectateurs à s'être munis d'une partition, ce qui ne manqua pas de m'intriguer. Le genre de fille à traduire ses sentiments en notes. Après tout, la rumeur l'annonçait comme un spectacle plus musical que théâtral. Le compositeur lui-même ne présentait-il pas son œuvre comme « wagnérienne » ?

Combien de fois ai-je observé ma voisine au cours de la représentation sans qu'elle s'en aperçoive tant elle semblait captivée, capturée même, par cette tragédie en musique, alors que le livret est dénué d'actions et de péripéties... Elle semblait la vivre intimement comme si Bérénice, un rôle qui exigeait une tessiture d'une grande amplitude, difficile en ce qu'il imposait une présence permanente pendant plus d'une heure et demie, était une autre elle-même, dans toute sa noblesse altière, son sens du renoncement, son esprit de sacrifice, sa grandeur d'âme ; au-delà de l'empathie, cela relevait d'un étrange phénomène d'identification. Le compositeur lui avait facilité la tâche en rajeunissant son héroïne même si, tout en paraissant beaucoup moins que la cinquantaine, son âge historique, elle n'avait pas les jeunes traits et la silhouette gracile de ma voisine. En y repensant longtemps après, ne sachant plus qui « elle » désigne, de la mezzo-soprano Marguerite Mérentié sur scène ou de la spectatrice alors inconnue à ma droite, je serais tenté de dire « elles ». Plus je l'observais, plus je retrouvais comme projetées sur l'une la sensibilité et la sensualité de l'autre. Son attitude face au drame me frappait. Cette vision tout près de moi provoqua un si prompt bouleversement de toute ma personne que j'eus du mal à le dissimuler.

Je me trouvais là poussé par la curiosité, pour voir ce que le compositeur-librettiste avait fait de la pièce de mon cher Racine ; alors que sa présence à elle, de toute évidence, obéissait à quelque chose de plus profond. Au troisième et dernier acte, dans la scène du duo des adieux, la partition refermée, ses lèvres remuaient comme si elle connaissait par cœur le rôle de la cantatrice.

Sa charge émotionnelle passait ainsi de la scène au vingt et unième rang. Pour la toute fin, alors que Bérénice désespérée occupe seule l'espace, lorsque j'aperçus une larme muette couler sur sa joue, l'œil translucide tel un petit astre dépoli, je lui proposai aussitôt mon mouchoir dont elle se saisit sans la quitter des yeux. Lumineuse, la vraie princesse de Judée était assise à mes côtés et je n'en revenais pas.

À la sortie, elle accepta sans fausses manières de souper au restaurant le plus proche dans la rue même menant à la place Boieldieu. L'ancien « Poccardi » était devenu « Les Noces de Jeannette » en hommage à l'opéra de Victor Massé qui faisait les beaux jours de la salle Favart depuis plus d'un demi-siècle. On ne se sentait pas dépaysé dans ce décor de rideaux d'avant-scène au velours rouge. À peine avions-nous fait un sort à la galantine à la gelée que nous nous affrontions sur *Bérénice*.

« À la sortie, j'ai entendu Reynaldo Hahn dire à l'homme qui l'accompagnait que le spectacle avait des qualités mais qu'il souffrait d'une extrême aridité mélodique. Vous verrez bientôt dans sa chronique du *Journal*...

— Désolé, je lis d'autres feuilles, même pour la critique musicale, fis-je. Mais je l'avais repéré quelques rangs devant nous : lui aussi, comme vous, suivait une partition sur les genoux. Je me suis demandé si Albéric Magnard n'était pas finalement un musicien pour musiciens...

— N'en croyez rien ! C'est juste que la tension de son écriture vocale exige beaucoup des chanteurs.

— Et la soprano, vous l'avez trouvée comment ?

— Sonorité pure dans son étendue, les notes hautes sont chaudes et rondes.

— Vous-même... »

Alors, après le cœur de filet de bœuf financier, le château Latour 1909 aidant, nous nous sommes raconté nos vies jusqu'à la fermeture. Elle surtout, légèrement enivrée sans que cela gâte son port de tête et sa discrète majesté si orientale, accompagnant le récit de ses souvenirs d'une gestuelle de danseuse.

Son enfance à Moscou, l'influence de son père directeur de théâtre, une adolescence dans une atmosphère de coulisses, des artistes tous les soirs à la maison, le conservatoire très tôt vécu comme un carcan et la musique comme une ascèse, une grand-mère mezzo-soprano, frustrée d'avoir dû abandonner, qui lui avait révélé à quatorze ans sa voix un peu grave au vibrato distinctif, la tessiture large et l'aigu étendu, l'originalité de sa coloration alors qu'elle ne chantait même pas, une voix rare mais trop particulière pour être intégrée à une chorale, puis l'apprentissage d'une technique assez impeccable pour être mise à distance sans oublier l'essentiel qu'elle ne disait pas mais qui me sautait aux yeux : la volonté, l'esprit critique, une farouche indépendance. « Ma » mezzo-soprano : je pourrais dire que je l'ai connue dans un instant de grâce où la chronologie des faits coïncide avec le calendrier des sentiments. On a continué à parler en marchant tandis que je la raccompagnais chez elle. En traversant l'un des ponts qui relient les deux rives de la Seine, elle semblait pétrifiée dans ce charme de pierre qu'est Paris comme seule une étrangère peut l'être.

Il n'y eut que neuf représentations de *Bérénice* avant

que l'œuvre ne quitte l'affiche de l'Opéra-Comique. La critique entérina l'échec si elle ne le provoqua pas. Quant à moi, j'en conserve le souvenir d'un succès puisque quelques mois après cette soirée, j'épousais Sofia. Nous étions assez distincts pour être deux et assez semblables pour ne faire qu'un.

Lorsqu'elle m'entendit refermer la porte de l'appartement et poser mes clés dans un cendrier en terre cuite à l'entrée, elle suspendit aussitôt sa voix pour m'embrasser. Son instinct m'épatait tant il était animal. Parfois, c'était à croire qu'elle anticipait mon arrivée dès le débouché de la rue des Francs-Bourgeois, au bruit de mes pas pendant la dizaine de mètres que j'avais à franchir avant de pousser la lourde porte du 21 place des Vosges. À peine étions-nous assis qu'elle m'entreprit de telle manière que j'eus le sentiment de poursuivre avec elle une conversation qu'elle avait eue quelques heures plus tôt avec un autre. Il s'agissait une fois de plus d'opéra, de ce que le public ne comprend rien à ce qu'on chante, plus encore avec une voix de tête, et qu'il convient de ne pas courir, ne pas pleurer, ne pas tourner le dos, le tout dit sans énervement, avec la douceur dont elle était coutumière. C'était elle l'artiste, mais la flamme du couple était censée s'être réfugiée chez moi ; d'ailleurs, elle mettait volontiers ma passion sur le compte de mes excès mélodramatiques.

« Pas trop durs, les élèves aujourd'hui avec mon chéri ? »

Par cette phrase rituelle, question qui n'appelait pas vraiment de réponse, elle se suggérait à elle-même qu'il était temps de passer à autre chose, de lâcher la musique pour la soirée et d'en venir à mes soucis du jour, toujours les mêmes avec des variantes.

« En fait, j'ai moins eu maille à partir avec des petits qu'avec des grands. »

Après que je lui eus raconté ma journée dans le détail, elle pointa aussitôt le coupable :

« Richardson, encore lui ! Il ne te lâchera donc jamais ?… Cela dit, si tu leur parles de tes deux poètes de chevet autant que tu m'en parles, et si tu insistes toujours sur le même poème, je peux comprendre que… Mais qu'est-ce que tu lui dois ? Mallarmé, il t'a fait, mais Kipling ? Rien.

— Je lui dois de m'avoir appris qu'il faut d'abord raconter avant d'analyser.

— Dans un poème aussi ?

— Dans un poème surtout. On n'a rien fait de mieux depuis Homère.

— Je vois… À table ! »

Le dîner commençait bien pourtant ; nous étions fatigués de notre journée mais sereins, heureux de nous retrouver, nos cœurs accordés ; pourtant le dîner tourna mal. Nos disputes étaient rares. Mon père en était souvent la cause. Sofia craignait en effet que je ne réduise la distance que j'avais mise entre lui et moi. Entre lui et nous, devrais-je rectifier, car elle le détestait autant qu'il la méprisait, et ce dès les présentations officielles. Pourtant, leur commune passion pour la musique aurait pu les rapprocher. Mon père, qui enseignait l'histoire de la musique au Conservatoire et à la Schola Cantorum, avait échoué à succéder à Romain Rolland à la Sorbonne ; il n'avait pas le profil ; on lui reprochait de tirer trop son enseignement vers la littérature sur la musique et pas assez vers la musicologie. Cela l'avait rendu amer, envieux, aigri, à ce qu'on m'avait rapporté. Dès qu'il avait fait la connaissance de Sofia, il n'avait pu s'empêcher, à la table du déjeuner de famille, de se moquer cruellement de « ces étrangers » qui prétendaient pouvoir interpréter de la musique française avec la même sensibilité que « la nôtre ». Il n'avait laissé aucune chance à ma femme. Mais cette fois-ci, ce n'était pas à cause de lui que l'atmosphère du dîner s'était envenimée.

Ce soir-là, lorsque Sofia m'annonça la date de son prochain récital, j'en fus si atterré que je m'étais tu. Je savais qu'elle y accordait une importance toute particulière – Bizet-Fauré-Ravel à la salle Gaveau – car elle y avait convié le professeur dont elle ne cessait de parler depuis qu'elle avait suivi son enseignement à Berlin. C'était la pire des dates, du moins pour moi : elle coïncidait avec la semaine que j'avais accepté de passer en Angleterre avec John, le fils de Kipling, pour l'aider à perfectionner son français avant les examens. Impossible de reculer : les billets avaient été réservés auprès de la Compagnie des chemins de fer du Nord jusqu'à Calais, de même que ceux de la traversée de la Manche jusqu'à Douvres à bord du *Queen,* le premier paquebot à hélice et turbine mis en service depuis quelques années, et ceux de Douvres à Londres auprès de la South Eastern & Chatham Railway ; le lycée, déjà prévenu d'un congé sans traitement pour raisons personnelles et familiales difficilement négocié et accepté. Je m'en morfondais silencieusement. Tout avait été préparé. Et puis c'était Kipling…

« Toujours lui… »

Elle l'avait dit doucement, comme à son habitude, mais si déçue et si triste qu'elle n'avait pu lever les yeux jusqu'à moi. Intérieurement effondrée, c'était comme si elle avait abdiqué son signe astrologique parfois brandi comme une excuse à ce que sa détermination pouvait avoir d'inflexible – le Bélier. Résignée, son visage fermé manifestait qu'elle ne lutterait pas jusqu'à l'aube.

« Je me demande… », reprit-elle, le regard fixé sur le tapis, à croire qu'elle cherchait à en déchiffrer les motifs en forme d'amande.

« Quoi ?

— Quand on aura des enfants, il passera avant eux aussi ? »

3

John

Le paysage du Berkshire défilait à travers les vitres du train, mais parfois les secousses étaient telles que l'on se serait cru à une séance de cinéma. L'image sautillait par intermittence, un peu comme dans *Fantômas,* le film policier de Louis Feuillade que nous avions vu à sa sortie un an plus tôt au Gaumont-Palace de la rue Caulaincourt. Le spectacle des grandes forêts de bouleaux que j'espérais apercevoir semblait tout aussi mystérieux. Ne manquaient que les cartons indiquant les détails de l'action ou la proximité de la résidence royale des Windsor. Des pages de Kipling décrivant des paysages me revenaient en mémoire ; son trait était si pur, si précis, si net, si nuancé qu'on les aurait dits aperçus derrière une vitre invisible débarrassée de la moindre trace. Mon exemplaire du *Grand Meaulnes* d'Alain-Fournier, qui avait manqué de justesse le dernier prix Goncourt, demeurait fermé sur mes genoux depuis que le train roulait. De toute façon, j'étais si absorbé par mes pensées que je ne pouvais pas même me concentrer sur les panneaux. Une phrase de Kipling me revenait en boucle : « On ne se défait pas des six premières années de sa vie. » Avec une variante : « Donnez-moi les six premières années de la vie d'un enfant et gardez le reste. » L'avais-je lue sous sa plume ou entendue de sa bouche, peu importe puisqu'elle me travaillait. Mais à ma connaissance, de ce que m'en avait dit Holmes, l'enfance de John s'était déroulée sans nuages, à supposer que l'ami de la famille ait pu sonder les âmes et les cœurs. Il est probable que, tout en m'entretenant de la personnalité de son fils, Kipling m'ait parlé de lui-même ; il était convaincu que tout se joue dès le début, que le caractère est très tôt en place, que l'essentiel d'un tempérament se fixe avec sa part d'hérédité et surtout sa réaction aux événements qu'il aura déjà eus à affronter. Cette conception ne m'était pas inconnue : vue des lycées de la République, elle était considérée comme un héritage de Loyola et de la pédagogie jésuite. Pour ma part, je l'aurais volontiers étendue au-delà de la prime enfance. Un écrivain dont le nom m'échappait avait bien résumé mon sentiment en une formule : « À vingt ans, on est achevé d'imprimer. »

Autrement dit : la charpente et les structures de la maison sont bâties, ne reste plus qu'à la décorer, à l'embellir, à l'agrandir toute une vie durant. Mais on ne changera pas le plus important. Arrivé en gare de Crowthorne, j'en étais convaincu.

En ce mois d'avril 1914, John Kipling avait dix-sept ans. À cet âge, certains s'ébauchent à peine, d'autres se cherchent. J'ignore si tout était joué pour lui depuis longtemps ; mais ce que je sais, c'est que son père avait déjà décidé de la nature de la partie et de son issue à sa place. Le père avait lancé les dés, pas le fils. À peine avais-je posé ma valise au Wellington Hotel que j'en fus persuadé. Me faisant passer pour son parrain, John Kipling avait obtenu de la direction du Wellington College l'autorisation de venir m'y chercher. C'était l'heure du thé. La sympathie réciproque fut immédiate si j'en juge par la facilité, le naturel oserais-je dire, avec lesquels la conversation s'engagea. À peine dix ans de différence d'âge, il en faut plus pour creuser un fossé de génération et visiblement ce n'était pas notre souhait, pas plus à lui qu'à moi. Le garçon était mince, pour ne pas dire d'allure frêle, un mètre et soixante-sept centimètres sous la toise, il avait trouvé le moyen de pousser comme la giroflée entre deux pierres puis il s'était arrêté ; les traits fins mais le visage sans caractère ; seules ses lunettes cerclées lui conféraient un certain charme. Quelque chose de foncièrement bienveillant dans sa personne annonçait dans notre avenir commun peut-être pas de l'amitié mais une sorte de fraternité. Il est vrai que, dès l'abord, il ne fit pas d'efforts pour paraître autre qu'il n'était. Une heure durant, nous avons parlé de tout sauf de littérature et de langue françaises. De tout, autrement dit de ses deux passions dévorantes : d'abord la moto, la sienne surtout, offerte par son père, une Douglas fameuse pour son moteur bicylindre à plat – et ce goût des machines modernes était probablement la seule chose qu'il avait en commun avec lui ; ensuite le sport. Malgré une carrure qui n'en imposait pas, ou peut-être à cause d'elle, il y brillait à force de persévérance que ce fût au hockey sur glace, au football (« un jeu ignoble selon mon père ! » disait-il en riant) ou au rugby. Il remporta même une course à pied organisée par Pearson, sa Maison, et se vit couronné de la « Young

Cup ». Il l'annonça à ses parents par le simple biais d'un *post-scriptum* au bas d'une lettre.

« Ça ne valait pas plus mais un jour j'ai su par un ami de la famille comment mon père avait réagi car il lui avait écrit le jour même », me confia alors John, en fermant les yeux un instant afin de rassembler ses souvenirs au mot près : « "Je me suis rassis à table, j'ai allumé une cigarette et j'ai jubilé intérieurement. Attends d'avoir toi-même un fils et tu connaîtras le sentiment qui envahit un père quand son fils réussit"... Inouï, non, où peut se placer l'orgueil paternel ? »

Non, quand on se souvient que le père en question avait eu des difficultés à se mettre au polo puis au tennis dans sa jeunesse aux Indes. Comme John tenait à m'initier aux règles et aux subtilités du cricket, lesquelles me dépassaient largement malgré ma bonne volonté, je lui promis en échange d'en faire autant avec le jeu de paume que je pratiquais assidûment à Paris ; la dernière salle de la capitale avait été inaugurée depuis peu rue Lauriston après la fermeture des deux salles historiques qui subsistaient place de la Concorde ; inutile de se rendre en France, je l'emmènerais dans la région, à Bath ou Bristol, pour disputer une partie de ce que ses compatriotes avaient importé sur l'île, grâce aux aristocrates exilés après la Révolution, sous le nom de « Royal Tennis » ou de « Real Tennis ».

« Et vous savez d'où vient le nom de "Tennis" ? lui demandai-je pour lui insuffler un peu de curiosité étymologique. De ce qu'autrefois, lorsqu'un paumier avait le service, il criait : "Tenez !" à son adversaire avant de frapper la balle avec la raquette. Or les Anglais ne pouvaient se résoudre à le prononcer autrement que “Ténezzz”. En simplifiant les règles du jeu, ils ont également glissé vers “Tennis”, voilà tout… »

L’anecdote l’enthousiasma mais il en fallait davantage pour l’amener à étudier sérieusement le français comme son père m’en avait confié la mission et comme sa propre secrétaire, Mrs Dorothea Ponton, s’y était essayée avant moi avec les mathématiques. En fait, je ne tardai pas à comprendre que le fait même d’étudier, en général et en particulier, suscitait en lui une indifférence insurmontable. Les quelques jours que je passai en sa compagnie furent agréables car rien dans sa nature ne poussait au conflit. Il était plutôt dans l’évitement. Lorsqu’il était écolier à Stanford, déjà, ses professeurs lui reprochaient de se dérober devant les difficultés. Mais de toute évidence, sa décision était prise : il ne pousserait pas ses études au-delà de Wellington College. Il n’avait pas le niveau requis pour entrer à Cambridge ou Oxford. Il n’en avait pas l’étoffe et le savait. Et même, à supposer que la légende attachée à son nom eût aidé, il ne suffit pas d’être reçu dans ces universités-là, encore faut-il s’y faire admettre. Avec ses terrains de sport, sa chapelle, la Maison de Pearson où vivait John, la bibliothèque exposant les reliques du duc de Wellington, y compris le manteau qu’il portait à Trafalgar, Wellington College avait quelque chose d’un *college* d’Oxford mais en réduction ; c’est ce qui avait plu à Kipling lorsqu’il s’y était rendu en repérage, emballé par la forte tradition militaire d’une école créée à l’origine pour accueillir les orphelins de père officier. Tout lui avait paru parfait jusqu’à la devise au-dessus de la porte de chaque maison : « *Filii heroum* ». Les fils des héros !

Consciemment ou pas, il plaçait une fois de plus John sous son prestige déjà écrasant. Car sans avoir jamais fait la guerre qu'il avait tant exaltée, sans avoir tenu un fusil ailleurs qu'au pas de tir où il se débrouillait plutôt bien, Kipling était considéré par une grande partie de la nation comme un héros de la littérature.

Qu'il fût un bon père, affectueux et attentionné avec ses enfants, cela ne faisait guère de doute. Qu'il aimât son seul fils, non plus, malgré la déception. Leur relation, plus tendre que ne l'autorise d'habitude la froide retenue anglaise, en témoignait de même que la chaleur de leur correspondance. Seulement le père aurait tant souhaité que son fils soit plus Kipling et moins John. Sa désillusion se dissimulait difficilement.

Il s'appelait John comme tout le monde, ou presque. C'est aussi qu'à peu de chose près il était comme tout le monde, ou presque. Mais comme il est compliqué de devenir le fils de son père ! Je le dis pour lui sans m'exclure de ce défi qu'on se lance à soi-même. Moi, c'était comme si j'avais perdu mon père.

Le sien s'appelait Rudyard comme personne, ou presque, car ses parents s'étaient rencontrés près du lac Rudyard, dans le Staffordshire.

John avait été heureux plus jeune lorsqu'il était pensionnaire à St Aubyns, une école située dans la ville de Rottingdean, dans l'est du Sussex, et ses résultats s'en ressentaient. On l'avait promu dans une classe de première division avec douze autres élèves au sein d'un établissement qui en comptait quatre-vingt-quatre. Un groupe qui se prenait pour une élite. À ce titre il jouissait de privilèges : distribuer le courrier ou se servir tout seul des légumes à la cantine alors que les autres avaient droit à une ration attribuée d'office et sans choix... Puis ça s'était gâté. Il marquait un certain intérêt pour le latin et l'anglais, ce qui rendait son père perplexe. Mais lorsqu'il prit l'initiative d'abandonner le grec au profit de l'allemand, celui-ci l'adjura de n'en rien faire, lui expliquant qu'il pourrait toujours pratiquer la conversation allemande en l'accompagnant en vacances à Engelberg mais que le grec demeurait indispensable à un honnête homme :

« C'est la clé de la vraie sagesse et donc de la vie ! »

Combien de fois le lui a-t-il répété dans ses lettres...

Il est vrai que sur ce plan-là, Kipling avait été irréprochable. La pension étant considérée comme un dur exil nécessaire aux yeux de tout Anglais bien né, il bombardait son fils de missives, plus ou moins longues suivant qu'il se trouvait à la maison ou en voyage. Lorsqu'il était au loin avec Carrie, ses lettres relevaient de sa littérature tant elles étaient vivantes, descriptives, bien composées, colorées. On aurait cru qu'il donnait des nouvelles au sein d'une nouvelle. Mais même lorsqu'il était chez eux, il racontait avec un grand luxe de détails la vie quotidienne à Bateman's, les visites de tante Ciss et d'oncle Stan, la pluie du 4 juin et pourquoi il a toujours plu les 4 juin, l'effet de la pluie sur le match de cricket sur la magnifique pelouse d'Eton, les bavardages avec sir Guy et lady Campbell... C'est juste qu'il ne pouvait s'empêcher de raconter. C'était un prince de la digression, du moins en donnait-il l'impression. En vérité, ce qu'il plaçait entre parenthèses était aussi nécessaire que le reste.

« Qu'est-ce qu'il a pu m'envoyer comme longues lettres

pleines de pas-de-nouvelles, comme il dit ! Sans compter les lettres qui sentaient le pétrole !

— Le pétrole ?

— Celles où il ne parlait que bagnoles ! »

Il lui donnait volontiers du « Mon vieux » à l'égal d'un camarade de régiment. Toutes se terminaient par des formules exprimant une forte affection qui n'était pas de circonstance : « Ton père qui t'aime »... « Avec tout mon amour »... « Ton propre Pater »... John m'en dressa la liste sans fausse pudeur mais non sans fierté, en en souriant parfois mais sans dissimuler ce que cela pouvait avoir d'étouffant, d'oppressant même.

« D'autant que non seulement j'étais le seul garçon de la famille mais que tous les espoirs ont reposé sur moi depuis que... que Josephine... », fit-il d'un ton sans voix qui alla *decrescendo*, absent de lui-même.

Comme il se ressaisit aussitôt, je n'insistai pas pour en savoir plus.

Jamais son père ne fut avare de conseils, pour les études et pour le reste, lui exprimant sa confiance dans sa réussite aux examens ; il craignait plus que tout la promiscuité entre garçons et les mauvaises influences au moment de l'éveil de sa sexualité.

« Ah, les conseils de mon père !..., soupirait John en gardant le sourire. "Garde ta langue entre tes dents !... Ne critique pas à tout-va !... Prends garde à la bestialité de certains types !... Quand on accepte toute forme d'amitié avec eux, malgré leurs mérites athlétiques, on risque le déshonneur !... Fuis le porc contaminé !..." »

Sans s'en apercevoir, depuis le début il évoquait tout cela au passé comme si la page de cette époque-là était déjà tournée. On parlait, en français si possible. À table le plus souvent ou dans de longues marches dans la campagne en direction de Sandhurst, l'Académie royale militaire, et des forêts de Bracknell. Je me sentais coupable d'avoir échoué dans ma mission. Mais avais-je la moindre chance d'y parvenir ? Un bon garçon au tempérament affirmé, John, plein de qualités quoique dénué d'imagination, autant de gentillesse que d'humour, mais vraiment pas fait pour étudier. Le problème est que, si je distinguais mal à quoi il se destinait, je voyais mieux ce à quoi son père le prédestinait : le métier des armes. Celui que lui-même n'avait pu accomplir et dans lequel il s'était depuis longtemps préparé à entrer par procuration. Pour que le nom de Kipling s'y illustre enfin. Mes conversations avec John me le confirmèrent, si un doute subsistait encore : dans l'esprit de Kipling, l'armée concentrait les vertus qui devaient être celles de la nation et de l'Empire. L'organisation, l'ordre, la discipline, le devoir, la responsabilité. Il ne concevait pas de meilleur fonctionnement pour une société évoluée. Ce n'était même plus un projet politique mais un idéal de vie. L'écrivain qui connaissait l'Empire de l'intérieur abhorrait le genre « parlementaire en mission », celui-qui-ne-fait-que-passer.

De toute évidence, Wellington College avait été un choix par défaut. Sir John Arbuthnot Fisher, l'amiral de la Flotte, s'était pourtant proposé de recommander l'élève dans une bonne école de cadets mais au vu du bulletin scolaire, il n'insista pas ; Kipling non plus, la mort dans l'âme, bien qu'il plaçât la Royal Navy bien au-dessus des autres armes depuis son adolescence, lorsqu'il était à Westward Ho !, près de Bideford, où l'on formait des fils d'officiers de marine. Pour un homme comme lui, qui éprouvait une authentique passion pour la vie maritime et un puissant tropisme pour sa mythologie, voir son fils intégrer l'armée de terre en lieu et place de la marine de Sa Majesté se vivait comme une déchéance. Son bon vieux pragmatisme devait l'emporter comme en toutes choses.

Car à Wellington College non plus, la scolarité de John n'était pas brillante. Pourtant John Yardley Pearson, son *house master*, un homme cultivé dont le classicisme ne l'empêchait pas de guider la curiosité des élèves vers la modernité, exerçait une bonne influence sur lui ; mais cela ne suffisait pas, et ses absences répétées n'arrangeaient rien. Le vieux rêve de Kipling s'estompait. L'armée de l'air, il ne fallait même pas y penser pour les mêmes raisons. Restait l'armée de terre. Je crois qu'à la suite de cet échec, il cessa de se convaincre que son fils valait mieux que ce qu'il semblait être. Mais il n'envisageait pas d'autre avenir pour John que le métier des armes.

Tu seras un homme, mon fils…

Plus que je ne l'imaginais avant de le retrouver à Wellington, John me ramenait à « If… », « le » poème, le mien peut-être plus que le sien. Dès l'école, lorsqu'un professeur lui demandait s'il avait lu les livres de son père, il répondait non. On ne le croyait pas, si bien que la question revenait régulièrement. Toujours non. Moins un refus déterminé qu'une indifférence. *The Captain*, un magazine pour les garçons, demeurait sa lecture préférée malgré les multiples incitations à étendre un peu au-delà le champ de sa réflexion ;

encore que les *Tales of St. Austin's,* des nouvelles de P.G. Wodehouse qui se déroulaient dans une école de son imagination, fussent très plaisantes.

« Non seulement je ne lisais pas les livres de mon père mais j'avais le plus grand mal à déchiffrer son écriture. Au fond, j'ai mis du temps à découvrir qu'il était un personnage public... », avoua-t-il au détour d'une de nos conversations et, songeur, il laissa sa pensée un instant en suspens, le regard dans le vague, avant d'ajouter : « Un jour, alors qu'il m'emmenait en voiture à Wellington College et qu'il me demandait si j'étais content d'intégrer cette école, je n'ai pas pu m'empêcher, c'est sorti tout seul de ma bouche : "Dieu merci, là-bas, au moins, je n'entendrai pas parler de 'Recessional'"... »

C'était à se demander si la candeur ne l'emportait pas sur le reste chez ce garçon, mais non. C'était tout autre chose. Plutôt le désir de se construire différemment sans y parvenir vraiment, faute de s'en donner les moyens. Son absence de caractère retenait ses élans. Il en aurait pourtant fallu de peu pour les libérer. Un événement qui l'aurait détaché de son nom, c'eût été impossible, mais du fardeau que cela représentait. Son propre fardeau de jeune homme blanc. En quittant l'adolescence, il comprit que son nom le précédait. Le nom du père : une bénédiction et une malédiction. Pesant est l'héritage, surtout lorsqu'il faut le porter du vivant du géniteur. Plus pesant encore pour qui a grandi dans un univers de grands idéaux parfumés. Le père avait mis si haut la barre pour le fils. Il faut une sacrée force de caractère pour se soustraire à cette injonction d'excellence. Sans quoi, plutôt que d'être un symbole à dépasser, elle se révèle trop lourde à porter. Au moins John connaissait-il ses limites. Kipling ne lui avait pas mis dans la tête cette idée funeste selon laquelle il y a en chacun de nous un génie en herbe entravé.

John était John, voilà tout.

À mesure que je le découvrais, je m'attachais à lui par une affection aussi réelle que spontanée. Peut-être la complexité de ses rapports avec son père faisait-elle écho aux difficultés que je rencontrais à parler au mien. Je ne pouvais m'empêcher de m'expliquer ainsi notre proximité.

Plus je l'observais se déprendre de Wellington College par paliers successifs, plus revenait me hanter « Les digues », un poème de 1902 recueilli l'année suivante dans *Les Cinq Nations,* un vers en particulier : « Peut-être avons-nous déjà tué nos fils ! » Comment n'en aurais-je pas été troublé en cette fin du mois d'avril 1914, alors que je n'avais jamais cessé de louer le prophétisme de Kipling ? Plus que tout autre, il avait senti le vent mauvais de la guerre qui vient. Il endossait la tunique de Cassandre au mépris de ceux qui dénonçaient sa germanophobie. Inflexible en bien des domaines, il l'était plus encore sur ce chapitre-là. En cette avant-guerre, il lui manquait encore cette douceur que l'on ressent lorsqu'on a un long passé derrière soi comme un ciel de traîne. Un état qui vient avec l'âge, en principe.

« Peut-être avons-nous déjà tué nos fils ! »... Tout de même, n'était-ce pas un peu tôt pour un *memento mori* ? Quand on n'a pas vingt ans, on ne veut pas se souvenir qu'on va mourir.

Si John n'avait pas reçu les dons de son père en héritage, il est en revanche une disgrâce héréditaire à laquelle il ne put échapper : sa forte myopie. L'un comme l'autre portaient des lunettes sans lesquelles ils étaient perdus. À l'école, Kipling était le seul à en avoir, si bien qu'on l'avait affublé de sobriquets le rattachant à ses hublots. À l'origine de son handicap, il y avait eu un choc que ses écrits ne dissimulaient pas. Il revint presque naturellement dans notre conversation alors que je me risquais à demander à John quelle était la clé de son père :

« Son enfance, comme tout le monde, qu'alliez-vous imaginer ? Sauf que lui est passé de la lumière aux ténèbres sans comprendre pourquoi. Imaginez un instant : un enfant né dans ce pays magique qu'est l'Inde, qui coule des jours heureux auprès de parents aimants et de sa sœur, et qui, à l'âge de six ans, est emmené avec elle loin de ce paradis pour être placé brutalement chez un couple qui prend en pension ceux dont les parents vivent aux colonies. Les Holloway, cette famille d'accueil, vivaient du côté de Portsmouth, dans le Hampshire. L'homme, un commandant de vaisseau à la retraite, boiteux à la suite d'une partie de pêche à la baleine, une sorte de capitaine Achab en plus sympathique. Sa femme et leur fils, des pervers d'une cruauté sans égale. On l'a interrogé et brimé en permanence ; c'est là qu'il a appris à mentir et donc à raconter des histoires. Son martyre dura six années. Autant de jours et de nuits à se demander pourquoi ses parents les avaient abandonnés là. Car il vécut cela comme un abandon inexplicable. Cet endroit resta à jamais gravé dans sa mémoire comme…

— La Maison de la Désolation ?

— Je vois que vous l'avez lu. Cette formule, ça veut tout dire, non ?

— Vous-même, vous l'avez vue dans ses écrits, n'est-ce pas ?

— Je vous l'ai déjà dit, je n'ai jamais rien lu de lui, c'est comme ça, ne cherchez pas à comprendre, mais c'est comme si je l'avais lu à force d'en entendre parler. »

Holmes me l'avait dit à Vernet-les-Bains. Les traitements que le jeune Rudyard y avait endurés l'avaient plongé dans la dépression. Le mal prit de telles proportions qu'un spécialiste vint de Londres l'examiner et diagnostiqua l'un de ses effets les plus redoutés : une quasi-cécité aussitôt prévenue par le port de lunettes. Mais si l'enfance du père fut à un certain moment un cristal de larmes, ce ne fut jamais le cas du fils.

Pour John, ce fut un autre spécialiste venu de Londres, Arnold Lawson, qui décréta l'état d'urgence pour ses yeux. Le temps avait passé mais ça ne s'était pas arrangé. Un matin, son père, qui lui avait demandé de bien s'habiller pour l'occasion, était venu le chercher à 12 h 45 précises afin de l'emmener passer une visite médicale à Aldershot. Le verdict fut sans appel : sa myopie était bien supérieure à la norme. Sa mise impeccable n'y fit rien. Une vision de 6/36 de l'œil gauche comme du droit. Sans lunettes, il était dans le brouillard dès la deuxième ligne du test de vue. Malgré cela, le jeune homme voulait s'engager dans l'armée. Comment pouvait-il en être autrement chez un garçon tout sauf rebelle à l'autorité, qui avait baigné pendant son adolescence et sa jeunesse dans le liquide amniotique du patriotisme et qui brûlait de rendre enfin son père fier de lui pour autre chose qu'une victoire à une course à pied ? Dans un tel contexte, il ne risquait même pas d'être effleuré par les sirènes du pacifisme, état d'esprit que son père résumait d'un dicton : Fi de manteau quand il fait beau.

« En fait, l'armée, j'y pense depuis un an », avoua-t-il.

Sur le moment, je n'aurais su dire quelle en était sa véritable motivation : se prouver quelque chose à lui-même ? trouver enfin une vocation ? être un motif d'orgueil pour son père ? ne plus se soustraire à sa pression, fût-elle légère ? Peut-être ce bouquet d'intentions.

« ... Et j'en ai aussitôt parlé à mon père. Deux jours après, il a eu l'occasion de croiser une huile du War Office dans une cérémonie ou un dîner. Le type lui a assuré qu'il allait écrire au bon responsable pour que j'obtienne un contrôle médical en priorité à titre de galop d'essai. Mon père y était favorable. Il m'a même fortement suggéré de porter des pince-nez plutôt que des lunettes. Pour paraître plus distingué et dans l'espoir qu'ils améliorent ma vue. Mais il était déjà inquiet pour la suite car à ce stade-là, déjà, une lettre de recommandation était nécessaire, et même si Pearson, le chef de ma Maison, en était l'auteur, il était certain que cela ne suffirait pas.

— Mais où vouliez-vous vous présenter à l'époque ?

— Tout près d'ici, là où l'on forme les élèves officiers.

— Sandhurst, vraiment ? »

À l'étonnement qui fut le mien, il baissa les yeux, embarrassé par une réaction spontanée qui le renvoyait à ses insuffisances, ce dont je ne cherchai pas à m'excuser afin de ne pas le blesser davantage. Mais de combien de gamins a-t-on dit : l'armée fera de lui un homme ? Sans être militariste, moi-même j'en convenais, de même que je ressentais un chronique et irrésistible bouleversement au spectacle des musiques militaires, ce qui m'avait toujours valu des piques de ma grand-mère. Ses « petits espontons », minimisait-elle, par lesquels elle me suggérait de mesurer l'intensité de mon émotion sur l'échelle de Richter des tambours-majors ; son ironie redoublait lorsqu'elle apprenait que ma mystique de la fanfare m'entraînait, loin du kiosque à musique du jardin du Luxembourg, jusque dans une salle de concert pour y savourer en majesté *La Marche de Radetzky* de Strauss père.

Toutes choses qui laissaient John insensible. Il voulait être de l'armée pour en être et parce que, porteur du nom, il eût été inconcevable qu'il n'en fût pas. Encore fallait-il être réaliste. Sandhurst ! Non seulement il n'avait pas le niveau mais il n'avait pas la constitution requise. À sa vue déficiente se superposait une santé fragile malgré sa pratique des sports. Plusieurs mois avant ma venue, son père l'avait emmené consulter un spécialiste de ses amis, sir John Bland-Sutton, le président de l'Institut royal des chirurgiens, qui avait diagnostiqué un léger épaississement de la thyroïde ; et plutôt que la Suisse en hiver, il lui avait conseillé le sanatorium de Wellington pour soigner son gonflement glandulaire. Malgré tout, John ne pouvait se résoudre à n'être qu'un bois qui flotte, dépourvu d'ambition, qui a eu la chance d'échouer sur une bonne plage. Une nécessité vitale de faire ses preuves le tenaillait. Seulement, tous les enfants ne se prennent pas pour Oliver Twist en découvrant leur chaussette trouée. John trouverait-il jamais une vie à sa taille ? Il lui manquait l'événement qui le révélerait à lui-même autre qu'il se connaissait.

En quelques jours, je ne l'avais pas fait progresser dans sa connaissance du français mais il m'avait énormément éclairé dans ma connaissance des Kipling. Il fallut se quitter lorsqu'il apprit qu'il devait se rendre à Bournemouth chez un certain Mr Lee Evans qui devait le préparer à tous les pièges inventés par les sergents recruteurs de l'armée. Kipling voulait y croire malgré tout. John conservait dans un pli de sa mémoire une réflexion que son père lui avait faite dans une lettre deux ans plus tôt : « Tant que tu ne seras pas toi-même le père d'un fils, tu ne sauras pas avec quelle indécence des parents peuvent être fiers de la réussite de leur fils. » En me la confiant, il ne pouvait dissimuler son émotion à l'idée de se projeter ainsi dans l'avenir.

Le problème, c'est que le père avait décidé pour le fils.

Pour ne pas gâter son espoir, je me retins in extremis de lui apprendre que dans tous les cours d'instruction militaire, non seulement « If... » était affiché, mais son dernier vers servait de leitmotiv à toutes les leçons.

Tu seras un homme, mon fils... *Ad nauseam*.

À mon retour à l'hôtel, deux lettres m'attendaient. L'une de ma grand-mère. Ma chère Eugénie s'inquiétait de ma santé et de l'évolution de ma « kiplingite », comme elle disait. Je faillis lui répondre que ma relecture à l'infini de « If... », et de quelques autres de ses poèmes prémonitoires de tant de choses, m'essoufflait, me faisait tituber, car je ressentais parfois l'ivresse d'un alpiniste distinguant dans la brume l'arête sommitale et la cime d'un Everest. Au lieu de quoi je lui assurai que je me soignais. L'autre lettre était de Kipling lui-même.

« Cher Lambert, Puisque vous n'êtes pas très loin, venez passer quelques jours chez nous à Bateman's. Vous verrez : cette maison a construit John. On vous attend. Kipling. »

4

L'inexorable marche vers l'Armageddon

Burwash n'est pas de ces villages désordonnés que l'on confondrait de loin avec un amas stellaire. J'avais l'occasion de m'y rendre pour savoir sous quelle nature de ciel, et quelle qualité de nuages, Kipling écrivait. Je pouvais humer le parfum de sa terre à l'aube, entendre le grain de voix de son pasteur le dimanche et vibrer lorsque sonnait le timbre fêlé de l'église. J'obtins non sans mal de me faire remplacer quelques jours de plus au lycée par un collègue à qui j'avais rendu de signalés services.

Dès mon arrivée, je compris pourquoi on pouvait s'attacher à un lieu aussi charmant, apaisé, loin des foules et de la frénésie urbaine. En regard, Wellington c'était New York. Ici, dans ce coin perdu du Sussex que nos vieux coloniaux d'Afrique du Nord auraient certainement qualifié de *bled,* on se sentait à l'abri, protégé des miasmes et de la vulgarité du monde. En tournant le dos à l'église Saint Bartholomew pour parcourir la Grand'Rue bordée de sept pubs érigés comme autant de fières chapelles vouées aux diverses confessions (Spitfire, Shepherd Neame, India Pale Ale…), une fois parvenu au bout de cette artère si œcuménique et après avoir dévalé un chemin joliment arboré, je compris en découvrant Bateman's comment les Kipling avaient pu tomber amoureux de l'endroit.

Ils m'attendaient à l'entrée du domaine avec Elsie, leur fille de dix-huit ans, surpris que nulle automobile ne m'y dépose, amusés même que j'y arrive tout bonnement à pied. Je m'avançai vers lui désarmé.

« Même pas de valise ? s'étonna-t-il.

— Je l'ai laissée en chemin au Rose & Crown où j'ai réservé une chambre », me justifiai-je sans préciser qu'un rapide coup d'œil à l'accorte serveuse, liée de toute évidence aux piliers des lieux par une certaine complicité, m'avait suffi à comprendre qu'ils devaient être quelques-uns à profiter de son tempérament.

« Nous, en 1902, quand on a dû attendre toute une année que le locataire de la demeure accepte de partir et que le propriétaire veuille bien s'en dessaisir, on a couché au Bear… Mais quoi, pas question ! Votre chambre est faite, vous resterez quelques jours avec nous. J'ai fini mes corrections d'épreuves, pas de conférence à préparer pour la Royal Geographical Society, plus de dents à extraire chez mon dentiste de Brighton et on n'attend guère de visiteurs cette semaine. Stan vient de partir, vous connaissez ?

— Stan ?

— Mon cousin germain Stanley Baldwin. Il vient souvent, on s'entend très bien. Il est à la Chambre des communes depuis quelques années, il se débrouille pas mal quand on sait l'état du Parti conservateur… Vous aimez les romans de Thomas Hardy ? Lui aussi vient nous voir de temps en temps et on bavarde… Bon, j'envoie chercher votre valise, et nous, on va se promener. Vous ne croyez tout de même pas que vous allez échapper au tour du propriétaire ! »

D'un léger mouvement de tête entendu, j'avais donné l'impression d'avoir lu *Loin de la foule déchaînée, Tess d'Urberville, Jude l'obscur,* des titres qui me séduisaient déjà, mais en réalité ce n'était pas le cas. Pour des raisons purement pratiques : comme je lisais les auteurs anglais dans leur langue, mon budget ne me permettait pas de me ruiner régulièrement chez Galignani, la librairie anglaise de la rue de Rivoli. Ils avaient eu la gentillesse de m'envoyer un mot à chaque apparition d'un nouveau volume de Kipling et de me le garder au chaud ; avec les revues telles que le *Mercure de France* qui publiaient régulièrement ses nouvelles, c'était bien suffisant ; il fallait être prudent, son éditeur ayant le génie commercial et fructueux d'inventer de fausses nouveautés signées de lui, recueillant dans un nouvel ordonnancement et sous un autre titre des écrits déjà publiés dans de précédents volumes. Thomas Hardy et quelques autres pouvaient attendre, pas Kipling selon moi. Je savais qu'il mettait un point d'honneur à ne jamais commenter publiquement le travail des autres écrivains. Aussi n'avais-je pas essayé de savoir ce que lui pensait vraiment de *Loin de la foule déchaînée, Tess d'Urberville, Jude l'obscur*. Malgré la confiance qu'il me témoignait, peut-être craignait-il que je n'ébruite ses opinions privées. Je le regrettais car d'après Holmes, le jugement critique de son ami était très sûr. De toute façon, malgré l'admiration que Henry James avait manifestée à son égard dès ses débuts, on se doute qu'elle valait adoubement ; malgré ses quelques amitiés littéraires, il recherchait moins la compagnie des écrivains que celle des hommes d'aventures. N'avait-il pas fait de chacun de ses livres une action ?

Il était membre de clubs assez fermés de la capitale, des lieux qui offraient l'avantage pour lui d'être interdits aux femmes, dont la sienne, tels que « The Literary Club » dit « The Club » tout simplement comme s'il n'y en avait eu qu'un, où l'avaient précédé des pairs aussi prestigieux que Samuel Johnson, James Boswell ou Oliver Goldsmith. Néanmoins, il n'appartiendrait jamais à aucun milieu ni intellectuel, ni politique, ni autre. Trop individualiste et surtout trop jaloux de son indépendance. Il relevait de la grande école de ceux qui n'ont pas eu d'école. Il faut comprendre : il ne mettait rien au-dessus de sa liberté d'écrivain et rejetait tout ce qui serait susceptible de la limiter. Ainsi refusa-t-il de succéder au grand Tennyson comme « Poet Laureate », distinction pourtant accordée par la reine Victoria, et de même déclina-t-il un titre de noblesse. On aurait dit qu'il cherchait à se soustraire aux écrasements de l'époque, qu'il s'agisse des honneurs ou des décorations et autres hochets de vanité. Il avait dû certainement lire chez Flaubert que les honneurs déshonorent.

Kipling n'était pas à une contradiction près. Un rebelle épris d'ordre établi : il ne se révoltait que pour renforcer l'ordre. La vulnérabilité de la nation, la fragilité des équilibres, la précarité des structures de la société lui étaient un souci constant. Avec le temps et les événements, la préoccupation avait mué en tourment puis en inquiétude. Au fond, il y avait du snob en lui, étant entendu que le snobisme n'est pas la qualité de celui qui est sans noblesse, mais une forme de repli sur soi. Tant pis si certains prenaient cela pour de la brutalité, le fait est que comme beaucoup d'Anglais, il paraissait insensible à l'effet qu'il produisait.

Il m'emmena d'un bon pas à travers champs, dans la nature telle qu'il l'aimait, pas trop contrariée par la main de l'homme, sans personne pour déranger les arbres, détourner un cours d'eau, forcer la veine d'un courant, comme si seule la campagne pouvait ramener l'homme à son humanité. Depuis douze ans qu'il y avait jeté l'ancre, il s'était approprié le paysage. Pas un arpent de ce coin de terre qui ne lui évoquât des souvenirs. Mais il l'abordait toujours d'un regard neuf, ainsi qu'en témoignait la fraîcheur de ses émerveillements. Direction Eathworh et Barn, puis de l'autre côté vers Dudwell Farm, dans les quelque trente-trois acres acquis avec la maison, c'est-à-dire une douzaine d'hectares, superficie qui n'avait cessé d'augmenter depuis son installation tant il était soucieux de mettre à distance curieux et importuns que sa notoriété croissante attirait. Sans que je le sollicite, il me révéla avec beaucoup de naturel que l'ensemble lui avait coûté neuf mille trois cents livres à l'achat, en un temps où il gagnait cinq mille livres par an et où le salaire moyen annuel d'une secrétaire était de quatre-vingts livres. Je le savais riche bien qu'il n'en fît pas étalage tout en menant grand train. Très riche même, non grâce à son mariage mais à l'immense succès de ses livres. Je n'avais pas imaginé qu'il le fût à ce point au début du siècle à trente-six ans à peine. Il pouvait se permettre de refuser toute rémunération pour les quelque dix-neuf poèmes dont le fameux « Recessional », qu'il donna, c'est bien le mot, au *Times*.

« J'ai une rivière, savez-vous ? Une vraie, indiquée sur la carte et qui m'appartient. La rivière Dudwell avec son moulin. Vous la voyez, là ? C'est mon Gange, mon Amazone et mon Mississippi », dit-il en désignant un ruisseau sur un lit de cailloux. Le sien.

Quelle curieuse sensation après un regard panoramique sur son Sussex… D'autres en auraient déduit que la modestie n'était pas son fort. Pas moi. On ne s'y sentait ni au bout du monde ni au bord du monde, juste au milieu de nulle part parmi ces hautes herbes caressées par le vent. Dehors, à commencer par Londres, la vie semblait celle d'une société constamment survoltée, en chantier permanent. Au même moment à Bateman's, Kipling paraissait le seul agité dans une mer de tranquillité, toujours tenu par on ne sait quel commandement intérieur d'occuper ses mains, ou à tout le moins de les agiter. À se demander comment il s'arrêtait pour jardiner et pêcher comme il s'en vantait parfois. On n'a rien dit lorsqu'on a dit qu'un homme est complexe : encore faut-il pouvoir comprendre cette complexité. Quoi qu'il en soit, Bateman's représentait à ses yeux l'Angleterre idéale : un concentré de poésie rurale, d'équilibre dans les rapports humains, d'harmonie des paysages.

La nature y était en ordre.

Nous cheminions depuis quelque temps lorsque soudain Kipling stoppa net notre course à travers les chemins ombragés, là où les arêtes de pins craquaient sous chacun de nos pas, se plaça juste en face de moi, me saisit par les épaules et me demanda de but en blanc :

« Alors, mon John, comment l'avez-vous trouvé ?

— Eh bien, pour ce qui est des progrès en français…

— Mais dans quel état d'esprit est-il, d'après vous ?

— L'armée. Il veut en être, cela ne fait aucun doute. »

Soudain, un vent léger déposa sur le tweed de son veston deux feuilles à peine chues d'un arbre, et sans même y prêter attention, il les balaya d'un revers de la main. Kipling baissa les yeux un instant, retira ses fines lunettes cerclées de métal dévoilant un beau regard bleu de myope et les brandit avec force sous mon nez, la bouche tordue par sa fureur rentrée, la main tremblante de rage :

« Avec ça ? Ils voudront de lui avec ça ? »

Il en fallait peu pour que son tempérament ardent se mue en sainte colère. Au vrai, sa réputation d'hystérique n'était pas usurpée. La politique avait la faculté de le faire sortir de ses gonds. Les occasions ne manquaient pas : le bellicisme allemand, la sécession irlandaise, l'esprit de réforme… Seule l'écriture semblait lui apporter le calme.

Sa colère, il l'avait reçue en héritage du côté maternel « celte à cent pour cent et âme de feu à soixante-quinze pour cent ! » assurait-il, et je n'avais aucune raison de ne pas le croire. Ses passions ne pouvaient qu'égarer un tel homme. Un poète s'autorise à penser à part soi que le tonnerre lui parle.

« Je dois être sous l'emprise d'un calvinisme politique », lâcha-t-il.

À ceci près que la colère n'est pas un argument.

Son chien nous entraîna avec force jappements à poursuivre notre marche sans nous demander notre avis. Un terrier écossais à la forte personnalité du nom de Mike, lointain successeur du bull-terrier du nom de Buzz qui avait été son compagnon en Inde. Quand il parlait de ses chiens, la gorge de Kipling se nouait tant il débordait d'amour pour les bêtes. Même dans les rapports qu'il entretenait avec elles, il se singularisait en les englobant dans la communauté des êtres vivants, un sentiment répandu au Moyen Âge et hérité du vieil Aristote.

Il parlait aussi de ses automobiles avec beaucoup d'émotion. Mais contrairement à ses chiens, qu'il gardait jusqu'à la cérémonie des adieux, il en changeait régulièrement. Dès mon arrivée à Bateman's, en passant devant son garage, je compris que, dans son esprit, auto était synonyme de Rolls-Royce. Il avait commencé au tout début du siècle par acquérir une Embryo à un cylindre puis une locomobile à vapeur. Ce fut ensuite une Lanchester problématique, dont le fonctionnement et l'humeur échappaient à Frederick William Lanchester lui-même, enfin une Daimler. Ce lent glissement vers le plaisir suprême ne pouvait le mener qu'à la Rolls, pour toujours car il ne plaçait rien au-dessus. Il était fasciné par les machines (sa fierté en me montrant la turbine à eau traversant le domaine, qu'il avait fait lui-même installer afin de produire son électricité !) et par la vitesse, mais ne concevait pas en jouir avec une autre voiture qu'une Rolls. Le tout dernier modèle, évidemment. La marque s'enorgueillissait d'un si prestigieux et si fidèle client. Si atypique aussi, car jamais il ne conduisait, laissant le volant au chauffeur du moment : ils furent un certain nombre à se succéder à Bateman's, la plupart recommandés par le constructeur comme « le meilleur chauffeur de Rolls », ce qui ne renseignait guère sur son caractère, élément à prendre en compte lorsqu'on se rend régulièrement de Burwash, Sussex, jusqu'à l'autre bout de la France. En me voyant m'attarder près de l'homme qui lustrait les pare-chocs déjà rutilants de celle qui dormait dans le garage, il ne put s'empêcher de lâcher un commentaire dont la trivialité me surprit :

« Les automobiles, voyez-vous, c'est comme la psychologie de la femme : quand il y a quelque chose de détraqué dedans, rien ne marche plus ! »

Son goût des machines se reflétait dans son langage, parfois aux dépens de la clarté, à travers l'emploi d'un lexique technique. Des mots tels que « harpoire », « bourroir »... Même lorsqu'il parlait des arbres, il m'épatait, car j'ignorais tout par exemple du cryptomeria.

Pour les grands propriétaires terriens du Sussex, Kipling de Bateman's n'était pas un des leurs, bien qu'il fût propriétaire d'un domaine. Il n'était pas d'une grande famille malgré deux *baronets* parmi ses oncles, certes, mais des artistes, alors cela ne comptait pas. Et lui-même, avec son goût pour les automobiles et ses tenues étranges, l'insouciance de sa mise, il ressemblait plus à un chauffeur qu'à un *gentleman farmer*, ce dont il se fichait bien, ne faisant aucun effort pour être accepté d'eux. Vraiment pas du genre à s'échauffer au feu des grands noms. On le sentait tout près de penser avec Montesquieu que l'aristocratie est une fausse valeur qui a le mérite de fonctionner efficacement. Il y avait du provocateur en lui. Il ne se lassait pas de mettre en liesse les imbéciles – ou supposés tels.

Ses voitures, c'est tout juste s'il ne les sifflait pas comme ses chiens. D'ailleurs, comme eux, il les baptisait et ne les appelait que par leur nom. Je l'ai compris lorsqu'il m'a annoncé que, si j'avais besoin de me rendre à Etchingham, il demanderait à Jane Cakebread de me déposer – sa Rolls du moment ayant été ainsi baptisée en clin d'œil à une célèbre ivrogne londonienne condamnée deux cent quatre-vingt-une fois par les tribunaux pour ivresse et désordre sur la voie publique.

1634. Les quatre chiffres valaient tous les oriflammes. La maison arborait sa date de naissance gravée dans la pierre dès la porte d'entrée afin que nul n'en ignore, bien que le génie des lieux suintât l'Histoire par tous ses murs. Kipling en était l'âme et la charpente. La demeure était vaste mais admirablement proportionnée, insouciante du confort bien que Poynter, le cousin architecte, ait fait installer électricité, salle de bains et plomberie. Elle était raffinée sans ostentation, totalement lambrissée de chêne et de vieux cuir repassé aux reliefs peints et dorés. Des fauteuils espagnols armoriés et bien amortis, une jolie crédence du XIVe, partout des bibelots et autres nids à poussière de l'Inde, dieux de cuivre et petits bouddhas de jade. Où que j'eusse posé mon regard dans cette maison chargée de souvenirs, mon goût pour l'Histoire, cet esprit antiquaire sur lequel ma grand-mère prenait plaisir à ironiser, était satisfait.

Le soir de mon arrivée, Kipling était accroupi près de la cheminée, le dos tourné, le buste penché vers l'avant, une corbeille pleine de feuilles à ses pieds. Manifestement, il brûlait des papiers personnels, probablement des lettres, des brouillons de textes, des manuscrits même. La moue silencieuse de mon visage devait être éloquente puisque, en inclinant légèrement la tête vers moi, il s'en amusa.

« Ça vous choque ?

— Non, mais…

— À la mort de mon père il y a trois ans, j'ai hérité de quantité de papiers de famille, à commencer par des lettres relatives à ma jeunesse, que j'ai brûlés…

— C'est peut-être dommage pour l'histoire littéraire…

— Croyez-vous ! Aucune envie d'être ridiculisé après ma mort. D'ailleurs, j'y pense maintenant, dit-il soudain sérieux sinon grave en se retournant cette fois : vous n'êtes pas en train d'écrire une biographie de moi, n'est-ce pas ?

— Ce n'est pas dans mes projets.

— La première fois que vous m'avez parlé, en bas du grand escalier à l'hôtel du Parc à Vernet, je vous ai d'abord confondu avec un reporter américain mais après, à table, j'ai été pris d'un doute et je me suis dit que, pire encore, vous étiez peut-être de la race des biographes, laquelle, je vous le confirme, me fait horreur.

— Soyez rassuré, vraiment, je ne suis pas là pour ça.

— L'art de la biographie, comme ils disent, ce n'est rien d'autre que du cannibalisme supérieur ! Les biographes d'écrivains, tous des ordonnateurs des pompes funèbres ! La vie d'un écrivain, c'est son œuvre et rien d'autre. Point final. Des biographies, j'en lis parfois, tant que ça se limite au culte des ancêtres. Mais dès qu'elles sont épicées, non. Alors je brûle mes papiers régulièrement, avec l'aide de Carrie souvent. »

La présence de sa femme à ses côtés pour l'exécution

de l'autodafé ne m'étonna pas. Elle gérait le courrier, mais pas toujours dans le sens qu'il aurait souhaité. Carrie vivait autant dans l'ombre du grand homme que dans sa lumière, car elle était de tous ses déplacements. Une vraie matrone puritaine de deux ans plus âgée que lui, directive et autoritaire, possessive et un brin hystérique, dans toute sa lourde épaisseur percluse de rhumatismes divers et variés, travaillée par le diabète et la dépression, mais pas seulement. Quand il fit sa connaissance, le père de Kipling émit un jugement sans appel : « Carrie Balestier fait penser à un brave homme trop gâté. » Un portrait d'elle par Philip Burne-Jones, qui trônait dans l'une des pièces de la maison, reflétait fidèlement cette domination. Il l'avait représentée avec des clés, car elle était maître des serrures quand son mari demeurait maître des horloges. Pour accéder à lui, il fallait passer par elle. Du moins à Bateman's, j'étais bien placé pour le savoir, car à Vernet-les-Bains, elle n'avait pu s'interposer. Holmes, une fois de plus, m'avait affranchi : si ce couple voyageait autant à l'instigation de Kipling, c'est que sa femme ne régnait qu'à la maison ; dès qu'ils en franchissaient les grilles pour partir au loin, disons entre Bath et Le Cap, il reprenait naturellement le dessus jusqu'à leur retour, des semaines, parfois des mois plus tard.

Le premier jour, comme je m'étais égaré à l'étage en cherchant ma chambre pour m'y reposer de notre longue marche, je m'étais retrouvé dans celle de mes hôtes. Une pièce exiguë, sobre, basse de plafond comme la plupart des autres, dont le lit à baldaquin était le seul meuble remarquable. Pris par mon empathie pour l'homme autant que pour l'écrivain, je lui avais secrètement souhaité de faire chambre à part, eu égard aux différentes disgrâces de Carrie, et à la place qu'elle devait tenir dans ce lit étroit. Au fond, en imaginant leurs corps côte à côte sur ce matelas, je voyais un fidèle reflet de leur vie quotidienne dans l'ordre de l'occupation de l'espace. Ma curiosité fut telle que je ne pus m'empêcher de glisser ma tête sous le baldaquin juste pour voir ce qu'il voyait lorsqu'il était allongé aux côtés de celle dont il n'avait jamais été fou. Cette Américaine d'une ancienne famille patricienne du Vermont lui avait été présentée par son frère Wolcott Balestier, qui était le premier agent et le plus cher ami de Kipling – probablement un peu plus que cela selon Holmes – et dont la mort prématurée de la typhoïde le bouleversa si fort qu'il épousa sa sœur – quitte à longtemps vivre cette union hanté par un fantôme chéri. Or ce que je découvris brodé sur le ciel de lit me fit rire avant de me glacer d'effroi : en lieu et place des armoiries, comme il était d'usage autrefois dans les familles seigneuriales, un ravissant médaillon représentant un arbre aux branches ployant sous les feuilles et les oiseaux avec, de part et d'autre, les initiales « RK » et « CK »...

« Alors, on enquête ? »

La voix de Kipling dans mon dos me fit sursauter.

« Pardonnez-moi, bredouillai-je, l'air d'un lapin pris dans les phares d'une voiture. Je m'étais trompé de chambre et à vrai dire, les baldaquins, cela m'intriguait et...

— On enquête...

— Vraiment pas, je vous assure...

— Vous savez ce qui m'a décidé à acheter cette

maison ? me lança-t-il probablement pour me sortir d'un embarras dont je ne parvenais pas à me dépêtrer. Son feng shui. Parfaitement ! Pas la moindre menace, pas de misères étouffées, pas l'ombre de regrets enfouis, rien de tel. »

Et il m'emmena jusqu'à ma chambre, relevant à la manière d'un peintre qu'un rai de lumière s'insinuait sous la porte.

Un matin, aussitôt après le petit déjeuner, alors que je bavardais à table avec Carrie, une gouvernante vint lui chuchoter quelques mots à l'oreille. Aussitôt son masque se durcit, son maintien devint plus raide, son air plus pincé, et elle se métamorphosa en Mrs Kipling. Une maîtresse de grande maison bien qu'elle ne parût pas vraiment en avoir les qualités ; même les ordres aux domestiques, elle les donnait de travers. Le personnel la disait peu commode. Il arrivait que des employés soient renvoyés sans ménagement après des années de service. Récemment encore, le chauffeur George Moore, en raison de son tempérament qui le poussait, paraît-il, à faire « des choses impossibles » sans que l'on sût lesquelles au juste. Une autre fois, l'aide-jardinier Harold Martin. Et même une femme de ménage du nom de Nellie Beeching, congédiée sans un mot de regret après seize années de service. Depuis mon arrivée au domaine, la chronique allait bon train, il n'était même pas nécessaire de se pencher pour ramasser les commérages de ce genre, ils me parvenaient naturellement. Ce matin-là, il s'agissait une fois de plus d'accueillir une nouvelle venue car il y avait toujours du mouvement dans les services.

« Vous pouvez rester, monsieur Lambert. »

Je pris l'injonction pour une invitation, d'autant que ma curiosité était aiguisée. En retrait, sagement assis sur ma chaise, je n'aurais rien voulu rater de cet instantané de la vie quotidienne à Bateman's. Une jeune femme se présenta et demeura stoïquement debout face à elle durant tout l'entretien. Avec la grâce d'un adjudant, Carrie lui décrivit la chorégraphie ancillaire :

« 6 h 30.	L'aide-cuisinière allume le feu dans la cuisine pour les bouilloires à thé.
7 h 30.	On monte une tasse de thé à mon mari et à moi ainsi qu'aux invités. Puis deux domestiques montent de l'eau chaude pour la toilette (mon mari a sa salle de bains, j'ai la mienne). Puis en hiver le personnel allume les cheminées de la maison.
8 heures.	Petit déjeuner du personnel servi dans le Servant Hall.
8 h 30.	Petit déjeuner des invités et des Kipling dans la salle à manger. Puis ménage de la maison. Attention : pour le bureau de Mr Kipling, c'est spécial. Seule la femme de chambre a le droit de nettoyer, juste avant le déjeuner, ce qui consiste essentiellement à vider les corbeilles à papier et à en brûler le contenu aussitôt. Puis une deuxième fois après le thé, et enfin à nouveau avant le dîner.
10 heures.	Réunion avec la cuisinière afin de discuter des menus du jour et des commissions du marché.

Juste avant, la cuisinière se sera entretenue avec le jardinier en chef pour faire le point des dispositions du potager. Le maître propose, le potager dispose. Réunion avec le régisseur pour faire le point des problèmes de la propriété.

13 heures. Déjeuner. Dès qu'un plat est vide, il est rapporté à la cuisine pour être nettoyé. Le personnel mange après nous. Puis il change d'uniforme : on passe de celui du matin (robe de coton bleue ou gris pâle avec un tablier blanc et des chaussures noires) à celui de l'après-midi (robe noire en alpaga avec un col, tablier et manchettes blancs). Notez que le personnel fixe à plein temps doit payer ses uniformes, il en est propriétaire. Il doit les entretenir, surtout les robes noires.

17 heures. Le thé doit être servi près du feu dans l'une des pièces du rez-de-chaussée.

20 heures. Dîner. Pendant ce temps, l'aide de la femme de chambre doit préparer les lits pour la nuit, tirer les rideaux. Les aides personnelles de mon mari et de moi-même doivent remplir les bouillottes d'eau chaude et les glisser sous nos draps.

Quoi encore... Le personnel a droit à une demi-journée de repos par semaine de 14 heures à 22 heures le dimanche. Ici, c'est moi qui donne les ordres et moi seule. Quand j'ai quelque chose à dire aux subalternes, je passe par leurs supérieurs. Cela aussi qui est important : tout le personnel est appelé par son prénom sauf la cuisinière en chef à qui vous devez donner du “Madame” quand bien même elle ne serait pas mariée. Je suis seule habilitée à l’appeler “cuisinière”. Ici il n’y a ni majordome ni économe. Le personnel vit dans la maison attenante. On lui a aménagé des baignoires. Chacun sa chambre. Le chauffeur vit dans le *cottage* près de la rivière ; le moulin a été reconverti en maison pour la secrétaire et la gouvernante des enfants. »

Assommée par cet inventaire d’obligations et d’interdits à ne pas oublier, la jeune impétrante, dont on n’avait pas entendu le son de la voix, allait timidement se retirer quand Carrie ajouta :

« Le mardi, on paie les fournisseurs, le vendredi on ramasse les demandes, le samedi les domestiques viennent se faire payer leurs gages. Attention : je signe systématiquement tous les chèques, et nul autre que moi. »

Puis elle se retourna vers ma chaise et me précisa sur un ton plus doux :

« … Ce qui n’était pas le cas avant. Mais je me suis aperçue que certains chèques, des petits montants, n’étaient pas encaissés, comme des commerçants me l’ont avoué. À Burwash, quand j’en ai vu un encadré sur un mur chez l’épicier, il m’a dit : “Que voulez-vous ! la signature de M. Kipling est la meilleure publicité qui soit pour mon magasin…” Il fallait y remédier. »

Je n'osai pas lui dire que j'en avais en effet vu un autre chez F.J. Jarvis & Sons, le boucher de la Grand'Rue... C'est alors que Beatrice, une femme de chambre, se présenta :

« C'est mon après-midi de repos, Madame. Puis-je rentrer un peu plus tard car je vais au cinéma ?

— En été c'est 21 h 30, en hiver 20 h 30, vous le savez. Au-delà ce serait inconvenant pour une jeune fille d'être dehors. »

Alors que j'allais regagner ma chambre, une servante que j'avais prise en sympathie attendit que sa maîtresse fût sortie de la pièce pour me glisser à l'oreille :

« Et quand quelqu'un est malade, quelle que soit la maladie, Madame prescrit de l'eau chaude et une pilule à la rhubarbe... »

Quel drôle de bonhomme, le-grand-écrivain. Pendant ces quelques jours, j'avais tout le loisir de discrètement l'observer sans l'importuner. Pas vraiment « l'illustre écrivain » moqué par les frères Tharaud, c'est si facile. Taille moyenne, mince, vif, le regard mobile aux aguets trahissant une curiosité sans relâche, celle du journaliste n'ayant jamais déserté l'écrivain, épaisse moustache, front dégarni, lunettes cerclées d'or. De Bismarck, il avait les sourcils broussailleux, mais c'était tout ce qui les rapprochait. Un cadeau pour les caricaturistes, même s'il avait tout d'un homme ordinaire. Une tête de voisin de palier. À table il semblait toujours assis sur une fesse, dépliant et recroisant ses jambes sans cesse, aussi nerveux qu'insatisfait, projeté vers l'avant, enserrant son genou dans ses mains, puis se rejetant en arrière, ruminant la meilleure manière et le moment propice de déchirer le voile des prétendues évidences. Au fond, un hyperactif qui s'obligeait à vivre dans un tourbillon et qui avait créé des personnages à son image. Ce créateur, pas plus que ses créatures, ne prenait le temps de méditer sur le sens de la vie. Il se résignait à se taire lorsque Carrie répondait à sa place, ce qui arrivait souvent. Ou si elle l'interrompait lorsqu'il racontait une histoire pour le faire elle-même, persuadée d'y parvenir mieux. Mais dès qu'un blanc surgissait dans la conversation, grâces en soient rendues à la mastication des viandes rebelles, il se faufilait aussitôt, généralement afin de manifester sa curiosité pour la vie des autres, simple détour avant de revenir à la sienne – mais qu'attend-on d'autre d'un créateur ?

« Vous reprendrez bien de cet excellent porc, à moins que vous ne soyez sémite sur cette question… Vous ne buvez presque pas. Dommage car on dit : le vin rentre, le secret sort ! Bien vu, non ? Mais je ne sais pas d'où ça vient.

— La Bible, je crois.

— Ah, où ça ?

— L'Ancien Testament.

— Décidément…

— C'est un problème ?

— À propos, Lambert, et votre femme ? vous n'en parlez jamais. Que fait-elle ? »

Kipling aimait répondre à une question par une question. Pourtant, il n'était pas israélite, au contraire, si j'ose dire. Il y avait eu çà et là des allusions. Je les rangeais alors sur le même plan que ses invocations d'Allah. Des tics de conversation. Mais je me prenais au jeu. D'autant qu'il avait l'habitude de bombarder de questions tout nouveau venu afin de nourrir son imagination.

« De l'art lyrique.

— Ah… Et à quoi ressemble-t-elle ?

— Je dirais… à un portrait préraphaélite, oui, c'est exactement cela, mais moins sage qu'il n'y paraît, avec un je-ne-sais-quoi dans le sourire chuchotant qu'il est important d'être déraisonnable. À mi-chemin entre Dante Gabriel Rossetti et Edward Burne-Jones, si vous voyez…

— Si je vois ce que faisait oncle Edward ? Un peu, oui : c'était le mari de ma tante, Georgie ! Il est enterré dans la région à Rottingdean, le village où ils passaient leurs vacances, dans l'est du comté. John a été pensionnaire là-bas. Quand je veux m'entraîner, je prends mon Lee-Enfield et je vais au stand de tir, je vous emmènerai… Un jour il se trouvera des critiques pour dire que je fais du préraphaélisme littéraire… parfaitement, vous verrez… la façon de dépeindre mes personnages avec clarté dans les couleurs et pureté dans les lignes… Peu importe tant que je maîtrise. Littéralement : *res mihi non me rebus* ! »

Tant qu'à être vraiment littéral, je me permis de le reprendre par fidélité à Horace dont les *Épîtres* étaient encore fraîches dans ma mémoire pour avoir fait travailler mes élèves récemment sur ce texte :

« Vous voulez dire : *et mihi res, non me rebus subjungere conor* ?

— Oui, enfin, on s'est compris : il vaut mieux contrôler les choses qu'être contrôlé par elles, non ? »

Puis, alors que Carrie parlait à sa fille, il en profita pour se pencher vers moi et me chuchoter que le mariage enseignait les vertus les plus ardues : humilité, contrôle de soi, prudence… Je goûtais le privilège d'être admis dans le saint des saints. Je savourai cet instant comme un moment de grâce. De temps en temps, sans prévenir, il citait à mon intention un philosophe, son cher Horace le plus souvent, ou alors Virgile ou Cicéron, pas plus de trois lignes et en latin bien sûr, au motif que ces choses-là n'atteignent la perfection qu'à condition de demeurer dans la langue où elles sont nées. Ça et bien d'autres choses relatives à la sagesse des Anciens, il les devait à William Crofts, le terrible professeur de latin de The United Services College, près de Bideford dans le Devon.

Une fois, ayant deviné mon pas dans l'escalier, car il jouissait d'une excellente oreille, il me fit entrer dans son bureau et asseoir sur le sofa derrière lui tandis qu'il terminait d'écrire une lettre urgente. Face à lui, par les fenêtres, la campagne du Sussex se déployait à perte de vue en ses plaines et ses vallons, dans le silence des pierres et des sous-bois, donnant à chacun de ses habitants le doux sentiment d'appartenir à une commune sensibilité. Il suffisait à l'écrivain de lever le menton vers elle pour être à l'écoute de ses voix secrètes. Quand on écrit pour tous, on n'écrit pour personne. Un archer qui tire dans le noir. Une émeute intérieure de doutes mais sans l'irrésolution. Tout l'art est de n'en rien laisser paraître à la lecture du livre. Surtout que ça ne sente pas l'effort, le travail, la sueur, le sang. Kipling possédait, entre autres qualités, celle de connaître ses limites. Convaincu à juste titre que si le rythme est le secret d'un poème réussi, et le mouvement celui d'un grand roman, il se gardait bien de se lancer dans de vastes sagas en trois volumes. Outre la poésie, sa bonne distance était celle du conte, de la nouvelle, et il avait eu la sagesse de n'en sortir qu'exceptionnellement et sans trop s'en éloigner.

Sur l'une de ses deux tables de travail, les plumes Waverley commandées à la maison Macniven & Cameron et un porte-plume, menacés par l'apparition du stylo à pointe fine, puis à remplissage automatique, à pompe. Une encre bien noire exclusivement. Un bloc de papier aux grands feuillets d'un blanc bleuâtre sur lequel il prenait finalement peu de notes, estimant que ce qui ne reste pas en mémoire ne devait pas être retenu. Son petit matériel d'écriture étalé ne faisait pas seulement écho à ses rituels mais à une méthode : il allégeait, biffait, émondait, raccourcissait en permanence sans le moindre état d'âme au moyen d'un pinceau en petit-gris et d'un peu d'encre de Chine finement broyée. Écrire lui procurait un plaisir physique. Son bureau était au fond la seule pièce où la patience d'exécution ne lui faisait pas défaut.

Il s'absorbait dans le travail d'écriture et s'en faisait une cuirasse contre les interpellations et joutes publiques auxquelles ses engagements l'exposaient. La fuite dans la fiction était une protection pour lui ; son bureau, une forteresse ; et les livres de sa bibliothèque, un rempart contre la rumeur du monde.

En me tournant le dos, il tournait le dos à la société, seul moyen de confier son intranquillité au papier. C'est peu dire qu'il croyait en son *daemon*, ainsi qu'il appelait son génie créateur. Une force incontrôlable, une voix intérieure. Il ne connaissait pas de blocage mais des insatisfactions. Dans ces moments-là, il laissait reposer. Parfois son *daemon* lui commandait de changer la lumière d'une nouvelle, de passer du noir et blanc à un éclairage d'enluminure. Une autre fois il lui suggérait de peindre l'arrière-plan en premier. Ses principes intangibles valaient en toutes circonstances : ne pas répéter un succès au risque de s'y perdre ; quand le *daemon* est là, ne pas essayer d'avoir une pensée consciente, et se laisser entraîner par cette force qui le dépasse sans chercher à la maîtriser… Le fait est qu'il ne paraissait jamais à court d'inspiration. Il écrivait vite, usant d'un lexique d'une richesse inouïe, plus varié et complexe qu'on ne le prêtait à celui qu'on ne voyait plus que comme l'auteur du *Livre de la jungle*. La muse veillait, tapie dans un repli de l'inconscient. Peu d'écrivains jouissent ainsi du privilège de faire confiance à leur instinct. On en connaît tant tenaillés par l'angoisse. Lui débordait d'imagination. Il n'était pas près de retomber dans l'espèce commune. Ça durait ainsi depuis 1885, date de sa première tentative d'écrire une fiction, c'est-à-dire de penser en se mettant dans la peau d'un autre. Et ce fut *Le Rickshaw fantôme*, premier d'une très longue série.

Toujours de dos, recroquevillé sur sa feuille, la tête entre les mains, je ne m'attendais pas à ce qu'il m'offre un instantané du génial nouvelliste captant le divin détail. En lui rendant visite, je n'espérais pas, tout de même, entrevoir son état de conscience particulier ou la transcendance qui s'emparait de lui lorsqu'il était « en écriture » comme on est en lévitation. De toute façon, à cet instant précis, il ne s'agissait que d'une lettre.

« Que savent-ils de l'Angleterre, ceux qui ne connaissent qu'elle ? Je tiens cette façon de penser de ma mère, j'y reviens souvent », me dit-il sans se retourner et sans attendre de réponse.

Je ne savais trop comment interpréter ses propos. À l'écouter, un étranger devrait se sentir nécessairement inférieur à ce qu'il incarne. Il finirait par me convaincre que tout ce qui n'est pas anglais a tort de ne pas l'être. Tant qu'on ne s'est pas senti étranger quelque part, durablement et avant que le regard des autres ne vous le fasse éprouver, on n'a pas vraiment vécu, c'est peut-être *aussi* cela qu'il voulait dire. Il poursuivit sa réflexion à haute voix comme si je n'étais pas là. Tout en écrivant, il lançait d'autres formules qui ressemblaient à des explosions de pensées plutôt qu'à des phrases ciselées et polies.

« Vous avez l'air de croire que la vérité est une chose nichée entre les pages d'un livre, Lambert, alors que c'est un idéal. »

Pourtant, je n'avais rien dit de tel, et même rien dit du tout, je ne me serais pas permis d'interférer dans son temps d'écriture. Peut-être faisait-il allusion à l'une de nos conversations de Vernet-les-Bains, à propos de Montaigne et de ses *Essais* qu'il vénérait, les tenant même pour un « nonchaloir », ce terme inusité voulant probablement désigner dans sa bouche une œuvre de long loisir, quelque chose de gratuit où chaque page est à elle-même sa propre fin.

Dans cette position, tel que je le voyais, il avait tout d'un artisan réparant méticuleusement un système d'horlogerie pour un client pressé. De fait, il tenait l'écriture pour un artisanat et ne s'en cachait pas ; au fond, il n'y avait pas moins homme de lettres que lui. Un artisan, donc un individualiste. Ni parti, ni coterie, ni bande. À peine une loge, et encore, de loin.

Pas un instant je n'eus le sentiment qu'en ma présence

il cherchait à épater la galerie. Sa femme Carrie m'avait fait remarquer à table, devant lui, qu'il combattait ce travers depuis longtemps déjà puisque, dans l'horrible parenthèse de ses jeunes années à Portsmouth, la mégère perverse de la Maison de la Désolation le lui avait souvent reproché – ce qui lui avait valu de recevoir des coups. Un instant, je fus tenté de faire diversion pour que la conversation ne s'assombrisse pas trop, en précisant que l'expression « épater la galerie », de même que « rester sur le carreau » ou « qui va à la chasse perd sa place », des formules pour lui si françaises qu'il goûtait de glisser dans la conversation de manière assez pittoresque, était issue du jargon du jeu de paume, mais cela eût paru trop cuistre. Kipling, lui, était dans ses pensées, méditant ses erreurs de prononciation française et ses contresens, ce qui l'horripilait, comme si l'Académie française, greffière de l'usage, se tenait en permanence derrière lui pour guetter le moindre faux pas et rectifier sans ménagement, alors qu'un étranger a tous les droits avec une langue qui n'est pas la sienne.

Avec moi, je crois bien qu'il mettait un point d'honneur à s'exprimer en français de temps en temps, moins pour m'épater que pour s'épater lui-même. Cela avait pour effet de ralentir son débit comme si, tout en me parlant, il se référait à une sorte de dictionnaire intérieur. Sa langue résonnait alors comme celle d'un Anglais qui s'était délecté à dix-huit ans de la lecture dans le texte de *Manon Lescaut* et du *Roman comique,* en un temps et dans un pays où le goût de la langue française était tenu comme un penchant pour l'immoralité. Lors de son intronisation comme docteur *honoris causa* à l'université d'Oxford, son meilleur souvenir, m'avait-il confié, avait été de retrouver par hasard son vieux professeur de français et de tenir son rang lorsque celui-ci lui avait présenté Saint-Saëns, le fameux compositeur de retour d'une tournée triomphale aux États-Unis, et qu'ils s'étaient engagés dans une conversation. Il avait même réussi à y placer « impayable », l'un des mots qui lui procuraient une jouissance particulière lorsqu'il l'utilisait dans notre langue.

Soudain, brisant la règle de bienséance selon laquelle lors d'un repas il convient de parler de tout et de rien, surtout de rien mais avec humour, il rebondit sur une réflexion que je m'étais permise deux ou trois heures auparavant. Comme je m'étais étonné de l'étendue de l'Empire britannique, et de ce qu'elle pouvait avoir d'aussi effrayant que vertigineux, il chercha à me rassurer en ramenant le phénomène à ses moyens : chemins de fer, bateaux rapides, télégraphe… Autant d'inventions susceptibles d'échanger plus rapidement des marchandises. Me revint alors la « hiérarchie du respect » dont Albert Londres, dans un reportage paru dans *Excelsior* je crois, attribuera l'invention au colonisateur des Indes : tout en haut, l'Anglais place l'Anglais suivi par son cheval, puis le Blanc en général, puis les poux, puis les puces, puis les moustiques et enfin le *native* – l'indigène étant ce qui reste quand il n'y a plus rien à respecter. Difficile de m'en ouvrir auprès de Kipling, il aurait été capable d'approuver en s'étonnant de mon étonnement. À mon silence comme à mon expression, il devina que j'en espérais plus. Mais à peine mes lèvres eurent-elles formé les lettres composant le mot « impérialisme » qu'il m'enjoignit de le définir à nouveaux frais. Il avait sa définition, tout sauf un évangile de conquête, ce dont je ne doutais pas :

« L'impérialisme, c'est en réalité l'organisation administrative des colonies. Rien à voir avec la centralisation européenne. Des centres libres, des communautés de citoyens égaux entre eux, une union librement consentie. Comme un syndicat d'affaires ou une équipe de football ! C'est une doctrine de conservation qui permet à l'Anglo-Saxon de défendre ce qu'il a contre la cupidité des affamés qui n'ont pas encore compris la liberté… Voilà, l'impé… Ah, que je n'aime pas ce mot impropre et sans humour… Savez-vous ce que le commandant Smith, oui, le Edward Smith qui commandait le *Titanic*, a lancé à son équipage dans les derniers instants ? *Be british !* Autrement dit : conduisez-vous comme des Anglais ! »

Je vis une lueur de fierté traverser alors son regard, la gorge nouée, l'émotion le gagnait. Quiconque eût été alors à ma place aurait conclu de cet instant que Kipling en aurait dit autant que le commandant Smith en pareille circonstance. Là-dessus, il me repassa le plat de résistance sans attendre que la servante revînt de la cuisine, et d'un coup de menton, l'air grave, soudain réinvesti dans sa mission civilisatrice, m'ordonna de me resservir. S'agissant de l'Empire comme du *toad in the hole* – saucisses enrobées dans une pâte lisse semblable à un *Yorkshire pudding* et cuites au four, arrosées d'une sauce au jus d'oignon mélangée à du vin ou à de la bière locale et de la purée –, il le considérait moins comme un droit que comme une responsabilité. Avec la même autorité, il m'enjoignit de le suivre aussitôt le déjeuner achevé pour prendre le café dans le salon.

Les murs étaient entièrement recouverts de boiseries aux teintes chaudes, ce qui en anoblissait l'acoustique. Impossible de ne pas fumer en sa présence. De toute façon, il m'enfumait. Des cigarettes, des cigares, la pipe, il consommait toutes sortes de tabacs, volupté addictive héritée de son père.

« Oui, je hais les Huns, et alors ? »

Alors rien. C'était de notoriété publique, et ça lui valait de solides inimitiés. Non parce que des Allemands en étaient la cible mais parce qu'il y mettait une véhémence, un excès, une violence même dérangeants. Tellement excessifs que parfois, à défaut d'enflammer son auditoire, c'est lui seul qui prenait feu passant pour un histrion.

Si tu peux t'adresser aux foules et garder ton intégrité…

Ça ne se faisait pas, ce débordement de haine. Surtout pas publiquement. Rien de moins *british* que cette perte de contrôle. D'autant que, comme Carrie se plaisait à le rappeler, lorsqu'il avait été à deux doigts d'y passer à New York, elle avait reçu une dépêche de l'empereur Guillaume ainsi libellée :

« Admirateur enthousiaste des œuvres sans rivales de votre mari, j'attends anxieusement des nouvelles de sa santé. Dieu permette qu'il nous soit conservé pour continuer de chanter les bienfaits de notre grande race commune. »

Un rappel qui lui faisait hausser les épaules.

« En fait, j'aime trop la France pour aimer l'Allemagne. Quand je vous dis que j'aime la France, vous me croyez, n'est-ce pas ?

— Bien sûr. Je me doute bien que si j'étais espagnol…

— Voyez-vous, c'est mon père qui m'a fait aimer le français. Il disait que c'était la seule langue littéraire de l'Europe. Je constate que si je dois intellectuellement beaucoup à la France, qu'Allah me pardonne mais je ne dois autant à aucun autre pays. C'est évidemment un malheur qu'il me faut endurer avec philosophie…

— Intellectuellement ? Vous voulez dire que vous devez avant tout à ses écrivains… Victor Hugo ?

— Peut-être très beau mais un peu creux. J'avais été intéressé autrefois par *Histoire d'un crime* lu dans *The Englishman*, un journal de Calcutta.

— Balzac alors ?

— Ma passion de jeunesse. *Les Contes drolatiques,* j'en fus ivre.

— Anatole France ?

— Le premier écrivain français vivant. C'est chez lui, je crois, que j'ai lu une distinction entre les noms français ; ceux à particule et ceux à trait d'union, le trait d'union étant la particule des démocraties. Pas mal… Un jour ou l'autre, il n'échappera pas au Nobel. Mais attention : je ne suis pas un critique et je ne veux pas l'être. »

La France, la France, toujours la France ! Il n'en avait que pour elle. Elle était sa résidence secondaire. Sauf qu'il nous voyait comme une nation d'agriculteurs, d'éleveurs, de vignerons. La France des métiers, des artisans, comme lui ! Il faut dire qu'il plaçait la campagne au-dessus de la ville, la pureté de l'une face à la corruption de l'autre, comme si le terroir, lui, ne mentait pas, jamais ! Décidément, la bataille de Hastings était bien loin : cela faisait huit cent quarante-huit ans que le dernier roi anglo-saxon d'Angleterre avait été défait par Guillaume le Conquérant, duc de Normandie – et, en m'observant lever étrangement les yeux au ciel pour me concentrer sur mon calcul mental, il devait se demander à quoi je pouvais bien penser.

Kipling n'était pas seulement entier : c'était un inconditionnel dans l'âme. Quand il aimait, il aimait sans mesure. La France l'a su mieux que toute autre nation. L'Entente cordiale avait comme effacé Napoléon. Il avait investi la France de la mission d'incarner et défendre la civilisation occidentale face à la barbarie des nouveaux Huns. Soit, mais la cause était entendue.

J'aurais préféré qu'il me parle de la Bible. De l'influence que sa lecture des Écritures avait eue sur son art de la composition. Holmes m'avait mis sur la voie en m'assurant qu'aux yeux de Kipling, peu de textes en disaient autant en si peu de mots ; il voulait lancer une Société pour la réintroduction de la Bible auprès des nouvelles générations, lesquelles n'en ont qu'une connaissance des plus maigres. Rien de religieux dans ce projet, car il avait beau être *C. of E.* de naissance, autrement dit *Church of England* ou anglican, il avait été élevé dans l'indifférence religieuse ; issus de familles de pasteurs méthodistes d'obédience wesleyenne, ses propres parents s'étaient rebellés contre cet héritage. S'il conservait toute sa sympathie aux spiritualités au sein desquelles il avait grandi aux Indes, son approche du Livre demeurait essentiellement littéraire. N'avait-il pas calqué la chanson de Mowgli sur le chant de guerre de l'humanité primitive, dont le cantique de Débora dans le Livre des Juges est le meilleur exemple ?

Un certain tact est indispensable lorsqu'on vit chez les autres, mais plus encore chez un grand homme. Je commençais à peine à traduire sa pensée ; lorsqu'il consentait à dire de quelqu'un : « C'est une personne en grande partie civilisée », c'était déjà beaucoup. Il est vrai que, dans ce pays, la litote étant un sport national, Kipling aurait pu être entraîneur de l'équipe impériale. Je veillais à ce que jamais ma curiosité ne parût verser dans l'indiscrétion. Freiner mes hardiesses. Ne pas insister. Parfois, je le reconnais, des membres du personnel me renseignaient avec l'air de ne pas y toucher, surtout Ellen Thomson, la nouvelle gouvernante, qui n'arrêtait jamais de parler quoique d'une voix faible et sans passion. Loin de moi pourtant le projet de mettre à plat le roman familial et de chercher dans les angles morts de leur histoire. Mais quand les choses me venaient naturellement sans que j'eusse à les solliciter, je ne pouvais les refouler. Une fois ce fut Carrie elle-même qui en fut le déclencheur.

Comme nous prenions le thé dans le salon et que Kipling, qui ne restait jamais en place, se tenait debout, exceptionnellement immobile et muet face à un pastel posé sur un meuble, je me tortillai pour essayer de distinguer ce qu'il représentait. Alors, pour une fois douce et empathique, Carrie se leva et vint s'asseoir tout près de moi pour me parler sur la pointe des pieds :

« Vous avez raison de ne pas le déranger. Il peut rester des heures comme ça à regarder Josephine. Notre autre fille, celle qui n'est plus là. »

Et comme je devais afficher un air ébahi, sinon ignorant de tout, elle reprit tout bas :

« Ça s'est passé à New York à l'hotel Grenoble, un établissement des plus chics à l'angle de la 7e avenue et de la 56e rue… En 1899, je ne suis pas près d'oublier l'année. Ici dysenterie, là pleurésie. Toute la famille est tombée malade mais mon mari et notre Josephine plus particulièrement. Une méchante pneumonie pour les deux. Un spécialiste renommé, le docteur Edward G. Janeway, diagnostiqua une inflammation du poumon droit. L'état de mon mari m'a tellement absorbée que j'ai dû confier notre fille à des amis, les De Forest, qui vivaient à Long Island. Il a failli y passer, vraiment, mais elle n'a pas eu sa force pour résister. Elle avait six ans. Les yeux bleus, des cheveux blonds tout en bouclettes, tellement intelligente, si vive et si charmante, un regard qui dégageait autant de clarté que de pénétration, je n'exagère pas, voyez ses portraits. Ce n'est pas faire injure à Elsie et à John de dire que c'était sa préférée. »

L'émotion la força à s'interrompre un instant avant de se reprendre :

« Il l'adorait. Sa mort l'a dévasté. Son corps fut incinéré. Ma belle-mère nous avait pourtant conjurés de ne pas embarquer des enfants en bas âge dans une traversée de l'Atlantique en plein hiver. Alors la culpabilité a pris le dessus. Voilà, pour lui, il y aura toujours un avant et un après. C'est comme si une lumière s'était éteinte en lui et que rien ni personne ne pouvait la rallumer. Évitez de lui en parler. Vous voyez bien, dans ces moments-là, il ne bouge plus, ne parle plus et se retire du monde. L'absence de Josephine, il la vit depuis dans la douleur d'un membre fantôme. Vous connaissez sa nouvelle

“Eux” ? Il l’a publiée il y a dix ans. Lisez-la, ils y sont tous les deux, le père et la fille… »

Il se retourna et, comme pour briser la mélancolie ambiante, cet homme qui ne savait pas ne rien faire et fuyait l’ennui comme on conjure un spectre m’ordonna de me lever :

« Debout ! On va faire un tour à Burwash, histoire d’entraîner le colonel avec nous. Vous le connaissez, non ? Un héros. »

Tout était prétexte à de longues marches, comme s’il s’était mis en tête d’épuiser son coin de Sussex en dressant un état des lieux et de son évolution. Encore que le personnage valait le déplacement. Le colonel vivait dans la Grand’Rue à « Rampydene », une maison fin XVIIe qui passait pour l’une des plus anciennes du village. Lorsque, en chemin, Kipling m’annonça qu’il était né en 1838 et que nous l’emmènerions marcher avec nous, une certaine inquiétude me gagna ; j’avais déjà du mal à le suivre car il ne savait pas marcher au pas de promenade, et encore moins arpenter, mais avec un vieillard à nos côtés, je n’imaginais pas notre attelage. En fait, le colonel Henry Wemyss Feilden, vétéran de tant de guerres, qui s’était battu en Inde et en Chine, et même en Amérique du côté des confédérés pendant la guerre de Sécession, et naturellement durant les deux guerres des Boers, nous épuisa tant sa foulée était ample et ferme. Un grand soldat d’épopée et, par certains côtés, un personnage échappé d’un roman de Thackeray. Avec cela un voyageur et un naturaliste renommé. Dès notre première poignée de main, il fit ma conquête tant il semblait vrai, entier. Après tout, quand on n’a pas trente ans, on est encore en âge de se faire de vieux amis. Je ne sais plus comment la conversation finit par rouler sur la popularité mais elle donna à Kipling l'occasion de nous mettre en garde :

« Je préfère la considération à la popularité quoique les deux mots commencent mal en français. Et l'impopularité, vous connaissez ? Avec toute la propagande que les Huns ont déchaînée contre moi un peu partout, il me paraît encore incroyable et mystérieux que l'Académie suédoise ait pu me juger digne de recevoir le prix Nobel ! J'ai été tellement calomnié par eux via leurs agents aux États-Unis et en Grande-Bretagne, qu'un jour, dans une conférence, il s'est trouvé un professeur de Columbia University pour dire qu'il eût mieux valu pour ma réputation d'écrivain que je fusse mort en 1899 en odeur de sainteté ! Et depuis, vous n'imaginez pas le nombre d'Américains qui regrettent que je ne sois pas mort en 1899, c'est-à-dire au moment de la seconde guerre des Boers ! Et même des Anglais ! Lambert, comment s'appelle-t-il déjà votre Oscar...

— Wilde ?

— C'est ça... Il fallait l'entendre ou le lire... "Kipling qui a de superbes éclairs de vulgarité"... "Kipling, notre première autorité sur ce qui est de second plan"...

— Vous savez bien qu'avec lui, c'est toujours *cum grano salis*.

— Oui, *cum*... Et toujours aux dépens des autres. »

Il avait vraiment une mentalité d'encerclé. Il croyait en des valeurs intangibles et s'était sincèrement persuadé qu'un complot s'ourdissait visant à le détruire. Telle était bien la courbe de son tempérament. D'un côté, la civilisation, ses principes, ses conquêtes. De l'autre, l'ennemi qui a juré leur perte. Faut-il préciser qu'il se situait du côté de la lumière et qu'il était prêt à la défendre jusqu'au dernier homme contre l'assaut des ténèbres. Ainsi allait l'humanité selon Kipling. Son système d'explication du monde.

Le soir même, comme je n'arrivais pas à trouver le sommeil, je me suis emparé d'un des volumes de ses œuvres dans la bibliothèque de ma chambre, *Périples et découvertes*, dans lequel il y avait sa nouvelle « Eux ». « Eux », c'est-à-dire les enfants, pour ne pas dire « Elle », ma fille qui nous a été arrachée. Ça me taraudait de lire cette nouvelle car je me doutais qu'elle m'en dirait plus que toute conversation. Kipling était de ceux qui écrivent certains textes pour y exprimer des choses qu'ils n'oseraient confier à personne. Difficile de lire celui-ci sans y guetter le surgissement d'une présence.

Il fêterait ses cinquante ans à la fin de l'année 1915 mais il demeurerait toute sa vie un enfant de son enfance, tapi dans un coin sombre de la Maison de la Désolation.

Carrie avait raison. Cette quête initiatique, lue et relue au plus profond de la nuit, tremblait encore de toutes les vibrations obscures qui la traversaient. Une supplication muette s'y faisait entendre. Celle d'un père orphelin de sa fille, son chant d'amour pour celle qui lui avait été ravie trop tôt par l'effet d'un funeste destin. Kipling touchait là à la quintessence des choses. Les siennes en tout cas. Après je ne pus fermer l'œil. Je venais à peine de comprendre que, si tout écrivain écrit par rapport à son secret, la coupure provoquée par la mort de sa petite Josephine avait dès lors éclairé son œuvre d'un soleil noir. Son ombre portée la recouvrait. Ce Kipling-là était loin de toute recherche de gloire. D'ailleurs, il se méfiait de ses pièges. Quand on lui parlait de poètes immortels, il vous envoyait dans les gencives d'un ton sec un : « Qui lit encore Pope ? » qui avait la vertu de clore le débat. La force dramatique de la nouvelle, désormais éclairée par son histoire secrète, n'était pas seule en cause. Je tentai de comprendre les raisons de ma présence ici. Non pas les miennes mais les siennes. Celles qui avaient fait que Kipling, connu pour mettre à distance les curieux, m'avait finalement accepté et même convié. En récapitulant, j'en trouvai plusieurs : ni reporter ni biographe, je n'avais rien d'un fouineur ; convenablement lettré, doté d'un respectable statut d'enseignant, apparemment sage et équilibré, à mi-chemin entre sa génération et celle de son fils, je pouvais apporter à John ce que lui ne pouvait lui donner. Je n'étais pas un intellectuel à proprement parler, l'un de ces théoriciens qu'il avait en horreur, lui le pragmatique. Mon enthousiasme pour son génie de la nouvelle et son art poétique devait le toucher. Et puis j'étais français, qualité qui chez lui tournait à l'admiration non feinte, sa francophilie dût-elle passer auprès des Anglais pour de la francofolie – il est vrai qu'elle s'accroissait à proportion des menaces de l'impérialisme militaire allemand. Il m'avait lui-même dit qu'il adorait m'écouter parler un français si musical, qui lui rappelait celui des officiers de la Royale il y a deux siècles. Enfin, mais c'était peut-être le plus important, tout ce que j'entreprenais autour de sa personne avait quelque chose d'incroyablement gratuit, démesuré, insensé en ces temps de profit : la traduction la plus juste d'un poème pour le bien des lycéens français et la gloire de son auteur ! Non seulement il m'y autorisait mais il m'aiderait, me soutiendrait, m'éclairerait dans ma quête de la splendeur du vrai jusqu'à me faire accéder, qui sait, à une épiphanie toute personnelle de son plus fameux poème.

Il m'impressionnait comme au premier jour sauf que, désormais, je pouvais soutenir son regard. Il n'y avait plus de place pour un quelconque malentendu entre nous. Ma présence n'avait rien eu de la traditionnelle visite au grand écrivain. Je cherchais d'autant moins l'adoubement que je n'écrivais pas. J'avais pu apprécier la profondeur de son timbre. Important, la voix. En ignorer les inflexions, c'est se condamner à méconnaître une personne. Surtout, j'avais compris qu'un grand écrivain peut être admiré sans être aimé. La situation de Kipling dans son pays.

Le matin de mon départ, juste après le petit déjeuner, je me lançai. Car tout ce que j'avais appris de lui et sur lui ces derniers jours m'avait presque fait oublier l'objet initial de mon voyage. Il m'eût été impensable de repartir sans avoir obtenu son autorisation formelle de traduire « If... ». Alors que nous faisions quelques pas du côté de l'étang et de la roseraie, dont il avait financé la création avec les sept mille sept cent soixante-dix livres de son Nobel, je l'entrepris, avec la volonté d'éviter tout malentendu. Directement et explicitement. Il m'observa en coin, l'œil plus malicieux que jamais :

« Comment traduiriez-vous : *I would prefer not to* ? »

Si je m'attendais à ce qu'il me fasse passer le test de Bartleby ! Le dilemme était clair mais je n'avais qu'une poignée de secondes pour me décider : soit j'optais pour une version classique, conventionnelle, sans risque ; soit je tentais la plus originale, baroque, inventive.

« Vous me faites passer un examen ?

— Juste pour voir…

— Si ça ne vous embête pas, je ne préférerais pas. »

Rejetant d'un coup la tête en arrière, il partit dans un éclat de rire qui excita son chien pendu à ses basques. Sa réponse fusa, accompagnée d'un sourire :

« Mais je vous en prie, cher Lambert ! Vous l'avez, mon autorisation, faites ! Si vous croyez que les autres se gênent depuis quatre ans que "If…" est paru… Qu'est-ce que j'ai pu être plagié ! Quant à mes *Livres de la jungle,* ils ont engendré des zoos entiers. Le génie des génies, c'est tout de même ce type dont on parle aux États-Unis…

— Edgar Rice Burroughs ?

— … Probablement, son *Tarzan chez les singes* vient de paraître et il en annonce d'autres. En fait il a tout simplement retapé mes *Livres de la jungle.* Il a dû bien s'amuser. Il paraît qu'il veut voir jusqu'à quel degré de médiocrité il peut descendre sans en subir les conséquences, et après tout, quoi de plus légitime… »

Si j'avais osé, je lui aurais rapporté le débat que nous avions eu dans la salle des profs à Janson lorsque certains l'avaient soupçonné de s'être inspiré de *Hamlet.* Leur défiance m'avait tellement heurté, comme si j'avais été l'auteur du poème incriminé, que la référence s'était gravée dans ma mémoire avec précision : Acte I, scène 3. Le passage où Polonius transmet un certain nombre de préceptes à son fils Laërte : « Ne donne pas de langue à tes pensées,/ Ni d'actes à des pensées immodérées./ Sois familier, en aucun cas vulgaire./ Les amis que tu as, une fois éprouvés,/ Agrippe-les à ton âme avec des crampons d'acier,/ Mais n'use pas ta paume à accueillir/ Le premier matamore qui sort du nid», etc. Et la chute survenait sur un même air que «If...»: «Adieu, que ma bénédiction fasse mûrir cela en toi[1].» Effectivement, mais non, je n'osais pas jeter le doute sur lui, c'eût été vain, inélégant, après l'accueil qu'il m'avait réservé. De toute façon, le génie de «If...» tenait à bien autre chose. Jamais il ne tentait de fasciner l'âme du lecteur par des moyens factices. Sa puissance et sa portée universelles ne s'expliquaient pas autrement.

«Juste un conseil: ne vous méprenez pas sur "If..." comme tant d'autres l'ont fait. Même si ça se termine par "... alors tu seras un homme, mon fils", et que je m'adresse bien évidemment à lui, John ne me l'a pas inspiré.»

Je reposai aussitôt ma valise, stupéfié par cette révélation in extremis. En fait, j'étais tellement obnubilé par la langue, l'esprit, le ton du poème auquel je voulais demeurer le plus fidèle possible que je ne m'étais pas vraiment renseigné sur le contexte de sa création. Il me confia alors qu'un homme qu'il admirait infiniment avait fait naître ce poème. Sans jamais le citer, Kipling voulait le donner en exemple aux jeunes générations en raison de ses valeurs, de son stoïcisme, de son caractère, de sa conduite, de son courage. Un modèle sinon un héros selon son cœur.

«Contrairement à ce que croient les Américains, ce n'était pas le président George Washington. Il s'agit d'un Écossais du nom de Leander Starr Jameson. En 1895, il

1. Traduction de Jean-Michel Déprats.

a mobilisé quelque cinq cents hommes en armes pour lutter contre les Boers en Afrique du Sud. Avec huit mitrailleuses et trois canons. Cette action d'éclat par laquelle il a renversé le gouvernement du Transvaal, on l'a appelée le "Raid Jameson". Et comme vous le savez peut-être – mais a-t-on parlé de ces choses en France, j'en doute –, il a été capturé, remis aux autorités britanniques qui l'ont condamné à quinze mois de prison. Et il y a quelques années, de retour là-bas, il est devenu Premier ministre de la colonie du Cap. C'est quelqu'un, Jameson. Allez, bon voyage, Lambert ! Et la prochaine fois, amenez votre femme avec vous… »

L'image de Rudyard Kipling tout sourire à la grille de sa maison de Bateman's, soulevant son chapeau d'une main et agitant son mouchoir blanc de l'autre, ne devait jamais me quitter. Mais y aurait-il seulement une prochaine fois ?

Dans le train qui me ramenait à Londres, je me suis rendu compte que je n'avais même pas eu le réflexe de prendre des photos. Mon Brownie 2A, le dernier modèle, était resté sagement dans sa housse durant tout mon séjour en Angleterre. Au fond, je n'en éprouvais guère de remords. Les meilleures images, celles qu'on n'oublie pas, relèvent de la *cosa mentale*. Tant l'Histoire que les histoires ne se déroulent vraiment que dans le hors-champ des photos où nul ne prend la pose.

En m'instruisant sur l'univers poétique de Kipling, tout ce que j'avais appris avait eu aussi pour effet de retarder l'exécution de mon projet. Je me donnais quelques mois de travail, d'échanges, de rencontres peut-être à

Paris, Vernet-les-Bains, Bateman's ou ailleurs, pour y parvenir.

C'est ce que je prévoyais alors en cet été 1914. En attendant, j'ouvris enfin mon exemplaire tout neuf du *Grand Meaulnes*, tant il me paraissait évident qu'à mon retour, ma grand-mère me passerait à la question. Nous étions alors si insouciants…

Jamais nous n'avons retrouvé une telle légèreté.

Sofia écouta mon récit de Bateman's sans m'interrompre, heureuse de me voir si heureux de ce séjour inimaginable il y a quelques semaines encore. Puis, quand j'eus terminé, je m'attendais à ce qu'elle me raconte la réception critique de son récital, et comment son vieux professeur venu tout exprès de Berlin – celui auquel elle devait tant et dont elle redoutait encore le jugement – s'était prononcé sur la volupté de son timbre, la maîtrise de sa ligne de chant et sa manière de projeter les aigus, toutes choses vis-à-vis desquelles, malgré sa jeune et discrète gloire, elle demeurait secrètement son humble élève. Au lieu de quoi, elle me demanda simplement :

« À propos, et la musique ?

— Quoi, la musique ?

— Oui, quel genre de musique aime-t-il, Kipling ? »

La question me laissa coi. Avec sa délicatesse et son flair coutumiers, elle mettait le doigt sur un blanc de nos conversations. Jamais nous n'avions parlé de musique ; pas la moindre trace chez lui, dans le bureau, le salon, la bibliothèque ; juste des allusions au music-hall. Peut-être lui était-elle indifférente, ce qui m'inquiéterait, tant j'étais et je demeure persuadé que la littérature et singulièrement la poésie sont d'abord une question d'oreille, de rythme, de musicalité.

« Rien ? insista-t-elle.

— En fait… Je l'ignore.

— L'opéra-bouffe peut-être, le côté *La Vie parisienne*… Après tout, il a découvert Paris pendant l'Exposition universelle de 1867 au moment même de la création de *La Grande-Duchesse de Gerolstein*… C'est tellement l'esprit français qu'il doit apprécier…

— Oh non, sûrement pas ! L'un de ses traducteurs, Robert d'Humières, l'a vexé dans un livre où il disait pourtant du bien de lui en précisant qu'il aimait Offenbach. Il l'a raconté au fils d'un de mes collègues à Janson. Kipling s'est paraît-il étranglé : "Moi, Offenbach ? certainement pas ! jamais ! ou à la rigueur pour quelques souvenirs de music-hall entendus sur un orgue de Barbarie…" Une réaction d'une violence inattendue, comme si c'était déshonorant d'aimer un tel musicien.

— Ne lui dis pas comment Offenbach a appris la musique tout petit… en écoutant son père chanter dans les synagogues du royaume de Prusse… Il risquerait de ne pas s'en remettre. »

Une fois encore, elle faisait mouche. Sofia avait le don d'appuyer là où ça fait mal. Et quand son flair sur les gens, les choses, les situations, était porté par un sixième sens d'autant plus intrigant que j'en ignorais le mécanisme, cela pouvait faire des ravages. Une raison de plus de ne pas l'aimer, cet écrivain qui lui prenait son mari. Elle comprit aussi bien que moi qu'il était sourd à la musique mais eut la délicatesse de ne pas insister, de ne pas me rappeler que j'avais toujours dit qu'un tel handicap, une telle impossibilité, disqualifiait à jamais un écrivain et plus encore un poète au motif que ce qu'ils écrivent, c'est déjà de la musique avant d'être du sens. Peut-être est-ce la condition pour n'être à l'écoute que de sa musique intérieure ?

À trop avoir l'esprit de finesse, à trop vouloir pénétrer la complexité du réel, à trop voir les choses sous leurs différents aspects, on se laisse gagner par l'irrésolution. Si je voulais continuer, il ne fallait pas que je me pose trop de questions.

« Tu as mis trois assiettes pour le dîner ?

— C'était une surprise mais tu as l'œil. Ta grand-mère s'est invitée, elle a hâte de t'entendre... »

Rien ne pouvait me faire plus plaisir. La soirée fut délicieuse. On avait ouvert les fenêtres, celle qui donnait sur la cour et celle qui ouvrait sur la place des Vosges. Une légère brise nous caressait. Eugénie parlait, et je ne pouvais m'empêcher de sourire en pensant à la manière dont elle nous avait amenés au goût de la littérature quand nous étions tout jeunes, nous ses petits-enfants. Elle exigea d'abord que je lui livre mon point de vue critique sur l'auteur du *Grand Meaulnes*.

« On en fait beaucoup sur cet Alain-Fournier. Beau livre, assurément. Tous ces personnages qui disparaissent sans donner de nouvelles... Je suis sûre que nombre de lecteurs ne se remettront jamais de la mort d'Yvonne de Galais, la belle du domaine perdu. Mais l'auteur, crois-tu qu'il ait un autre livre dans le ventre ? »

Comme je pris l'air désolé, les mains ouvertes vers le ciel, de celui qui est dépourvu de tout don divinatoire, elle embraya aussitôt :

« Et ton Kipling alors, maintenant que tu le connais personnellement, mon Louis, qu'est-ce qu'il a de plus que les autres ?

— Nos longues promenades dans la campagne me manqueront. Avec lui, on ne marche pas : on rentre dans le paysage.

— Mais encore ?

— Maintenant je sais ce que c'est qu'un écrivain.

— Et tu peux nous éclairer ?..., fit Sofia en se rejetant sur le dossier de sa chaise, l'air sceptique.

— Quand un individu ordinaire débarque à Londres en janvier 1892 pour s'y marier en pleine épidémie de grippe, il remarque qu'on y meurt beaucoup ; s'il est Kipling, il observe que, les pompes funèbres étant à court de chevaux noirs, les morts doivent se contenter de chevaux bruns. Un écrivain, c'est quelque chose comme ça. »

Eugénie, l'autre femme de ma vie, hocha la tête silencieusement, un masque de gravité se substituant à une expression de malice permanente. Ma seule définition de l'écrivain ne pouvait l'avoir ainsi perturbée ; c'était autre chose, et dans ces moments-là, la chose ne tardait pas à être formulée, généralement sur la pointe des pieds :

« Et ton père, toujours aucun... "rapprochement" ? disons...

— Pourvu que ça dure.

— Ne parle pas comme ça, rien n'est jamais définitif. Tout de même..., ajouta-t-elle songeuse.

— Quoi ?

— J'aimerais tant que vous vous retrouviez ailleurs que sur ma tombe... »

Sa main posée sur la mienne, l'enserrant tendrement, ne pouvait y suffire.

Grâce aux liens que j'avais noués lors de mon séjour en Angleterre, je recevais régulièrement des nouvelles des Kipling, parfois directement, d'autres fois par Holmes et par John. Les visites avaient repris, charriant leur lot de commérages plus ou moins pimentés. M. Hanbury, l'inspecteur dépêché par le constructeur automobile aux deux « R » enchevêtrés, était venu déjeuner ; il avait régalé son public avec des récits d'accidents d'automobile qui ne concernaient bien évidemment que les concurrents. Kipling avait reçu sa nouvelle Rolls, la troisième, au capot surmonté depuis trois ans d'une *Spirit of Ecstasy*, statuette féminine et dynamique appelée à en devenir l'emblème. Obéissant à son rituel, il l'avait aussitôt rebaptisée « La Duchesse » avant de la faire entrer chez lui au même titre qu'un nouveau membre de la famille.

Rarement les temps avaient été aussi incertains. Il avait suffi d'une étincelle pour que la machine s'emballe. À la suite de l'assassinat de l'archiduc François-Ferdinand et de sa femme Sophie par un jeune fanatique serbe à Sarajevo, le Reich impérial avait déclaré la guerre à l'Empire russe le 1er août. Alors tout s'était enchaîné. Le fond de l'air était pourtant si calme, si doux. Pour certains, il l'était encore. J'appris plus tard par une indiscrétion qu'à la page du 4 août 1914 de son journal, Carrie avait juste consigné cet événement majeur : « Mon rhume ne me lâche pas », et que Kipling, passant par là, n'avait pu s'empêcher de rajouter de sa plume : « Incidemment c'est le début d'Armageddon. » En privé, son sens de l'humour était toujours plus dévastateur, et ce rappel du lieu symbolique où se situe l'ultime combat entre le Bien et le Mal dans l'Apocalypse, où les armes du ciel triompheront des rois de la Terre, pour implacable qu'il fût pour l'égocentrisme de sa femme, annonçait les temps les plus difficiles pour l'Europe.

Plus que jamais, la famille demeurait le centre des préoccupations de Kipling, m'écrivit Holmes, son fils en étant l'épicentre. Mais malgré le soutien de son père, ses encouragements, John avait beau faire, lunettes, pince-nez ou binocles, avec ou sans passe-droit, les inspecteurs le réformaient. Déclaré inapte au service. Au moindre choc, et Dieu sait qu'il y avait des chocs en prévision, ses lunettes pouvaient sauter et il en aurait été aveuglé. L'armée ne voulait pas de ce volontaire. Autant dire que le pays tout entier le rejetait. Ce sentiment d'inutilité en cette période où l'armée avait tant besoin de renforts provoquait pour le fils, donc pour le père – il ne pouvait en être autrement – une insupportable humiliation. Ne servir à rien quand tous servent la nation, qui s'y résoudrait en une telle circonstance ? Lorsqu'on porte le nom du plus patriote des grands poètes de l'Empire sur lequel le soleil jamais ne se couche, soit on tente de se construire dans cette ombre portée, soit on essaie de s'en dégager radicalement. Par manque de caractère, John ne pouvait s'offrir l'espoir d'une rébellion, à supposer qu'il en eût même le désir. À certaines époques de la vie d'un pays, le plus difficile n'est pas de faire son devoir mais de savoir où il se trouve. Pour John, à l'été 1914, cela ne faisait pas de doute. Il devait partir coûte que coûte car partir, c'est ce qu'on fait quand on ne se sent plus chez soi dans sa vie.

Impossible de marcher dans une rue sans qu'une affiche l'agresse et que le portrait de lord Kitchener, regard droit devant et doigt pointé, l'interpelle :

« BRITANNIQUES ! Rejoignez l'armée de votre pays. *God save the king* ! »

Si ce n'était sur les murs, c'était sur les flancs de tout ce qui roulait. Nul n'échappait à l'injonction du ministre de la Guerre. Comment alors ne pas se sentir coupable de rester tranquillement à la maison ? L'armée comptait cent cinquante mille soldats de métier. Dans quelque temps, elle serait forte de plus d'un million et demi de mobilisés. Dans la jeune génération, celui qui n'en était pas paraissait suspect. Surtout ne pas demeurer dans sa chambre et son jardin quand tous sont là-bas ; comme si le seul fait d'en être vous faisait participer à la grande communion des âmes. Plus que jamais, partir était un rêve de bon projectile. John me fit part de sa déception dans une lettre, d'autant qu'en ce temps-là, tout garçon ayant reçu une bonne éducation et doté d'un minimum de personnalité était aussitôt nommé sous-lieutenant à titre temporaire puis à titre définitif dès qu'un régiment l'enrôlait.

Certes, la mobilisation n'est pas la guerre. La Grande-Bretagne n'était pas obligée d'entrer dans la guerre. Son territoire n'avait pas été envahi. Et plutôt que de témoigner sa solidarité à la France et à la Belgique, elle avait la possibilité de rester neutre. Mais pour l'opinion, sa participation était aussi nécessaire qu'inévitable. Dans les rues de Burwash, on voyait déjà apparaître des noms griffonnés à la hâte sur des bouts de carton collés aux carreaux des fenêtres. Ceux du garçon ou de l'homme de la famille qui étaient partis. Et pendant ce temps les Kipling resteraient paisiblement à Bateman's ? Passe encore pour le père, bientôt cinquante ans. Mais le fils ? Il avait beau être volontaire pour se battre, cela ne comptait pas.

Alors Kipling abattit sa dernière carte. Il avait raccroché à la patère ses chers tweeds patinés par le crachin matinal du Sussex, s'était vêtu dans toutes les nuances du blanc, du noir et du gris comme il sied aux *gentlemen* de sa condition, avait décroché sa canne et son chapeau, tapoté le cul de sa « Duchesse » et demandé au chauffeur de l'emmener à Londres chez son vieil ami lord Roberts. L'ancien commandant en chef de l'armée des Indes, devenu depuis plusieurs années avec Kipling le grand avocat de la conscription dans la perspective de l'inévitable affrontement avec l'Allemagne, était colonel en chef des Irish Guards.

Kipling avait exposé le cas. Et, tout orgueil aboli, renonçant aux derniers échos de son intransigeante fierté, il s'était abaissé à implorer une exception. Un service. Non que la démarche fût en soi honteuse, au contraire. Elle témoignait de l'amour du pays, de l'esprit de sacrifice et d'un courage certain. Mais elle n'était pas effectuée par l'intéressé, ce qui pouvait jeter un doute sur son souhait le plus profond. Ne dit-on pas que ce qu'on fait pour nous sans nous est toujours contre nous ? De plus, il s'agissait d'un régiment irlandais. Or s'il y avait une race que Kipling vomissait parmi peu d'autres, qu'il avait gratifiée de ses multiples exécrations ces dernières années depuis que ces mauvais sujets du Royaume avaient inventé de devenir indépendants, c'était bien l'irlandaise. Un exemple parmi d'autres ? En 1893, apprenant le décès d'un parlementaire, il avait souhaité que le choléra ait emporté ce partisan irlandais de l'autonomie.

Kipling eut gain de cause. L'intervention de lord Roberts permit à John d'être incorporé au 2e bataillon des Irish Guards. N'étant âgé que de dix-sept ans et demi, comme tout mineur, il avait besoin de l'autorisation de son père pour se battre. Un papier pour aller au front comme on va au bal du samedi soir avec la permission de rentrer après minuit. Mais dans son état, avec son handicap visuel, l'envoyer en première ligne le destinait à un « suicide accidentel », à supposer qu'un tel oxymore fût encore de saison.

Je n'ai jamais réussi à savoir si la main de Kipling avait tremblé au moment de signer l'autorisation.

Si tu peux avoir confiance en toi quand tous doutent de toi
Tout en tenant compte de leur scepticisme...

En partant à la guerre quand elle ne voulait pas de lui, John mettait à distance une certaine sujétion laquelle, ô paradoxe vivant, se manifestait une dernière fois en l'envoyant justement là où il ne devait pas aller. En route pour le front, il se défaisait du rythme paternel et inventait sa propre cadence. Mais à quel prix ? Faisant contre mauvaise fortune bon cœur, tant le père que le fils s'adaptèrent à la situation. John me confia dans une lettre le conseil que lui prodigua alors Kipling : « Si on te demande pourquoi tu as été enrôlé dans un régiment irlandais, réponds que notre famille s'étant prudemment mélangée eu égard aux contingences internationales, un peu de sang irlandais coule dans ses veines. » Pour en arriver là, fallait-il qu'il eût mangé son chapeau, celui qui deux ans plus tôt soutenait les volontaires unionistes dans son poème « Ulster »...

Carrie semblait résignée, ce dont son entourage se fit l'écho. Il lui paraissait inconcevable que les Kipling restent au chaud dans leur propriété pendant que les fils de leurs amis et de leurs voisins se faisaient tuer pour les protéger de la barbarie allemande. Mais dans le même temps elle admettait qu'une fois au feu, bâti et amoindri comme il l'était, John n'aurait qu'un mince filet de chance d'en revenir vivant. « Mais je ne vois pas comment on pourrait faire autrement », disait-elle. Ne lui restait plus qu'à espérer qu'il s'en sorte malgré tout.

Lors de sa première permission en septembre, John se rendit naturellement à Bateman's. Kipling fut sidéré de voir à quel point il était *devenu* son uniforme. Ça l'avait transformé à tous égards. Il le portait avec une certaine allure, faisant oublier les trente kilos du paquetage du soldat : vêtement, sous-vêtement, ustensiles, fusil, burette d'huile, capote, pelle-bêche, nécessaire de couture, passe-montagne, brosse à dents, gamelle, protège-colonne vertébrale, boîte d'axonge, cardigan, rasoir, etc. Tout en un exemplaire sauf les cartouches, au nombre de cent cinquante.

Sérieux et grave sans avoir perdu son adorable sourire, il se montrait intarissable dès qu'il s'agissait de parler de « ses » hommes, surtout d'un certain Beggie si prompt à imiter leur fort accent irlandais. Le père paraissait comblé de bonheur de voir combien son fils avait soudainement mûri, comme son attitude était calme et réfléchie. Malgré tout, il ne pouvait masquer l'angoisse qui le rongeait désormais. Et pour cause : il en fut frappé d'un début de paralysie faciale partielle.

Kipling n'en faisait pas moins son devoir, lui aussi. Mis à disposition de sa propre initiative pour toute action de propagande, il prononça dès septembre un grand discours public en faveur du recrutement. D'après les comptes rendus et les témoignages, l'orateur y était à son meilleur tant les événements lui donnaient raison. D'une voix claire et légère, d'un débit rapide sans gestuelle, il parla sans déclamer, sans effet rhétorique : cette guerre ne serait pas perdue car il serait inconcevable qu'elle le fût ; si c'était le cas, malgré le devoir accompli par chacun, et si donc l'Allemagne étendait encore son empire sur les mers et les terres, alors le monde sombrerait dans les ténèbres…

Au régiment, John serait Kipling, irrémédiablement. Non seulement il devrait lutter contre sa qualité de protégé de lord Roberts, même si le glorieux soldat au poitrail couvert de médailles n'allait pas tarder à s'éteindre d'une pneumonie à Saint-Omer en visitant les troupes indiennes, mais il devrait également se défendre d'endosser la haine anti-irlandaise de son père ; il lui faudrait aussi prendre en charge certains de ses poèmes parmi les plus populaires. Non pas « If… », il n'y avait pas de raison, mais ses *Barrack-Room Ballads,* des chansons de caserne. Jamais elles ne s'étaient aussi bien vendues alors qu'elles dataient du début des années 1890. Kipling y traçait le portrait de Tommy Atkins, un soldat ordinaire, mais en lui prêtant un accent *cockney*, typique de la classe ouvrière de l'est londonien, ce qui fixa pour longtemps la voix de ce héros émouvant de naturel et de simplicité, oscillant entre comique et tragique, tout aussi hostile aux officiers et à l'état-major qu'aux planqués et aux civils. Tous ne s'en réjouirent pas. On reprocha à son créateur d'avoir vulgarisé et galvaudé le soldat de troupe en lui mettant dans la bouche des cockneyismes de son invention, faute d'autant plus grave que son personnage ne tarda pas à donner le *la*. S'il avait été l'un des premiers à développer la figure du troufion, de mémoire d'officier, on assurait que personne ne s'exprimait comme son Tommy Atkins au sein de la troupe. Ses critiques parmi les haut gradés en furent pour leurs frais dès lors que, la vie imitant l'art, les vrais soldats se mirent à parler comme le héros ordinaire de Kipling. Au fond, un brave amateur de bière, ami des chiens et des enfants, drôle, impertinent, courageux, résistant, qui ne rechignait jamais à suivre ses chefs sous toutes les latitudes afin d'accomplir le sale boulot pour la plus grande gloire de l'Empire.

À la caserne, à l'entraînement, partout désormais, John allait vivre avec des Tommy Atkins, mais des Irlandais. Il était le benjamin de tous ces jeunes promis à vivre l'une de ces épreuves dont l'on ressort endurci, préparé à toutes les cruautés si on en ressort. Qui aurait imaginé, en les voyant partir, lui et sa génération, leurs rêves remplis de ballons captifs, de pigeons voyageurs et de récits héroïques, qu'une partie du monde allait sortir de ses gonds ?

II

GUERRE

Ceux qui y ont été n'en sortiront jamais, ceux qui n'y ont pas été n'y entreront jamais : cette guerre nous aura transportés hors du monde.

J'en fus dès les premières heures, comme tous ou presque. Il n'y a pas à en tirer la moindre gloire. On ne choisit pas de se mettre en accord avec sa conscience. Même pas une question de politique, d'idées et encore moins d'idéologie. Il y a des moments dans la vie d'un homme où il serait déshonorant de se dérober à ce qu'on croit être son devoir. L'invasion du territoire par une armée étrangère en est un. Je me sentis insulté lorsqu'un collègue du lycée vint me parler d'un certain lieutenant-colonel Pozzi en poste à l'hôpital du Val-de-Grâce, un fou de littérature, espèce des plus rares parmi les officiers supérieurs, qui accordait des certificats avec valeur de dispense à tous ceux qui pouvaient prétendre à un handicap visible, la schizophrénie étant plus difficile à plaider que l'amputation d'un doigt. Une telle indignité me dégoûtait.

Sur la porte de mon casier, dans la salle des professeurs, une main anonyme avait collé ce message :

« Tu seras un homme mort, mon fils. »

La guerre, j'y suis allé aussi déterminé que résigné parce que la question ne se posait même pas. Il m'avait suffi de fermer mes oreilles à tous ces gens qui clament très fort et très haut leur haine de la guerre tout en louant l'héroïsme guerrier.

Pendant ces quatre années infernales, je n'ai pas cessé de penser aux Kipling autant qu'aux miens. Jamais nous n'avons perdu le contact. Après avoir écrit à Sofia et à ma grand-mère, généralement, je m'apprêtais à en faire autant avec les gens de Bateman's, maîtres et serviteurs. Certains répondaient, d'autres non. Quelques-uns prenaient l'initiative de la conversation épistolaire. John était un cas à part. Je savais qu'à quelques dizaines de kilomètres de distance, ce serait comme si on se parlait de tranchée à tranchée. Plus de prof et plus d'élève, plus de Français et plus d'Anglais, plus de Lambert et même plus de Kipling. Réunis dans la complicité secrète de ceux qui guettent la mort, nous seuls pourrions nous comprendre. Les autres, tous les autres loin du front, n'auraient que des bribes, de misérables éclats, des échos étouffés, de notre absolue solitude sous les orages d'acier.

John dut quitter Bateman's de toute urgence pour la caserne. Seule sa mère était à la maison. Elle le regarda comme si c'était la dernière fois, si élégant dans son uniforme, si droit, si grave. Surtout, si jeune. Avant de dévaler les escaliers, il se retourna vers elle :

« *Send my love to Daddo.* »

Son dernier mot à sa mère était destiné à son père. C'était le 15 août 1915. Le lendemain il partait pour la France. *Go west !* Mais aller à l'ouest, c'était aussi se diriger droit vers la mort. Jusque-là, il croyait que l'Histoire vivait dans les livres. Ce jour-là, elle entra dans sa vie.

Leur « épistolat » fut nourri, le poète prolifique comme à son habitude, le soldat nettement plus sobre – et parfois mystérieux, situant son adresse « quelque part en France » à la demande de la censure militaire. Elsie avait souvent dit à son père que pour John, les lettres plus courtes étaient les meilleures, mais non, il ne put s'empêcher de s'étendre et de digresser à l'infini ; à peine concédait-il d'en résumer plusieurs en une seule assez concise au cas où elles ne lui seraient pas parvenues… Dans l'intimité de leurs échanges postaux, Kipling renonçait à la retenue, au sang-froid, au calme dont il avait fait des vertus si britanniques. Il s'abandonnait à des débordements de tendresse comme toujours lorsqu'il se trouvait loin de ses enfants, mais plus encore lorsque l'un d'eux était menacé de mort à chaque instant. Mais se laissait-il aller à compatir à sa situation, toute de promiscuité, de crasse, de solitude, de jugement dernier, à peine osait-il dire sa fierté de voir son propre fils les subir, qu'il se reprenait aussitôt. Alors il se reprochait de divaguer. Ce qui ne l'empêchait pas de recommencer dès le lendemain, lui disant à nouveau : si tu savais, mon très cher vieux, à quel point je t'aime et je suis fier de toi… L'épée de John trônait dans son bureau en haut de la crédence. Une domestique l'avait même entendu dire : « Je pense à toutes les affreuses corvées qu'il a dû avoir ces douze derniers mois, et une fois de plus je tire mon chapeau de civil devant mon fils. »

Pour autant, on ne le sentait pas vrillé par le doute.

Deux mois après la déclaration de guerre, il se risquait à prédire qu'elle durerait trois ans. Même s'il avait du mal à y croire parce qu'il y avait plus de feu que de bois à brûler. Il avait beau avoir été un juste prophète de malheur pendant des années, le grand dénonciateur du danger hun, un Cassandre vilipendé par une grande partie de la classe politique, je n'étais pas sûr qu'il ait envisagé toutes les formes du pire. Elles se trouvaient pourtant décrites dans *La Guerre des mondes*, un roman de H.G. Wells paru en 1898 dont la lecture m'avait vivement impressionné. Tout y était déjà, à commencer par la « fumée noire », ce gaz toxique envoyé sur Londres par des créatures tentaculaires. Le réel avait fini par rejoindre la science-fiction. À ceci près que les envahisseurs n'étaient pas des extraterrestres mais des voisins immédiats. La terreur, la folie, les ravages, les malheurs étaient de nature identique.

Pour soutenir son moral autant que pour le distraire, Kipling se gardait bien de faire parvenir ce genre de livres à son fils. Plutôt des magazines tels que *Punch, Tatler* ou *Sketch*. À Bateman's, Kipling endurait. À son tour, il serait de ceux dont on dirait : il a un fils au front – singularité partagée qui était une source d'angoisse autant que de fierté. En attendant, Kipling vaquait. Ses chauffeurs lui causaient du souci. Stern, le nouveau, ne tint pas dix jours. Une mauvaise tête. Était-il juif ? À lui comme à d'autres, il demanda de « comprendre » la Rolls. Un entraînement particulier était indispensable avant de prétendre la conduire. Mais Stern alléguait qu'une Daimler et une Rolls étaient des machines pratiquement identiques, et comme il « comprenait » déjà bien la Daimler… Une insolence jugée impardonnable. Vincent, son successeur, durerait un peu plus. Kipling le surnommait « le baptiste blafard ».

Lorsqu'il faisait encore ses classes et que John avait la possibilité de se rendre seul à Londres, son père prétextait une conférence pour y séjourner. Il lui ouvrait un compte au Brown's, un hôtel connu de John depuis sa naissance, et demandait au majordome qui l'avait vu grandir de veiller sur lui. Il comptait même sur ses relations dans la capitale pour ne pas le laisser seul car cela pouvait être… dangereux ! Mais dès qu'il le put, Kipling profita d'une des brèves permissions de son fils pour faire un saut en France. Accompagné de son chauffeur Landon, il parcourut la Champagne à 60 km/heure à bord d'une Limousine-Renault 20/30, suivi par une Mercs 60 transportant les bagages. Une fois rendu dans la capitale, après une halte au Ritz, le colonel Herman Leroy-Lewis, attaché militaire britannique à Paris, lui ayant assuré que le Meurice était devenu une horreur et le Continental pire encore, Kipling retourna à son bon vieil hôtel Brighton, rue de Rivoli. Outre sa suite, il réserva également la 301 dont son fils avait l'habitude. En attendant que le général Joffre, commandant en chef des opérations, envoie chercher l'écrivain comme convenu, celui-ci emmena John au Café de Paris pour un dîner « entre hommes » ; ils parièrent deux shillings sur l'issue d'un combat de boxe. Kipling lui prodigua des conseils.

Puisqu'il allait avoir des soldats sous son autorité, il devait leur faire comprendre que l'idéal pour une troupe solidaire était d'agir comme un clan sans verser dans l'esprit de mafia. Craignant que John n'abuse du whisky, il lui recommanda une expérience : quand tu commences à voir des perroquets jaunes et verts devisant en gaélique sur une cheminée, tu dois t'assurer qu'ils projettent bien une ombre ; dans le cas contraire, il faut urgemment consulter !

Incroyable comment les gens, soldats aussi bien que civils, s'étaient rapidement adaptés à l'état de guerre, comme si c'était naturel et normal. Leur langage le reflétait, leurs réflexes tout autant. Il en allait de la guerre comme de la vie : elle continuait. Le temps là-bas avait une durée molle sur laquelle rien ne marquait.

… Si tu peux remplir la minute inexorable,
De soixante secondes de chemin parcouru…

Au front, on voyait des soldats aller le matin aux tranchées armés d'outils comme un ouvrier va à l'usine. Tuer un ennemi leur posait moins de cas de conscience que de tuer un cochon de leur ferme. On s'attache davantage à une bête familière qu'à un anonyme, fût-il un homme.

À Londres, dans des locaux réquisitionnés à Wellington House, les officiers du Bureau de la propagande de guerre, préoccupés de rallier les pays neutres à la cause des Alliés, lancèrent une campagne de recrutement auprès des plus prestigieux écrivains. Conan Doyle, Chesterton, Galsworthy, Hardy et d'autres furent sollicités. Le travail de petit correspondant de guerre effectué par Kipling en France, baladé par les autorités là où c'était sans risque ni dommages, c'était un peu ce que mon maître Mallarmé aurait appelé de l'« universel reportage ».

Kipling croyait avoir vu la guerre parce qu'on lui avait organisé une tournée des popotes. Il en avait déduit qu'un peuple de barbares s'était lancé à l'assaut d'une nation d'artistes. Typique de ces étrangers tellement francophiles qu'ils se figuraient la France comme une idée. La romancière Edith Wharton l'écrivait même avec une capitale : « une Idée ». C'est dire si elle valait d'être défendue. Jusqu'à mourir pour elle ?

Mais comment peut-on sans état d'âme envoyer son fils à la guerre, et à travers lui, toute une génération, quand on ne l'a jamais faite et qu'on ne la connaît que par ouï-dire ? Il avait certes écrit des articles, composé des poèmes, prononcé des conférences pour exalter les autres à s'enrôler sous différentes latitudes ; il avait souvent été invité à participer à des manœuvres militaires sur terre ou sur mer ; il avait fraternisé avec des soldats, loué leur courage et leur dévouement à la patrie ; mais il n'avait jamais tenu un fusil qu'au pas de tir.

Manifestement, il ne lui apparaissait pas que cette guerre était sans précédent. Qu'il fallait s'adapter chaque jour à l'imprévisible d'un massacre de masse. Des guerres, il en avait lu et même vu mais celle-ci souffrait de l'absence d'un modèle auquel se référer.

Lui qui se disait intoxiqué de nouvelles se sentait comme un Russe privé de vodka lorsque le gouvernement les censurait jusqu'à parfois les supprimer. Côté allemand, c'était pire encore. On n'y voyait ni cadavres ni tranchées. On disait même que la presse demandait aux veuves de ne pas s'habiller en noir pour ne pas démoraliser la population. Côté français, on n'était pas en reste. La propagande, prête à tout pour soutenir le moral de l'arrière, avait lancé le bobard selon lequel l'ennemi avançait en rangs tellement serrés, et nos mitrailleuses faisaient tellement de dégâts que, quand elles les fauchaient, les cadavres ne tombaient même pas, ils s'en empêchaient les uns les autres... Pour se faire une idée à peu près équilibrée de la situation, il fallait lire la presse suisse – à condition d'y avoir accès.

Encore quelques mois, et Kipling commencerait à comprendre. En mars 1915, comme on annonçait que sept cent vingt-quatre officiers anglais avaient déjà été tués, il confia en privé : « Dieu nous garde de telles victoires ! » Mais quand les journalistes l'interrogeaient, ravis d'avoir le grand écrivain sous la main à proximité du champ de bataille, son aplomb et son assurance lui servaient à nouveau de cuirasse, avouant sans détour que la civilisation allemande lui demeurait inintelligible :

« Les Boches ? Une nation femelle en état de frénésie.

« L'Idée russe, on voit bien. Mais vous savez, vous, en quoi consiste l'Idée allemande ? À part marcher au pas de parade à travers une série d'enfers philosophiquement construits en se donnant pour objet de s'adorer soi-même pour le bruit qu'elle fait avec tout son harnachement...

— Vous trouvez les Arabes tellement mieux ?

— Au moins ils ont le choix entre le sabre et l'islam, alors que les Boches n'ont que le sabre pour toute philosophie. Non, croyez-moi, il n'est pas bon pour le monde d'être décivilisé par des philosophes en armes. »

Si Kipling avait habité Londres, il aurait peut-être été de ces personnes qui rôdaient à Regent's Park près du *Home Depot* d'où étaient expédiées les lettres pour le front, afin que les siennes partent les premières. La campagne, en le mettant à distance, tempérait son impatience. Le 27 août, dans la dernière lettre que John reçut de son père, celui-ci lui disait qu'il l'aimait et qu'il comptait bien poursuivre dans cette voie avant de signer : *Ever your dad.* Dans les deux qu'il lui adressa en retour, John demandait plus prosaïquement qu'on lui fît acheminer une bonne paire de pantoufles bien chaudes, douillettes, munies de solides semelles ; il évoqua brièvement sa première expérience du feu non dans les tranchées mais à découvert ; il confia avoir dû siéger pour la première fois dans une cour martiale ; et pressentant la proximité d'un assaut, il annonça que ses lettres se feraient plus rares, qu'elles seraient au mieux des cartes du combattant. Il n'osait pas dire que celles de ses camarades étaient parfois incrustées d'éclats de shrapnels. Pour la plupart, elles fourmillaient de mensonges convenus : ceux de l'avant racontaient à ceux de l'arrière une guerre rassurante. Celle qu'ils voulaient lire, l'histoire qu'ils voulaient entendre.

Les derniers mots de John à son père, datés du 25 septembre 1915 à 17 h 30, étaient trempés non de larmes mais de pluie car elle s'abattait sur la région sans discontinuer et transformait les tranchées en rivières de boue.

Après, il se retrouva pour de bon au cœur de la mêlée,

sur le front ouest, dans la bataille de l'Artois. De ce que j'ai pu reconstituer grâce aux uns et aux autres, ça s'est passé à la fin de l'été 1915.

À la première bataille de Loos-en-Gohelle, une commune minière près de Lens dans le Pas-de-Calais, le général-stratège Douglas Haig, commandant de la 1re armée britannique, avait pensé l'offensive selon le manuel. Il avait donc agi en conséquence. À ceci près que la pénurie d'obus eut pour effet d'affaiblir dramatiquement les bombardements précédant les assauts. Même le vent était contre lui puisque les tonnes de gaz lancés contre l'ennemi stagnèrent dans l'entre-deux avant de refluer et d'infester les tranchées britanniques. Un désastre.

Quand les détonations de batteries se firent de moins en moins assourdies et ouatées, signe que le danger se rapprochait, les plus anciens de chaque bataillon ne pensaient qu'à une chose : recevoir la « bonne blessure ». Suffisamment légère pour ne pas trop faire souffrir mais assez grave pour imposer le rapatriement. Ceux qui avaient passé trop de temps dans les tranchées souffraient de dipsomanie tant ils ingéraient n'importe quoi.

John n'avait pas eu le temps de souffrir de la fièvre des tranchées, ce qui l'aurait peut-être renvoyé à l'arrière. Pas son genre. On ne l'aurait pas non plus confondu avec ces officiers recrutés dans le civil gratifiés du surnom peu flatteur de « gentlemen à titre temporaire ». Il prenait son rôle au sérieux et n'entendait pas se soustraire à ses responsabilités. Aux premières loges pour la seconde bataille, John était à la tête de la 2e compagnie du 2e bataillon des Irish

Guards. C'était une prérogative d'attaquer les premiers. On appelait cela le privilège du feu. Certains se disaient prêts à se battre pour avoir l'honneur de monter avant les autres.

Les vagues d'attaque durent subir un déluge d'obus de mortiers de 380 et de 305. Les pare-éclats limitaient bien faiblement les dégâts. Il leur fallait faire face à une masse de feu qui s'achevait en un large fleuve de métal en fusion.

Une pluie fracassante était également de la partie ce jour-là au lieu désigné sur sa carte comme Chalk Pit Wood. La boue transformait les combattants en golems. Difficile de savoir où finissait la canonnade et où commençait le tonnerre. Seul importait l'objectif : réaliser une percée à travers les lignes ennemies et reprendre Loos. L'ennemi, John ne l'envisageait pas en digne fils de Kipling, comme le Boche, le Hun ou le barbare à haïr, mais en soldat : l'ennemi, c'était l'adversaire désigné par le roi, leur commandant à tous.

… Si tu peux attendre sans te décourager d'attendre.
Ou quand on te calomnie, ne pas calomnier à ton tour,
Ou quand on te hait, ne pas haïr en retour,
Et cependant n'aie pas l'air trop bon, ni ne parle trop en sage…

Comment a-t-il pu regarder dans le périscope de tranchée avant de siffler l'assaut ? Comment a-t-il pu même vérifier l'heure sur sa montre pour se synchroniser avec les autres sections ? Que voit-on lorsqu'on a les lunettes ruisselantes d'eau, de boue et bientôt du sang de ses camarades ? Ce jour-là, avec ou sans elles, John n'y voyait plus rien. Il s'avançait droit vers la mort et elle n'avait pas de visage.

Sans bombardement préalable, dès qu'il bondit hors de la tranchée pour mener l'assaut revolver à la main à la tête de sa section, il fut abattu d'une balle dans la tête. Ses hommes le transportèrent aussitôt dans un trou d'obus pour le mettre à l'abri ; mais sous l'intense canonnade, ils durent l'abandonner pendant leur retraite. La dernière fois que l'un d'eux le vit, il lui manquait la moitié du visage.

Qui sait si John ne vécut pas une nuit d'agonie dans ce paysage lunaire entre deux cratères où la seule trace du passage de l'homme se manifestait par des arbres que leurs bombes avaient déchiquetés. Qui sait si la peur n'avait pas tenu sa langue prisonnière dans sa bouche. Qui sait s'il n'avait pas été la proie de tout un ciel d'oiseaux de Tirésias. Qui sait si ses membres n'avaient pas été livrés aux chiens sauvages dont on dit qu'ils sont à la nuit tombée les vrais maîtres du champ de bataille des hommes. Qui sait.

Vingt mille soldats britanniques trouvèrent la mort au cours de la bataille de Loos. Sans compter les dizaines de milliers de blessés et de disparus. Un bilan de cinquante mille victimes.

Chez les Français, le maire est le porteur de la mauvaise nouvelle ; lorsque les villageois le voient passer pour se rendre dans une maison, ils comprennent. En Grande-Bretagne, on apprend la chose par écrit : une lettre à la famille pour le simple soldat, un télégramme s'il s'agit d'un officier. Parfois le téléphone. Kipling n'avait pas le téléphone, il le refusait. Quelques jours après, lui et sa femme reçurent à Bateman's un télégramme du War Office leur annonçant que leur fils était porté disparu depuis le 27 septembre 1915.

Pas blessé. Pas mort. Juste porté disparu. Juste…

Il ne suffit pas de savoir, encore faut-il croire ce que nous savons, et cette vérité-là, Kipling refusait d'y croire. Il ne se résolvait ni ne se résignait, refusant de lâcher prise contre toute évidence. Il semblait désespérément prêt à s'émerveiller du spectacle du monde quand tout lui hurlait de faire face à tant de beauté saccagée. Où était-il écrit dans les lignes de sa main que ce jeune et doux Anglais périrait au milieu de nulle part après y avoir affronté la violence humaine la plus absolue ?

La guerre, c'est l'attente. On est dans une tranchée et on attend. Des heures, des jours, des nuits. Kipling l'avait entendu dire lors de sa tournée au front, mais n'en avait pas pris la mesure. Désormais, il allait réaliser que la guerre, c'est aussi l'attente pour les parents. Attendre dans l'ombre de la mort.

La mort, il l'avait apprivoisée, il s'en était accommodé pour la première fois entre seize et dix-neuf ans au cours de ses années de journalisme à Lahore. La typhoïde décimait les rangs des employés indigènes « à l'âge réglementaire » de vingt-deux ans. La mort n'épargnait pas les Blancs. Elle était partout en ville et pas seulement dans les cimetières : dans les parcs et jardins, on pouvait déterrer des os humains sans le faire exprès au cours d'un pique-nique. Mais la mort qui s'annonçait en 1915 était d'un autre ordre. Face à elle, quelle que fût la direction dans laquelle il s'activait, il se cognait aux angles de son impuissance.

Y a-t-il pire souffrance que de ne pas savoir ? Rien ne rend plus vulnérable. Qui ne sait rien imagine tout, y compris les détails d'une agonie, celle d'un blessé qui appelle à l'aide, que nul n'entend ni ne vient secourir, enterré vivant. Combien de temps, mon Dieu, combien de temps a-t-il plu à Dieu d'imposer ça à mon fils, et en rémission de quelle faute, de quel péché ?

À défaut de ramener un corps puisque le règlement de l'armée britannique l'interdisait, un soldat devant être obligatoirement enterré sur le lieu de sa mort, une plaque d'identification permettait de faire son deuil. Celle que John portait autour du cou, son père la connaissait bien : il lui avait demandé de faire fabriquer sa *Dog Tag* dans le même métal que celle des soldats français. Celle de l'armée britannique (deux disques d'identification pressés dans une sorte de cuir bouilli) était en fibre d'amiante compressée ; elle présentait le défaut de rapidement disparaître sous la terre ; les nôtres étaient bien plus résistantes. Un disque d'aluminium avec une cordelette sur laquelle John avait fait inscrire :

2nd Lt J Kipling, C of E, Irish Guards

Traduisez : sous-lieutenant John Kipling, Church of England, Irish Guards. Né anglican, il n'envisageait pas de mourir autrement qu'anglican. Mais non, même pas une plaque avec laquelle se consoler. Cette relique laïque eût été mieux conservée qu'un morceau de la vraie croix, plus chérie que le saint suaire. On n'avait pas le droit d'immortaliser des cadavres ; en revanche il était courant de photographier leur tombe et de l'envoyer à la famille ; l'opérateur de la Croix-Rouge devait se dépêcher car il ne pouvait travailler qu'en lumière naturelle. Pour les Kipling et pour tant d'autres, ni plaque ni photo, rien. On a beau aimer la France, quelle idée d'être venu mourir ici, dans ce coin du monde qui n'était plus vraiment la France, juste la terre apatride de la grande désolation. La mort au combat transforme la vie en destin : consolez-vous avec ça !

...Si tu peux imposer à ton cœur et tes nerfs et tes tendons
De te servir longtemps fussent-ils à bout de force
Et ainsi de tenir bon quand toute énergie t'a déserté
Excepté la volonté qui leur dit : « Tenez bon ! »

Malgré son goût des morales de l'Antiquité, Kipling ne pouvait s'en satisfaire. L'image grecque de la « belle mort » parant le guerrier défunt de tous les prestiges et de tant de qualités ne lui rendait pas son fils. Aux temps anciens, une mère ne pouvait être fière de la mort de son fils qu'après s'être rendue sur le champ de bataille, avoir examiné ses blessures, constaté qu'elles étaient plus nombreuses de face que de dos, et s'être donc assurée qu'il n'avait pas été lâche face à la mort. L'idéal héroïque ne souffrait pas l'ensauvagement des adversaires. La guerre, avec son déluge de feu, ses mitrailleuses qui balayaient les vagues d'assaut comme des fétus de paille, ses gaz asphyxiants, avait bestialisé l'esprit chevaleresque. Quelle fureur ! quel massacre... Son deuil était différé. Comme d'autres, il se demandait si on ne lui cachait pas le corps tant il était en bouillie. Qui a jamais soupçonné que le doute rendait fou ?

Après avoir reçu ce télégramme si craint qui laissait l'espoir d'un espoir, Kipling paraissait comme absorbé dans sa douleur. Son élan en avait été coupé. Si l'homme en était entravé, l'écrivain aussi. Lui d'ordinaire si prolifique, on le sentait impuissant à mettre des mots sur ses maux. Mais il n'en aurait pas manqué si on lui avait demandé son avis sur le général Haig, responsable et coupable de toutes les erreurs stratégiques le jour de la bataille.

Dès lors, à l'annonce de la nouvelle, la santé de Kipling s'était dégradée. Sa vue avait décliné, ce qui ne manqua pas de l'affecter moralement, lui qui, depuis son enfance, était hanté par la perspective de devenir aveugle ; la crise de paralysie faciale partielle s'était confirmée ; et un ulcère duodénal s'était manifesté pour la première fois, provoquant de terribles douleurs que rien ne pouvait atténuer. À l'intérieur, le père donnait l'impression d'être plus mort que son fils qui ne l'était peut-être pas.

Kipling allait continuer la guerre pour lui : il ne désarmait pas. Seule une preuve pourrait le faire renoncer. Il écrivit aussitôt à Walter Hines Page, l'ambassadeur des États-Unis à Londres, pour lui demander de contacter son homologue à Berlin. À lui, les Allemands accepteraient peut-être de communiquer des traces de John s'ils en trouvaient. Après tout, les éléments d'identification ne manquaient pas : outre la plaque, les insignes régimentaires, les badges d'épaule, les éléments de brellage : plaques de ceinturon, boutons d'uniforme, cartouchières… Et puis il y avait le physique. Étrange exercice que de décrire l'un de ses plus proches. Connaît-on vraiment ceux que l'on connaît ? Des sourcils marqués, une fine moustache, des yeux marron foncé prolongés de longs cils, une petite cicatrice blanche au front, une dent de devant légèrement décolorée, sans oublier, cela va de soi, sa myopie et ses lunettes, non plus que sa discrète chevalière en or gravée du monogramme « JK ».

Que tout cela pouvait paraître dérisoire pour tout soldat rescapé de l'inhumanité des tranchées. Si Kipling avait pu sembler affaibli, un article du *Morning Post* lui donna aussitôt un sursaut d'énergie. Ou plus précisément un regain d'indignation de nature à ressusciter ses colères légendaires. Le journal évoquait John mais non pas selon la formule consacrée « Blessé disparu » ; il écrivait : « Blessé probablement mort ». Kipling fit savoir sa tristesse et plus encore son écœurement. Pareillement lorsque d'autres articles faisaient allusion à sa faible constitution.

... Si tu peux tolérer d'entendre ta vérité
Tordue par des arnaqueurs pour piéger des crétins...

Cette funeste année 1915 n'était pas achevée que Kipling acceptait une invitation du Winchester College. Il y prononça un discours dans le cloître pour l'épitaphe d'un monument à la mémoire d'un ancien élève, George Cecil, fils du colonel lord Edward Cecil, quatrième fils du troisième marquis de Salisbury, et surtout jeune sous-lieutenant chargeant sabre au clair, à la tête de sa compagnie, baïonnette au canon, tué au combat à dix-huit ans un 1er septembre 1914 du côté de Villers-Cotterêts. Avec d'autres parents, sa mère était venue rechercher son corps dans la terre de la forêt de Retz. Elle put finalement identifier ses restes calcinés et les exhumer grâce à ses initiales sur son gilet. Kipling ne donna pas de tels détails dans son hommage. Il parla de valeurs, de sacrifice, de dévouement ; il parla de tous ces jeunes Anglais sous les drapeaux que l'épreuve du feu avait fait vieillir d'un coup ; mais il ne parla pas de son fils.

Puis Bateman's connut son plus triste Noël. Exceptionnellement, il n'y eut ni repas de fête ni cadeaux. Dans les dernières heures de l'année, Kipling se confia à l'un de ses amis français parmi les plus chers, l'angliciste André Chevrillon :

« Quand une nation tout entière est descendue dans une tranchée, il ne peut pas y avoir de victoire. Il ne peut y avoir qu'une tuerie. Puisqu'on ne peut tuer le Boche en gros, il faut le tuer en détail. Quand la lutte d'endurance sera finie, nous lancerons, vous et moi, une société pour l'assassinat international de nos politiciens, de nos pacifistes, de nos démagogues, de ceux qui resteront du moins… »

Puis la vie reprit dans son coin du Sussex comme ailleurs dans le pays, dans le Royaume, dans l'Empire – ses vrais points cardinaux.

Quand tous étaient mobilisés, hormis ceux qui comme lui étaient trop vieux pour être appelés sous les drapeaux, Kipling se consacrait à ses soixante-quatre hectares de terre et à ses vingt-sept têtes de bétail dont quelques vaches Guernesey recherchées pour la qualité de leur lait, riche en calcium, et pour le beurre et le fromage qu'on pouvait en tirer. Ne restaient plus à ses côtés qu'un jeune homme faisant office de jardinier et un garçon qui ne suffisait pas à rentrer tout ce foin, un peu de main-d'œuvre féminine de-ci, de-là. L'une des fermes du domaine avait été aménagée afin que des officiers blessés, gazés, traumatisés et convalescents puissent venir s'y reposer avec leur femme. À écouter l'un d'entre eux, un employé de banque au curriculum vitae désormais enrichi d'une année de guerre et d'une médaille militaire, il s'était dit que lorsque tout cela serait fini, les politiciens allaient avoir des surprises, tout enfermés qu'ils étaient dans leur vieux monde. En réponse, il ne pouvait que nier avec véhémence être un optimiste et s'ouvrir auprès du jeune inconnu de convictions bien ancrées depuis des années et dont je pouvais témoigner depuis mon séjour chez lui :

« C'est seulement que je n'admets pas la légende du Hun : cela m'a été épargné parce que je ne savais pas la langue allemande et c'est pourquoi (loué soit Allah !) j'ai parcouru la vie tout à fait imperméable à ce qui était allemand. Nous sommes en train de le mener à sa perte, absolue et irrémédiable. Nous sommes épouvantés maintenant de ce qu'il nous a fait. Les temps viennent où nous serons épouvantés de ce qu'il s'est fait à lui-même. Et le neutre dira : "Regardez ce que vous lui avez fait." C'est alors qu'il faudra être sur nos gardes, car nos morts seront déjà enterrés, mais les siens seront couchés là sous le ciel pour requérir la pitié débile de l'humanité… »

Non, vraiment, il ne désarmait pas. Il ne cessait de le marteler : on ne veut pas des Allemands sur cette terre !

La mobilisation générale venait d'être décrétée ; on levait des bataillons de volontaires hors d'âge ; il se félicitait d'avoir été enfin entendu, se réjouissait même de voir partir des civils dont certains étaient âgés de soixante ans. Un courage qu'il célébrait sans manquer de dénoncer la lâcheté américaine. Car les États-Unis aussi en prenaient pour leur grade dans ses conversations avec ses visiteurs, quoique différemment. Kipling leur reprochait de ne songer qu'à leurs propres intérêts, une politique gouvernée par l'esprit de profit et la cupidité. De toute façon, il ne reconnaissait plus « son » Amérique, celle où il avait passé plusieurs années heureuses à la fin de l'autre siècle : cette métamorphose, il l'imputait à la disparition progressive des influences intellectuelles des immigrés européens plus ou moins héritées de la tradition anglaise au profit du « discours sémitique »...

Parallèlement, il ne cessait de poursuivre ses démarches pour retrouver John. Lui qui avait actionné son réseau de relations pour le faire partir mettait autant de vigueur à les mobiliser afin de le faire revenir. Même si une huile du War Office s'était fendue d'une lettre personnelle au grand écrivain pour lui confirmer qu'officiellement, son fils était désormais « présumé mort » et qu'il en serait ainsi tant que de nouvelles informations ne le démentiraient pas. Mais Kipling répondait par retour du courrier, relançait la machine en s'appuyant sur ses propres sources : des témoignages de survivants par lui interrogés, des vérifications. Et puis quoi : mon fils, nul ne l'a vu mort. Blessé sans aucun doute, il est peut-être soigné dans un hôpital allemand après s'être caché par erreur dans un cratère de leur côté de la ligne de front, à moins qu'il ne soit entré sans le faire exprès dans une tranchée ennemie ; on en a vu, cela s'est produit. De plus, il n'est pas sous-lieutenant, car il a été promu lieutenant sur le champ de bataille. Et d'exiger donc partout des rectificatifs.

Qu'on se le dise : un an après, le lieutenant John Kipling devait être considéré comme « blessé disparu ». Rien d'autre. Plus que jamais, je redoutais l'heure de vérité comme une brutale tombée de nuit qui s'abattrait soudain sur les épaules d'un père incrédule.

Kipling ne dételait pas. Il démentait tous azimuts. Parfois, il était lui-même la source des malentendus. Ainsi, cette année-là, quand le *Times* publia son poème « My Boy Jack » qui eut un grand retentissement, je fus moi-même surpris, car je ne l'avais jamais entendu donner du « Jack » à son fils comme le font, paraît-il, les Américains. Nombre de lecteurs crurent qu'il s'adressait effectivement à lui, le contexte aidant. Or il m'assura dans une lettre qu'il s'agissait en fait d'un jeune marin de seize ans nommé Jack Cornwell tué le 2 juin 1916 à la bataille du Jutland et décoré de la Victoria Cross à titre posthume. Mais aucun lecteur ne pouvait s'empêcher d'entendre derrière ces vers poignants les sanglots étouffés du poète dont le fils était porté disparu :

> « Avez-vous eu des nouvelles de mon fils Jack ? »
> *Pas à cette marée.*
> « Quand croyez-vous qu'il reviendra ? »
> *Pas avec un vent si violent, ni avec cette marée.*
>
> « Quelqu'un d'autre a-t-il eu de ses nouvelles ? »
> *Pas à cette marée.*
> *Car celui qui naufrage survivra difficilement,*
> *Avec un vent si violent et cette marée.*

« Oh, mon Dieu, quel réconfort puis-je trouver ? »
Pas à cette marée,
Ni à aucune autre,
Si ce n'est qu'il n'a pas déshonoré sa race
Pas même sous ce vent violent, et cette marée.

Alors gardes-en d'autant la tête haute
Face à cette marée,
Et à toutes les autres ;
Parce qu'il était le fils que tu as soutenu,
Et livré à ce vent violent et à cette marée.

Kipling recommençait la bataille de Loos encore et encore, cartes en main, avec un souci maniaque du détail qui menait à un état hallucinatoire : John a été vu la dernière fois blessé alors qu'il se dirigeait vers un point dit « The Keep »… Ça tirait lourdement depuis Bois Hugo… Il était supposé être avec le capitaine Cuthbert des Scott Guards… Ils ont disparu ensemble… On n'est même pas sûrs qu'il portait sa plaque autour du cou… Mais il avait sa chevalière au doigt avec ses initiales… Si vous voulez je peux vous envoyer les noms des Scotts Guards faits prisonniers par les Allemands qui doivent savoir des choses… En suivant l'un, on trouvera l'autre… Peut-être a-t-il pu s'abriter derrière un muret de pierres sèches… Je sais bien qu'on ne peut repérer les endroits où sont enfouies les tranchées si l'on n'est pas capable de deviner les ondulations du terrain mais essayez tout de même… On en connaît qui ont passé plusieurs jours et autant de nuits dans un trou d'obus à attendre qu'une accalmie permette aux secours de venir les chercher… Vous êtes sûr que cela ne vous dit rien… Cherchez, cherchez encore, cherchez bien, cherchez mieux… Et prévenez-moi si toutefois…

Si toutefois.

Que n'aurait-il donné pour connaître les derniers mots sortis de la bouche de son fils dans ses sueurs d'agonie. Le révérend père Knapp, aumônier de son bataillon, ne les avait sûrement pas recueillis tant il devait être sollicité. Vingt mille morts britanniques à la bataille de Loos. On dénonça l'incurie du secours aux blessés à l'haleine froide dont bon nombre auraient pu être sauvés. Le *no man's land* fut leur cimetière.

… À toi la Terre appartient et tout ce qu'elle contient…

Une jonchée de cadavres. L'abattage industriel des hommes. Des brancardiers glissant sur de la chair putréfiée dans les tranchées. Des corps disloqués. Des morts détruits une seconde fois tant la terre était retournée par les pilonnages d'artillerie. Des membres si inidentifiables qu'ils en étaient impossibles à rassembler autour d'un fantôme de nom. Des plaques d'immatriculation autour de cous sans corps. Que de la viande humaine. On avait vu de ces choses. L'armée britannique ayant prévenu l'armée française, le ministère de l'Instruction publique avait fait venir un préhistorien en la personne de Victor Commont dans un abri souterrain de Morchies, près de Bapaume, sur la ligne de front, ou plutôt en dessous, car en creusant les tranchées, les soldats étaient tombés sur les restes d'un mammouth enterré à cinq mètres de profondeur… Un mammouth !

Et mon fils. Vous n'avez pas vu mon fils John dans cette meute démembrée ?

Des camarades de régiment de John vinrent à Bateman's aider Kipling dans son enquête. Il les bombardait de questions. Il finissait par mieux connaître le terrain qu'eux à force de l'avoir mentalement arpenté avec le fantôme de John, cartes en main. Leurs témoignages étaient contradictoires, fragmentaires, hésitants, incertains. En fait, ils venaient surtout apporter une sympathie de réconfort à un homme qui cherchait des faits, des dates, des lieux. Certains passèrent le week-end chez les Kipling. Il les emmenait à la pêche sur les bords de la Dudwell et s'amusait de ce que ces gaillards, qui avaient occis sans état d'âme des centaines de Boches, devenaient pâles et se tortillaient au moment d'accrocher un remuant ver de terre à l'ardillon d'un hameçon. Ce qu'il scrutait, son meilleur ami, le seul auquel le liait une véritable affection depuis leur jeunesse, un vieil habitué de Bateman's, le lui apporta. L'écrivain Henry Rider Haggard, l'auteur célébré des *Mines du roi Salomon,* d'*Allan Quatermain* et de *La Fille de Montezuma*, avait reçu le témoignage d'un certain Bowe, un appelé qui assurait avoir participé à la bataille de Loos, s'être trouvé à Chalk Pit Wood lorsque les Irish Guards avaient dû battre en retraite dans un chaos indescriptible sous le feu ennemi et avoir vu un homme défiguré et hurlant de douleur. Il disait avoir hésité à le soulager mais y avoir renoncé de peur d'humilier le blessé en sa qualité d'officier. Rider Haggard avoua avoir lui-même résisté à transmettre ce témoignage à son ami Kipling : non seulement il l'aurait trop fait souffrir, mais il aurait anéanti tout espoir de retrouver son fils vivant.

Un important courrier de condoléances affluait alors qu'il se persuadait encore que son fils était peut-être prisonnier. Des amis, des relations, des lecteurs. Des ennemis aussi qui disaient se réjouir de sa douleur, lui qui n'avait eu de cesse d'exalter la guerre et l'envoi de jeunes soldats au front.

L'atmosphère était de plus en plus épaisse. Plus encore qu'à l'accoutumée, Bateman's s'enveloppait dans une chape de calme. L'ombre portée de la mort imposait le chuchotement. Toute la maison était désormais hantée par les échos de l'absent, la nuit, quand les silences prennent corps.

Le 28 janvier 1917, les Kipling reçurent les effets personnels de leur fils.

Plus d'un an après, le lieutenant John Kipling était entré dans le chaos originel mais son père se refusait à y croire tant qu'on ne lui en apportait pas la preuve. Il faisait comme s'il était toujours dans la pièce d'à côté et prononçait son prénom sans une trace d'ombre. On eût dit que le jeune disparu avait emporté avec lui sa carcasse d'homme. L'instant de sa mort ne pouvait être qu'un jour sombre et froid. À son tour, il avait passé sa « ligne d'ombre ». Mais cette année-là, ce n'est pas Rudyard Kipling mais Joseph Conrad qui la lui fit traverser. Lui et tant d'autres de sa génération. La gravure dans la matière, l'inscription sur la pierre, la mention sur la page : autant d'actes de mémoire niant la mort. Ainsi l'épître dédicatoire de Joseph Conrad à son fils au début de son roman *La Ligne d'ombre* :

> *À Borys,*
> *et à tous ceux qui, comme lui,*
> *ont franchi dans la prime jeunesse,*
> *la ligne d'ombre de leur génération.*
> *Avec toute mon affection*[1].

Conrad était rongé par la présence sur le front de son fils à partir de 1915. Borys en revint miraculeusement. On eût dit que loin d'être funèbres, ces mots l'avaient protégé. Pas John qui avait le même âge. Un an très exactement après sa disparition, Kipling pouvait lire *La Ligne d'ombre* dans *The English Review* qui en commençait la publication. A-t-il eu la force d'aller au-delà de la dédicace ?

S'il en était revenu, John et moi on se serait compris.

Avec son père, cela aurait été plus difficile. Un fossé nous séparait désormais. La guerre avait brisé quelque chose entre nous en même temps que l'épreuve de la perte nous rapprochait.

J'avais tenté à maintes reprises de lui écrire pour lui raconter ce que j'avais vécu sur le front, pendant la bataille de la Somme, au sein de la 6e armée commandée par le général Fayolle. On avait pris Assevillers, Flaucourt, Ham, Estrées-Deniécourt, Belloy-en-Santerre, Hardecourt-aux-bois, Biaches. Ou ce qu'il en restait. Après… Que pouvait-

1. Traduction de Florence Herbulot.

il connaître du râle des agonies derrière le sourd gémissement des blessés ? Que devinait-il de ces grands hommes ordinaires jetés dans le flux sensible de la vie mais au plus près de la mort ? Qu'aurait-il compris si je lui avais dit que lorsque les morts bougeaient, ils nous tiraient dessus ? Comment aurait-il pu imaginer que tout ce qu'un soldat des tranchées ne voit pas le jour, il le voit la nuit ?

De loin, la guerre, ce n'est que du bruit. De près, c'est le paysage qui vous tire dessus. Un écrivain des tranchées avait dit cela un jour. La guerre, c'est un chaos de corps dans un spectacle de Jugement dernier. Ce qui se déroulait là par la faute des hommes témoignait que l'enfer se trouvait bien sous la voûte des cieux et non au-dessus. Quelque chose d'archaïque avait surgi au creux de cette fureur guerrière dès lors qu'il ne s'agissait plus de l'affrontement de nations modernes mais d'une apparition venue du fond des âges. Il y avait bien des photographies mais elles semblaient irréelles. Comment justifier que l'on ait pu malgré tout s'enivrer du parfum des offensives ? Comme tout civil, Kipling ne saurait jamais rien de la guerre, faute d'avoir vu la peau du paysage se décoller. Ça ne s'explique pas.

La guerre, nous étions un certain nombre à ne pas supporter qu'on en parle autrement qu'en connaissance de cause. Mais ça, j'avais du mal à le lui écrire.

Kipling avait le cœur lourd. Il se voulait maintenant un parmi d'autres dans la cohorte de ceux qui ignorent où leurs morts reposent. Une telle indignité blessait ces pères au-delà de l'exprimable. Ils auraient voulu crier que désormais les Anglais n'ignoraient plus la haine car ils pouvaient se montrer des brutes lorsqu'il s'agissait de leurs sentiments. Dans sa nouvelle « Mary Postgate », entamée avant la mort de son fils et poursuivie après, il n'avait pas hésité à mettre en scène l'héroïne observant sans ciller et avec un certain plaisir, et même une évidente jouissance, un parachutiste allemand agonisant après être tombé dans son jardin. Il voyait désormais son pays comme une démocratie d'aristocrates et se sentait intimement solidaire de tout compatriote ayant eu un parent tué à la guerre. On sait que l'Angleterre se prend à aimer et respecter son ennemi une fois qu'elle l'a vaincu. Ce qui s'appelle être *sportsman.* Un trait hérité de l'éducation des *public schools.* On doute que cette fois Kipling l'ait été.

Des vers de *L'Énéide* revenaient naturellement sous sa plume. Ceux du chant VI où il est dit que Marcellus, neveu d'Auguste, était mort trop tôt sans avoir eu le temps de réaliser ses promesses :

Malheureux enfant, hélas ! Ah si tu pouvais briser la dureté du destin ! Tu seras Marcellus !

Et dès lors il ne parvenait plus à se débarrasser du funèbre refrain comme de l'air entêtant échappé d'un orgue de Barbarie et glané au détour d'une rue un jour de promenade en ville :

Tu Marcellus Eris ! Tu Mar…

Lorsque, pour la première fois, on lui avait demandé d'écrire des épitaphes, il avait sèchement refusé : « Que peut-on écrire d'autre que : il est mort pour son pays ? » Seule cette prise de conscience lui faisait accéder à une angoisse plus vaste que lui : il n'y aurait plus personne de son sang pour perpétuer son nom ni sa race. Il vécut cela avec l'intensité d'un choc psychique de grande ampleur. Dans une lettre que Sofia m'avait fait acheminer, Holmes me disait n'être pas étonné que Kipling ne se soit pas livré sur son fils, ni ouvert de sa peine, qu'il soit demeuré enfermé à double tour, tout en *self control*, matrice de la conduite anglaise, quand on se souvient que son œuvre poétique entière exalte l'indomptable volonté de ne pas céder. « If… » est un éloge de l'autodiscipline et de la maîtrise de soi. Un bréviaire pour qui veut affronter le monde autant que ses démons intérieurs, que l'on ait la tête surmontée d'un diadème ou couronnée de cendres.

Dès lors, quiconque se risquait à lui parler de John recevait en retour un « J'ai mon travail qui m'attend » sans appel. Y croyait-il encore ? Je reçus comme un signe la décision qu'il prit d'accepter d'être nommé à la commission des sépultures de guerre en 1917.

« *Senior Member of the Imperial War Graves Commission*, s'il vous plaît : vous sauriez dire cela d'un trait d'un seul ? » lançait-il avec une pointe de défi.

Une double loi d'airain gouvernait cette commission qui venait d'obtenir la charte royale : un soldat britannique doit être enterré sur place. Là où il a trouvé la mort. Non sur le champ de bataille mais tout près. Lui et ses camarades de combat ensemble dans le même cimetière militaire quitte à ce que leurs tombes forment une forêt sacrée de croix. Des centaines de milliers d'entre eux avaient été tués. Le principe ne souffrait aucune exception que l'on soit paysan ou fils de lord. Et de tous les membres de la commission, Kipling fut certainement le plus intraitable sur cette question de l'égalité devant la vie posthume et de l'inhumation en terre étrangère. Pas de mémorial privé dans les cimetières militaires britanniques. À égalité de chagrin, égalité de traitement : son principe.

Il fut dit que les autorités britanniques voulaient déployer des efforts particuliers pour retrouver le corps du lieutenant John Kipling mais que son père s'y était opposé au motif que rien ne devait être fait pour lui qui ne le fût pour tout autre.

Cela n'allait pas de soi. À la suite de pressions et de pétitions, il y eut des débats, le ministre de l'Armement Winston Churchill, l'ancien Premier ministre Asquith et des représentants des classes supérieures ne l'entendant pas ainsi. Mais la commission tint bon. William Burdett-Coutts était son brillant avocat au Parlement. Un jour, il créa la surprise et suscita une émotion sans pareille en lisant une lettre de Kipling à la tribune :

> Voyez-vous, nous, nous n'aurons jamais de tombe où nous rendre. Notre garçon a disparu à Loos. Le sol y a été bien sûr retourné et nous avons perdu tout espoir de retrouver la moindre trace. J'espère que ceux d'entre vous qui nous posent tant de problèmes aujourd'hui réalisent leur chance d'avoir un nom sur une pierre tombale devant laquelle se recueillir.

Il lui manquait un corps au-dessus duquel dire des prières, un corps auquel demander pardon. Ce père, tel qu'il se fit entendre par ses propres mots lus par un autre ce jour-là à la Chambre des communes, on ne voyait pas ce qui pouvait éteindre sa tristesse.

Un autre point fut âprement débattu : fallait-il surmonter chaque tombe d'une pierre ou d'une croix ? Des croix sur les tombes mais pas de crucifix malgré des demandes de catholiques après qu'un groupe d'artistes et d'architectes eut exclu du projet les « sculptures toxiques ». Des pierres tombales toutes identiques ainsi que l'inscription. Les familles pouvaient y rajouter soixante-quatre caractères, pas un de plus. Un corps par tombe, une tombe pour chaque corps. Pas de pierre tombale pour les disparus. La même règle pour tous.

Les familles des défunts brûlaient de pouvoir se recueillir sur une tombe. Et faire graver une inscription en hommage à leurs disparus était leur vœu le plus cher. La gravure, l'inscription, la trace imprimée sur la page : autant d'actes de mémoire défiant la mort. C'est tout ce qui leur restait, et nul mieux que Kipling ne pouvait le comprendre. Mais là aussi il ferrailla afin que nulle inscription ne diffère de l'autre. Toutes seraient identiques dans la forme. Si on marquait l'âge sur la pierre tombale, on devait le faire pour tous. Mais qu'écrire pour les inconnus ? Et comment s'y prendre avec les homonymes, tous les Smith au même prénom ? Préciser le nom du régiment parfois interminable ? Réduire la taille des caractères, cela ne suffisait pas.

« On sait que je ne suis guère démocrate mais tous les morts de l'Empire se valent. Pas de privilège ! » répondait-il à ceux qui faisaient pression pour accéder à la demande de lady Minto (Mrs Grey, veuve du quatrième comte de Minto) et à tous ceux qui jouaient de leur influence pour faire inscrire des mentions particulières sur la tombe de leur mort.

Et comme cela ne suffisait pas toujours à vaincre les résistances, il insistait :

« Si le corps de John n'avait pas disparu, il ne me serait pas difficile de me rendre avec ma puissante voiture à Boulogne, puis au cimetière de Vermelles où sont enterrés les Irish Guards. Sur place, je n'aurais aucun mal à me procurer la plus belle pierre auprès des maçons locaux, puis à recruter le meilleur graveur. Avec de l'argent, de l'influence, de la notoriété, toutes choses dont je dispose, j'aurais ce qu'il y a de mieux et très rapidement quand la plupart doivent attendre longtemps. Mais comment pourrais-je regarder en face les habitants de Burwash, mon village qui a perdu cinquante des siens à la guerre et où nul ne bénéficie de telles faveurs ? J'aurais honte que l'un d'eux voie cette tombe. Alors pas de rapatriement de tombe, pas de personnalisation, tous égaux. »

Au vrai, cette querelle l'écœurait. Les débats où sa colère intime resurgissait lui laissaient un goût amer dans la bouche. Ces gens qui s'étripaient pour des histoires de tombes l'exaspéraient, car il était de ceux qui n'avaient pas et n'auraient *peut-être jamais* cette chance. Nulle part où se recueillir, si ce n'est dans la chambre désespérément vide de John. Il y a comme ça des lieux qui favorisent la conversation silencieuse avec ceux qui les ont quittés. Pour qu'elle demeurât vivante, il eût fallu ne jamais la ranger. Une chambre qui était encore celle d'un adolescent, avec ses battes de cricket, ses casquettes club, ses outils pour réparer sa moto, ses magazines illustrés et ses cravates aux couleurs du collège. La maison était encore pleine de sa présence ; un jour, il n'y aurait plus que son empreinte.

Nulle part où fixer son deuil.

Lorsqu'il en prenait conscience, pour dissiper la tristesse qui emplissait la maison, il s'asseyait après dîner près de la cheminée pour lire des romans de Jane Austen à haute voix à sa femme et à leur fille Elsie. Cela leur faisait du bien, même si l'illusion ne durait pas au-delà de la soirée. La lecture et la botanique passaient pour des remèdes à la mélancolie. On en connaît qui y trouvèrent refuge. Mais cela ne pouvait suffire à un tempérament aussi agité.

Ce que la mémoire oublie, le corps se le remémore.

Celui de Kipling portait encore l'empreinte de John enfant, de leurs jeux, de leurs étreintes.

Ne rien faire revenait à trahir un mort autant qu'un vivant. Kipling poursuivit son enquête jusqu'en 1917, persuadé que son fils était soigné quelque part.

Les os sont les chroniqueurs de la mort. Ils racontent tout à qui sait les faire parler et à qui sait lire en eux. Mais comment chercher dans les ruines de ces anciens bourgs opulents réduits en pierrailles, boyaux, barricades, barbelés, points d'appui bétonnés, bâtiments fracassés, forêts hachées en copeaux, champs cent fois retournés ? Malgré l'efficacité de la Croix-Rouge britannique, l'entreprise d'identification semblait insurmontable. Ce n'était pas un travail de bénédictin mais d'archéologue.

« Car de la terre heureuse tu as fait ton enfer[1] » : Shakespeare n'y suffirait pas. Les moyens n'étaient pas à

1. *La Tragédie de Richard III*, traduction de Jean-Michel Déprats.

la hauteur pour rassembler les corps alors que la guerre, à son mitan, se poursuivait sur d'autres fronts. Plus les combats s'intensifiaient, plus les architectes accéléraient la construction de cimetières sur de nouveaux sites. Mais ça, c'était pour ceux qu'on avait identifiés.

La rumeur anglaise rapportait le chiffre de quelque deux cent cinquante mille disparus ; mais au même moment, au War Office, on préférait taire qu'en vérité, il fallait plutôt envisager le double de soldats sans sépulture. Les experts entre eux les désignaient comme « N. N. ». *Nomen nescio* : aucun nom.

Le *B.E.F. Times*, un journal satirique fabriqué de bric et de broc à Ypres, par et pour les soldats britanniques au front, me fut envoyé par un ami belge qui savait ma passion pour Kipling. Un numéro récent daté du 1er novembre 1917. Il comprenait une version anonyme de « If… » que je lus deux fois en espérant qu'elle ne tomberait jamais sous ses yeux.

> « Si tu peux boire la bière que te vendent les Belges… Si tu peux tenir avec l'idée que tu n'as qu'une chance sur dix de t'en sortir… Si tu peux te battre toute une semaine avec la propre image de l'enfer… Si… Alors un jour tu seras un soldat, mon fils. »

Les lettres que Kipling m'adressait n'évoquaient que les siens ou lui-même. Parfois, il s'oubliait pour me demander : et vous, Lambert, qu'êtes-vous devenu ? La première fois, j'avais éludé, me contentant de l'essentiel : on m'a mobilisé, je me suis battu, j'ai survécu, je suis rentré. R.A.S. Peut-être avait-il noté que je l'avais fait à la manière dont certains résumaient la vie d'Aristote : il est né, il a philosophé, il est mort – et gageant que cela suffisait amplement à titre de biographie. Lorsque je sentis qu'il ne cherchait même pas à en savoir davantage tant le sort de John occupait exclusivement le champ de ses pensées, je m'en tins là ; d'ailleurs, par la suite, il n'insista pas sinon pour la forme, comme on demande à une relation comment elle va sans attendre la réponse car au fond, ce n'est qu'une manière de parler.

N'en déplaise à Kipling, et Dieu sait que je n'avais jamais rien tenté qui puisse le blesser, la haine de l'Allemand m'était étrangère. Tant une question de tempérament que d'éducation. Pas à cause des Allemands mais à cause de la haine. Quand j'étais adolescent, mon père ne perdait pas une occasion de me lancer à la figure : « Tu tiens de ta grand-mère ! » Ce qui ne fleurait pas le compliment. Non qu'il eût méprisé sa mère, tant s'en faut, mais c'était une manière de me dire que mon attitude était dictée par une sensibilité féminine. Il s'agissait tout simplement d'empathie. J'ai grandi avec ça sans en être autrement traumatisé. Plutôt que de me vouer à la haine qui exclut, bannit, jusqu'à éliminer parfois, je m'efforçais de comprendre comment une société aussi civilisée que l'Empire allemand, à certains égards la plus raffinée et la plus cultivée d'Europe, avait pu nous lancer tous dans cette interminable tuerie. Et effectivement, c'est de ma grand-mère que je tenais ce mode de pensée. Comment un homme tel que Kipling, à qui la rumeur attribuait un nouveau poème dans lequel il souhaitait que le Kaiser fût pris dans les affres d'un cancer de la gorge, aurait-il pu être accessible à ma réflexion ? Sa haine des Huns préexistait à la mort de son fils, mais il laissait aujourd'hui la vengeance l'envahir, ignorant qu'elle corrode l'âme. Il n'était pas de toute façon du genre à pardonner. Depuis *Bê bê, mouton noir,* inspiré par ses années de souffrance à la Maison de la Désolation, il ruminait ce sentiment négatif qui courait dans son œuvre. À nouveau, le *Times* publiait un poème de lui appelant à faire rendre gorge aux Allemands et à leur imposer des conditions de paix accablantes et humiliantes. Son titre « Justice » m'avait laissé entrevoir un certain apaisement, mais ma naïveté fut vite détrompée. Une fois, dans une lettre, je lui ai demandé :

« Vous vous rappelez le passage des *Odes* d'Horace que vous m'aviez cité lors de notre promenade de Vernet-les-Bains ? "À la jeunesse romaine". Je l'ai retrouvé et retraduit : *Mourir pour son sol est doux et glorieux. / La mort poursuit l'homme à poitrine d'eunuque/ Elle frappe au dos, ou dans la nuque,/ Les vils poltrons, les fuyards odieux.* John a pris une balle au front. Vous aviez un pressentiment ? Dites, vous saviez… »

Voilà ce que je lui avais écrit, mais cette lettre, je l'ai aussitôt déchirée. S'il l'avait lue, notre relation en aurait souffert. Un soupçon de reproche s'y était malgré moi insinué. L'idée qu'il n'était pas de plus perverse servitude que de haïr les Allemands au risque de devenir l'esclave de cette haine. D'autant qu'il n'y avait pas que des odes d'Horace dans cette même lettre. Il y avait aussi des vers de Kipling lui-même. Car en m'immergeant dans son œuvre, il m'était revenu que onze ans avant 1914, il avait senti le vent mauvais de la guerre qui vient dans « Les digues », un poème inclus dans *Les Cinq Nations* où on peut lire ce vers terriblement prémonitoire :

Peut-être avons-nous déjà tué nos fils !

Vous saviez, vous pressentiez et vous l'avez fait quand même ? J'étais hanté par sa lucidité. Heureusement que je n'ai jamais eu le courage de poster cette lettre. Non qu'il se soit simplement renfermé sur sa peine comme tant d'autres pères dans le même cas ; c'est juste que son drame intérieur avait radicalisé son vieux paradoxe : rien dans l'expression des sentiments, tout pour la manifestation des opinions. Même l'amitié de Clemenceau, leur conversation ininterrompue au gré des visites et des lettres, ne l'avait pas amené à adoucir ses jugements.

La commission des sépultures qu'il honorait de sa présence lui avait notamment confié la mission d'écrire les épitaphes des monuments aux morts. Pour celle de tous les soldats tués au combat, il proposa : « *Their name liveth for evermore* », ce que beaucoup lui attribuèrent par la suite alors que de son propre aveu, la phrase était extraite de l'Ecclésiastique (44, 14) :

Leurs corps ont été ensevelis en paix, et leur nom vivra dans la succession de tous les siècles[1].

Mais ce qu'il suggéra pour les tombes des soldats non identifiés était bien de lui :

1. *La Bible*, traduction de Lemaître de Sacy.

Un soldat de la Grande Guerre connu de Dieu seul. On ne pouvait mieux dire, le taux d'erreur dans les attributions étant estimé à trois pour cent. Au total, quelque 180 861 dépouilles furent placées sous cette épitaphe. 336 912 corps informes et inidentifiables, en morceaux épars et en bouillie, n'eurent en revanche pas cette chance. Après l'armistice, des cimetières militaires britanniques s'étendaient à perte de vue sur le sol de France. De tels lieux semblaient préservés à jamais. Le sacré ne risquait pas d'y être contaminé par le factice. Ils donnaient l'impression qu'une armée morte protégeait les vivants. Mais ces soldats-là seraient-ils jamais démobilisés ? Depuis la fin de l'été 1914, tout homme en armes s'attendait à ce que chaque jour soit jour de colère. Quatre ans après, je compris pour la première fois, comme il est chanté dans le *Dies irae*, que la mort puisse être stupéfaite. Une brèche dans l'époque, ce moment où le temps se déchire.

À l'été 1918, Londres puait le kaki car cette couleur a une odeur, on n'ose dire un parfum.

Si John était revenu doté d'un glorieux passé au feu, lui aussi aurait trouvé que les civils parlaient une langue incompréhensible. Pis même : inaudible. Une langue belliciste qui singeait celle des soldats dans la guerre alors qu'elle n'en était que l'ombre hideuse. Une langue étrangère lourde du poids des morts sur les vivants.

Lui aussi aurait conservé cette habitude bien militaire,

et plus encore à la guerre, qui consiste à s'approprier tout ce qu'on trouve et dont le propriétaire semble avoir disparu. Si John était revenu, son père aurait peut-être été bouleversé par le halo autour de son fils, cette grâce et cette fragilité propres à certains survivants.

Le spectacle de soldats ou d'officiers estropiés se traînant dans les rues, Kipling disait en avoir le cœur fendu. Bien sûr, il aurait préféré encore voir son fils rentrer sans ses jambes que de ne plus le revoir. Peut-être John serait-il revenu, comme tant d'autres, méconnaissable : irritable, maussade, déprimé, indifférent, émotif, agressif, colérique, morbide, qui sait. Un agité de la nuit que ses cauchemars auraient fait hurler. Un impuissant sexuel dont on aurait dit pudiquement qu'il souffrait du mal des tranchées avant de parler d'autre chose. Ou pire encore avec la gueule de travers, la mâchoire à la place du front comme dans les portraits cubistes, amputé. Comme son père aurait aimé même ne pas pouvoir le reconnaître. Une souffrance pour John comme pour les siens, mais que cette souffrance l'eût comblé d'espoir pour l'avenir. C'eût été sa dernière mission de père que de lui redonner goût à la vie. On en avait vu des gueules cassées retour du front. Il n'était pas de pire spectacle de la misère humaine que de voir ces hommes partis jeunes, forts, puissants, fiers, revenir au pays en ayant peur de rentrer chez eux, effrayés à l'idée d'être si défigurés qu'ils en perdraient encore la face devant les leurs, humiliés comme il n'est pas permis de se sentir ainsi en marge de l'humanité ordinaire, quitte à partir tous ensemble en vacances comme certains le faisaient déjà, dans un lieu où ils ne feraient peur à personne. Une souffrance de lépreux loin, très loin de l'amnésie partielle dont souffrait le héros du *Retour du soldat*, le roman de Rebecca West qui avait tant de succès.

Certains parents étaient en proie au syndrome de Chabert – et Kipling connaissait suffisamment son Balzac pour savoir de quoi il retournait : on espère que le disparu a survécu, mais on craint son retour. S'il retrouvait le corps de John, que serait-ce d'autre qu'un sac d'énigmes ?

Si John était revenu, il l'aurait amené à coup sûr à Sidcup dans le Kent, au Queen's Hospital où le magicien néo-zélandais de la réparation faciale, Harold Gillies, avait réuni une trentaine de chirurgiens accourus de différents pays qui lui auraient redonné espoir. Dans le meilleur des cas, Kipling imaginait John hébété de fatigue, le caractère trempé, le corps amaigri mais forci. Il serait probablement sorti du rang, les joues creusées, le teint pâle, le dos souffrant, cérébralement ébranlé, angoissé, comme les autres, comme les vivants, les revenants. Après des mois et des mois loin de la vraie vie, John aurait été stupéfié par la beauté des femmes. Dans son regard, elles auraient décelé la mélancolie des ruines et elles en auraient chaviré. Mais en avait-il seulement connu une avant de mourir ?

Pour tout le monde, John Kipling était mort et enseveli, peut-être éparpillé. Seul son père attendait encore qu'on lui en apportât la preuve pour reconnaître cette évidence. Pour mieux différer l'examen de sa propre responsabilité ? Sa disparition, qu'il vivait chaque jour comme un arrachement, demeurait un scandale au sens étymologique du terme. *Skandalon* : l'obstacle contre lequel on bute et qu'on ne peut dépasser. Elle était sa pierre d'achoppement. Il ne pouvait se résoudre à ce que John ait quitté sa famille pour « la poudreuse famille des morts », comme dit Chateaubriand dans ses *Mémoires d'outre-tombe.* De quoi faire trembler ses valeurs réputées intangibles. Était-ce vraiment le cas ?

Les enfants, ça ne doit pas mourir avant les parents. Dans une société idéale, on ne devrait mourir que lorsqu'on a fini de vivre.

Certains fêtaient la victoire quand c'était la paix qu'il fallait célébrer. L'armistice était vécu dans la communion des morts et des vivants. Mais que la victoire était amère dans les rues au terrible spectacle de ces soldats aux gueules cassées, de ces officiers estropiés, ces veuves pétrifiées dans leur dignité, toute cette humanité frappée d'inhumanité. À la fin, chaque camp tirait la couverture à lui mais c'était encore un mensonge. On faisait les comptes, on totalisait les pertes des deux côtés, mais on avait beau dénombrer les morts, seule la guerre avait gagné. Dans le *Times,* à la page des annonces nécrologiques, la subdivision « Morts par blessure » subsistait encore.

Au village de Burwash, on ne parlait guère des cent cinquante qui étaient partis au front : leurs noms étaient affichés à la porte de l'église, ceux des tués encadrés de noir, voilà tout. On parlait des six qui étaient restés. Des brebis galeuses. Inutile de préciser que Kipling s'associait à la réprobation générale qui les entourait. Il disait qu'on finirait bien par prouver qu'ils étaient payés par l'Allemagne, eux et leurs soutiens pacifistes et socialistes.

Quand d'autres s'étourdissaient déjà dans la fête, Kipling était de ceux qui préféraient s'envelopper dans le silence. Bien sûr, il n'allait pas se retirer en ermite comme des satiristes ne manquaient pas de le laisser accroire. Il continuait à recevoir relations de passage, hommes politiques et écrivains, diplomates et amis, mais rien n'était plus comme avant. Il continuait à écrire même si une nouvelle génération de poètes née de la guerre tenait désormais le haut du pavé. Quel qu'ait pu être le message véhiculé par sa propre poésie de ces années noires, il comprit vite qu'il ne serait jamais considéré comme l'un des *War Poets,* ces «poètes combattants» qui faisaient l'orgueil de l'Angleterre. Ses poèmes de cette époque maudite ne pouvaient relever que de la poésie de l'arrière. Leur présence dans une anthologie de la poésie de guerre aurait été déplacée. D'ailleurs nul n'y songeait.

La poésie de l'arrière, surtout lorsqu'elle se fait lyrique et lacrymale, était décrétée pénible à lire et à entendre pour ceux qui revenaient de l'avant. Kipling, lui, était resté sobre. Plus ou moins. Il n'avait pas assisté aux combats mais tout de même, dans l'un de ses articles de correspondant de guerre, il n'avait pu s'empêcher d'en appeler à Goya et ses *Désastres de la guerre*.

Assez vite, les éditeurs et les lecteurs s'étaient détournés des poètes institutionnels de l'establishment littéraire comme Thomas Hardy, Chesterton et Kipling au premier chef. Aucun *War Poet* ne pouvait décemment se reconnaître dans l'auteur des *Barrack-Room Ballads*, ces chansons de caserne à la gloire du troufion. Seul un poète « qui en était », tel Edmund Blunden, pouvait se permettre de décrire le champ de bataille dont Loos était le centre comme une blessure suppurante, la zone comme un cadavre, la boue elle-même comme mortifère. Certains étaient tombés les armes à la main en laissant leur œuvre inachevée, ce qui la rendait plus poignante encore : Edward Thomas, Isaac Rosenberg, Wilfred Owen, Charles Sorley… D'autres avaient survécu à leurs blessures et leur œuvre en portait la trace : Siegfried Sassoon, Robert Graves, Ivor Gurney, Richard Aldington… Toute l'émotion que son éducation empêchait le peuple anglais de manifester, ses poètes s'en faisaient les porte-parole. Toute la passion que son savoir-vivre le retenait d'exprimer, ils en étaient la voix.

Henry Rider Haggard, fidèle d'entre les fidèles, le seul à qui il ouvrait son cœur, fit part de son inquiétude dans une interview. Kipling lui avait confié qu'il n'aspirait plus désormais qu'à un « bon et long repos ». Une expression qu'il avait souvent utilisée autrefois dans leur correspondance, mais que le contexte funèbre faisait sonner autrement. Comme son ami lui demandait s'il aimerait s'éteindre, se séparer sans douleur et pour l'éternité de tout ce qu'il avait aimé, Kipling répondit simplement : « Je n'ai jamais été aussi heureux que lorsque John était enfant et que je le sentais dormir dans la pièce à côté… » Soulagé, Rider Haggard comprit qu'il ne voulait pas disparaître à jamais mais juste se reposer, vraiment. Peut-être même s'enfoncer dans une longue saison pure et sans âge.

Et écrire et s'oublier dans l'écriture, quand bien même elle le ramènerait inéluctablement à son fils. Depuis que John était porté disparu, certaines de ses histoires, quelques-uns de ses poèmes semblaient lui avoir été soufflés par un mort. On parlait beaucoup d'un de ses poèmes écrit en 1916 et publié un an après au sein du recueil *Diverses créatures*. Dès ma première lecture, il me parut déchirant. Je ne pus le lire et le relire sans me défaire d'une évidence devenue un poncif : en tout homme il y a un ancien enfant.

Ce sont là nos enfants, morts pour la patrie : ils nous étaient très chers.
Seul nous reste le souvenir de leurs mots et rires, chéris par la famille.
C'est à nous, pas à d'autres, qu'il faudra désormais payer le prix de notre deuil.
Ni l'étranger ni le clergé n'auront leur mot à dire. Ce droit nous appartient.
Mais qui nous rendra nos enfants ?

À l'heure où le barbare crut bon de dévoiler ses prétentions,
Et se déchaîna contre l'homme, ils offrirent leurs poitrines nues pour nous défendre
Contre le premier coup d'épée perfide qu'il nous réservait depuis longtemps –
Leur corps était notre unique rempart, pendant que nous érigions nos défenses.

Ils rachetèrent au prix de leur sang, s'abstenant de nous condamner,
Ces heures que nous n'avions pas su expier quand le Jugement nous accabla.
Ils nous crurent et en périrent. Notre politique, notre savoir,

Les livrèrent aux Enfers, mains liées, conscients de la
 fournaise,
Vers laquelle ils se ruèrent joyeusement comme s'ils
 couraient vers les honneurs.
Jamais, depuis qu'elle existe, la Terre n'a vu défiler tant
 de mérites.

Leur martyre ne fut ni bref, ni enduré une seule fois.
Blessés, exténués, malades, ils n'eurent droit à aucune
 rémission.
Une fois guéris, ils repartaient, souffraient, et expiaient
 nos fautes,
Sans espoir de soulagement, attendant que la mort,
 éblouie, se referme sur eux.

Cette chair immaculée depuis la naissance, grâce à nos
 soins,
Fut livrée à la putréfaction, dénudée et meurtrie par la
 cruauté du Ciel –
Par les tristes facéties de la décomposition, rongeant les
 corps affalés contre les barbelés –,
Puis blanchie ou barbouillée par la fumée – réduite en
 cendres par les flammes,
Ballottée aveuglément d'un entonnoir à l'autre, mutilée
 et nauséabonde.
Il nous faudra rendre des comptes.
Mais qui nous rendra nos enfants[1] ?

Les premières traces de son sentiment de culpabilité y étaient évidentes. Mais ceux qui le lisaient ou le suivaient

1. Traduction de Jean-Paul Hulin.

de longue date ne pouvaient se défendre d'y entendre les échos de sa dénonciation chronique des politiciens incapables de tirer les leçons de la guerre des Boers et de préparer le pays à la guerre contre les nouveaux Huns qui menaçaient. Beaucoup voulurent d'abord en retenir la dimension humaine et, à mes yeux, elle demeurait en effet la plus importante. Kipling avait rarement été aussi loin. Avec ce poème intitulé « Les Enfants », autant qu'avec « If… », il permettait à des centaines de milliers de lecteurs de se dire : au fond je n'ai pas tort de ressentir ce que je ressens, je ne suis pas si seul… Le poète donnait une contenance à des parents décontenancés. À son insu et sans qu'il l'eût cherché, sa célébrité faisait de cet individualiste forcené le porte-drapeau d'une assemblée d'endeuillés.

Près de quatre ans après la disparition de John, son père dut se résoudre à écrire au War Office pour reconnaître son échec à produire la moindre trace de vie. Un fonctionnaire du ministère lui répondit qu'il était donc présumé mort à la date du 27 septembre 1915. Il ajouta que, en conséquence, sa solde en suspens pouvait enfin être réglée et serait de soixante-quatre livres sterling. Misère de l'administration. Kipling avait un autre calcul en tête. Car lorsqu'on fait la somme des jours, rien ne console car rien ne remplace. Même la musique n'était pour lui d'aucun réconfort tant il lui demeurait indifférent.

D'avoir aimé un mort vous abat pour la vie ou vous fortifie à mort.

Rares étaient les proches auprès desquels Kipling pouvait s'évader. Parmi ceux qui reprirent le chemin de Bateman's comme avant la guerre, son cousin Stanley

Baldwin, alors secrétaire aux Finances, était de ses préférés. Dans une lettre, Kipling me parla avec émotion d'un de leurs week-ends enchanteurs, malgré tout. Il venait de recevoir les deux volumes de *A History of the French Novel to the Close of the Nineteenth Century* de son ami George Saintsbury. Il le vénérait, cet érudit qui savait vivre ; brillant historien de la littérature au jugement duquel il se fiait plus qu'à tout autre, c'était un bastion de savoir et de cordialité. Kipling lisait le premier volume tandis que Baldwin lisait le second, assis côte à côte dans le jardin puis chacun dans sa chambre ; et comme deux vieux étudiants, ils se retrouvaient ensuite pour en parler, rafraîchir la mémoire de leurs anciennes lectures françaises et comparer leurs notes avant de s'échanger leurs volumes tant Kipling avait hâte de se royaumer en Maupassant. De ces deux journées à l'ombre de l'arbre et sous la lampe, il conserva un souvenir émerveillé. Une lueur dans le soleil noir de sa mélancolie.

Ce cher Holmes m'écrivit qu'il y avait foule à Piccadilly Circus aux pieds de l'Ange de la charité chrétienne pour le premier anniversaire de l'armistice. Mais de mémoire de Londonien, jamais ce lieu n'avait été comme ce jour-là nimbé d'un silence de cette épaisseur. Un silence aussi grand que la Grande Guerre, expression dont les deux lettres capitales roulaient comme des tambours. Ce jour-là, on n'entendait que les éclaboussures de l'eau coulant de la fontaine. Il se disait déjà que le XXe siècle anglais n'avait pas commencé en 1901, avec la mort de la reine Victoria, mais bien en 1914.

Mahomet, que Kipling aimait tant invoquer sans que l'on sache trop pourquoi, avait eu un fils inespéré, le seul unanimement attesté. Maria, sa concubine copte si jalousée des autres femmes de son harem, le lui avait donné. Or Ibrahim vint à mourir à vingt mois à peine. Kipling pouvait toujours rendre grâce à Allah pour la diversité de Ses créatures, ainsi qu'il le faisait dans l'épître dédicatoire du recueil *Diverses créatures*, Il ne lui rendrait pas son fils, dût-il espérer, comme il le faisait encore, durant mille et une nuits.

III

APRÈS-GUERRE

5

Le déni

Il y avait déjà un avant et un après la mort de Josephine. Désormais il y aurait aussi un avant et un après la disparition de John. Comment Kipling faisait-il pour continuer à vivre entre ces deux lignes brisées ?

Sa situation était comparable à une rupture amoureuse. Même basculement dans l'inimaginable et dans le vide. La traversée de ces deux épreuves lui avait fait définitivement perdre toute insouciance – à supposer que son tempérament eût jamais été empreint de légèreté. Il avait rêvé en vain tout ce qu'il avait bâti pour son enfant ; car tout soldat, guerrier, officier que fût John, il n'en restait pas moins son enfant. Nul ne pouvait le déranger dans sa nuit, l'esprit errant dans l'obscurité. Ses poèmes dans lesquels pointait une discrète mais sévère autoflagellation, autant que la placidité anglaise le permettait, n'y suffiraient pas. Il ne se pardonnait pas d'avoir été absent quand son fils avait besoin de lui, agonisant, le corps disloqué à l'abandon là-bas dans son cratère. Lui-même en était atomisé. Se recueillir face à une tombe lui aurait permis de se recomposer. On ne s'appartient jamais aussi intimement qu'au lendemain d'une catastrophe – et en est-il de plus intime que la perte d'une part de soi ? Soudain l'héroïsme silencieux que la vie exige et obtient des plus humbles lui parut admirable. Comment le père aurait-il pu relire le dernier billet que lui avait adressé son fils du front autrement que le cœur en sang ?

Si John n'avait pas été à la guerre, l'aura du grand nom des Kipling en aurait été ternie. Mais le père avait été aussi l'artisan de la disparition du fils. À croire que tout homme porte en lui l'instrument de sa propre destruction. Désormais, c'était la faille dans la réussite du grand écrivain. Elle le forçait à fendre l'armure. Était-il pour autant ébranlé par le doute ? Tout homme l'aurait été après ce qu'il avait vécu. Sauf à en accuser le ciel. Pourtant, il ne laissait rien transparaître.

Qu'est-ce qu'on a mal fait ?

Cette question, il n'est guère de parents qui ne se la soient posée, le plus souvent sur des points d'éducation, d'orientation, d'engagement. Parfois pour un mot de trop ou une phrase de travers. Pour une conduite inexpliquée ou une attitude répréhensible. Pour une réflexion mal interprétée ou pour un simple regard. Il n'en faut pas plus pour marquer la mémoire à jamais et nourrir des reproches inavoués. Lorsque la mort, volontaire ou pas, est au bout du chemin, cette question prend des accents plus tragiques encore. Celle de John était si brutale, la disparition de son corps avait si douloureusement empêché tout rituel de deuil, qu'on aurait dit une mort sèche. Comme une expérience du néant.

Qu'est-ce qu'on a mal fait ?

Deux fois plutôt qu'une pour Kipling, car il avait perdu deux enfants sur trois. J'espérais qu'il n'ait jamais entendu le bon mot d'Oscar Wilde lequel, dans ces cas-là, avait l'habitude de dire : en perdre un, c'est un drame, mais en perdre deux, c'est de la négligence. À Bateman's, l'heure n'était pas à l'humour noir mais à l'introspection. Il lui semblait que le sort lui avait infligé une triple peine : d'abord la mort de l'être aimé ; puis la disparition de son corps ; enfin l'incapacité à s'accommoder de son absence.

Que faire de ce qui nous constitue mais qui n'est pas là ?

Un autre que lui aurait eu le sentiment amer d'avoir manqué de lucidité et d'être passé à côté de son fils. Un autre se serait demandé où il s'était trompé. Pas lui. Il était dans le déni. Le refoulement. Son mode de défense.

Cette réalité qu'il refusait d'admettre, il la reconnaissait tout de même. Lui qu'on présentait souvent comme un personnage double n'avait jamais été aussi clivé depuis ses années américaines où il s'était pris d'affection pour les Balestier, tant Caroline sa future femme que Wolcott son futur beau-frère.

En ces années d'immédiat après-guerre, Kipling ne parvenait pas à réconcilier les deux aspects de sa personnalité. Les faits ne pénètrent pas toujours dans les régions où vivent nos croyances. Aurait-il accepté de s'allonger sur le divan d'un psychanalyste que seraient aussitôt remontés le temps des années heureuses à Bombay et le temps du malheur dans la Maison de la Désolation à Portsmouth, quand, sans qu'il comprenne pourquoi, sa mère aimée et aimante l'avait abandonné entre les mains d'une mère de substitution cruelle et haïe. De cette dualité, jamais sa personnalité ne s'était vraiment défaite. Tout ou presque s'était éclairci pour moi du jour où je compris que Rudyard Kipling était deux.

Mais qu'est-ce qu'on a mal fait ?

Emmener ses enfants si petits à New York quand sa propre mère le conjurait de ne pas leur faire traverser l'Atlantique en plein hiver, fût-ce sur un paquebot de luxe. Envoyer son fils à la guerre quand tout et tous lui criaient que vu son état il n'avait aucune chance d'en revenir.

Voilà ce qu'on a mal fait, étant entendu que le « on » n'est qu'une clause de style qui ne trompait personne, eu égard au caractère déterminant du « je » dans ces décisions-là. Cette responsabilité, un Kipling en lui l'acceptait quand l'autre la récusait encore tant que John vivait au royaume des ombres et non au royaume des morts.

Mais le déni effaçait tout, jusqu'aux traces de l'effacement.

En France, les lecteurs avaient été ébranlés par *Les Croix de bois*, le presque Goncourt de Roland Dorgelès. Pour l'avoir lu et en avoir été, je les comprenais tant il avait su trouver la note juste à égalité de pénétration avec Henri Barbusse, l'auteur du *Feu*. Mais la vision du *J'accuse* d'Abel Gance au cinéma, elle, m'avait bouleversé. D'authentiques soldats français faisaient office de figurants. Ils étaient tous des nôtres. On voyait l'assistant du metteur en scène, Blaise Cendrars, au premier plan, appuyé sur l'épaule du héros, son moignon à nu, souvenir d'une bataille en Champagne, 1915, au sein de la division marocaine de la Légion étrangère dans laquelle ce Suisse s'était engagé. L'un des deux héros, le poète Jean Diaz, retour de la guerre, avait des visions macabres, les morts ressuscitant à l'ossuaire de Douaumont. Autant de fantômes qui accusaient les vivants d'avoir trahi les disparus. Un troupeau d'âmes errantes, diaphanes et fantastiquement héroïques. Tout le long, une question était martelée : avez-vous été fidèles à vos morts ? Tandis que sur le carton, on pouvait lire : « N'entendez-vous pas la nuit dans le vent du Nord les millions de râles d'agonie vous crier : j'accuse ! j'accuse ! j'accuse ! » Il nous fallait être dignes de leur mort. De l'armée des morts. Si leur sacrifice avait été vain, c'était comme si on les tuait une deuxième fois.

Des larmes me vinrent aux yeux, comme aux camarades présents à mes côtés le jour d'une séance de cinéma spécialement organisée à l'intention d'anciens de mon régiment, au moment de la scène d'une puissance inédite du retour des morts : précipités par la situation dans une grande colère, inquiets de l'inutilité de leur sacrifice, ils revenaient réclamer des comptes à la société. Ils hurlaient aux vivants ce que nous, les survivants, n'avions pas su leur dire. Ce film, j'hésitais tout de même à le conseiller dans une lettre à Kipling, bien qu'il fût projeté dans la salle du London Philharmonic à Great Portland Street, ainsi que le réalisateur s'en était félicité dans une interview, avec chœur et orchestre, avant de l'être dans tout le pays. C'est peu dire que cette mise en accusation de la guerre, de l'Homme et de la stupidité universelle, ébranla les spectateurs. Mais pour lui, ça aurait été trop, peut-être. De son côté, George Bernard Shaw pouvait bien au même moment présenter sa dernière pièce à New York, *La Maison des cœurs brisés*, dans laquelle il défendait l'Allemagne contre sa réputation de barbarie, nous n'en étions pas atteints outre mesure.

L'air du temps se durcissait. Au sortir de la guerre, la sensibilité en avait pris un coup. Elle s'était appauvrie en se cuirassant. Une certaine mélancolie en tenait lieu. Kipling semblait habité par cette tristesse sacrée qu'évoque Dostoïevski. Toute crise cristallise. Les guerres mettent tout un peuple à l'épreuve, et pas seulement ceux qui endurent la bataille. La sidération provoquée par l'hécatombe était si forte que les ravages de la grippe espagnole passaient au second plan. En France, personne ne pensait à interrompre les transports en commun alors qu'ils étaient le principal vecteur de contagion.

Kipling ne s'en sortait pas. L'absence de son fils l'obsédait. De l'extérieur, il donnait le change, digne et droit ; mais on percevait bien à ses paroles qu'à l'intérieur, il redevenait par instants une loque, un fantôme hanté par des ombres. On sentait en lui une obscure connivence avec le malheur qui l'accablait, comme si le décès de Josephine l'avait déjà préparé à affronter la douleur.

Même sa correspondance en témoignait : quelque chose était mort en lui. Ou plutôt quelqu'un. Une part de lui. D'autres poètes avant lui avaient éprouvé cette amputation. S'il avait manqué de modèles éclairants, de repères sur lesquels s'appuyer, j'aurais pu lui rappeler le chagrin de Victor Hugo après la noyade de sa fille Léopoldine à dix-neuf ans et les nombreux poèmes qu'il lui avait consacrés. Plus près de nous, j'aurais pu lui parler de la dévastation de mon maître Mallarmé pendant les six mois d'agonie de son petit Anatole, les rhumatismes s'étant violemment jetés sur son cœur jusqu'à y provoquer des lésions ; son jeune corps n'était plus que toux et ponctions. Je me souviens qu'il confiait à l'un de ses collègues au lycée : Je ne croyais pas que j'eusse encore en moi tant de larmes, lui qu'on retrouvait, paraît-il, souvent perdu dans le recueillement. Il préférait la mélancolie des jours heureux, car on ne se console pas de la mort d'un enfant. Il n'y a pas de substitut possible, surtout pas un autre enfant à venir. Mais il me semblait que Hugo ou Mallarmé auraient paru inaccessibles à Kipling qui mêlait encore son fils à ses rêves et ses projets. Au moins la poésie les avait-elle retenus de se laisser entraîner dans la tombe par les mains de leur enfant.

À l'entrée de son village tant aimé, la vérité qu'il avait fuie était désormais gravée dans la pierre. Doublement même. Ce n'était en rien contradictoire avec la rigidité de son attitude en tant que membre de la commission des sépultures de guerre. Il ne s'agissait pas ici de tombe mais de manière d'ex-voto. Autant d'*In memoriam* laïques et religieux. Au petit carrefour devant l'église, un monument aux morts de la guerre, « Les hommes de Burwash », s'élevait vers le ciel. Ils y figuraient par ordre alphabétique, aucun ne dominant l'autre. Grade, nom, régiment, date de la disparition ou de la mort déclarée, âge. John s'y trouvait entre un William A. Keeley de dix-neuf ans et un William Langridge de seize ans. À l'intérieur même de l'église Saint Bartholomew, son père avait fait apposer une plaque en bronze au mur de l'aile sud ; outre ses états de service et sa parentèle, son âge était précisément rappelé comme jamais auparavant, à croire que son père avait compté les jours comme un prisonnier : dix-huit ans et six semaines. Ces quelques lignes à sa mémoire se refermaient sur une citation latine trouvée à la fin de « Clifton Chapel », un poème de Henry Newbolt :

Qui ante diem periit

Car l'inacceptable était bien là. Non dans la guerre ni même dans la mort mais dans le fait que John était mort avant son heure.

Dans l'Angleterre de 1920, la fugue scandaleuse du couple saphique formé par Violet Trefusis et Vita Sackville-West loin de leurs maris respectifs pouvait distraire, mais cela ne dura qu'un temps. À la fin de l'année, l'ombre portée de la guerre revenait assombrir les conversations. L'empire des morts sur les vivants avait laissé les cœurs en ruine. Tout de même : un million de soldats britanniques tombés – dominions inclus. Et parmi eux, un grand nombre de jeunes officiers. Une génération sacrifiée.

Le 11 novembre, à Paris comme à Londres, on inaugura avec toute la solennité requise, sous l'Arc de triomphe et à l'abbaye de Westminster, une tombe du soldat inconnu à la mémoire des soldats disparus sans laisser de traces. Il y avait bien eu déjà, un an auparavant, le dévoilement d'un cénotaphe à Whitehall ; Lloyd George en avait rapporté l'idée de France avant de l'imposer à son gouvernement, notamment à ceux de ses ministres franchement hostiles au motif que c'était là une idée typiquement catholique. Mais cette tombe vide, celle de tous et de chacun, immense et symbolique, semblait relever en fait d'une inspiration plus théosophique que chrétienne.

En vérité, même le projet de soldat inconnu était jugé inadéquat avec l'esprit protestant. Un service funéraire pour un inconnu ! Non un corps ni un cadavre mais des paquets d'ossements sortis de la boue de 14. Le brigadier général B. J. Wyatt, chargé de l'affaire, fut désigné pour, les yeux bandés, en désigner un parmi quatre venus non des cimetières mais des champs de bataille de la Somme, de l'Aisne, d'Arras et d'Ypres. Un temps, il fut question d'incinérer les restes sacrés, mais non. Le paquet, car c'en était un, accompagné de sacs en toile de jute remplis de terre issue du champ de bataille, fut placé dans un cercueil en chêne et emmené à Calais dans une voiture à cheval, puis de là à Douvres sur un destroyer. Une foule considérable défila pendant des jours à l'abbaye de Westminster, entre la nef et l'allée centrale, face à l'épitaphe : « Sous cette pierre repose le corps/ d'un soldat britannique/ de nom et de grade inconnus. » Une tombe de marbre noir protégée par des coquelicots artificiels. La seule sur laquelle nul n'a le droit de marcher. Un accomplissement qui n'allait pas de soi car le gouvernement et les parlementaires avaient jugé ce projet trop latin, trop français, trop catholique pour leur peuple. Ils oubliaient juste que la chose les rendait tous égaux devant la douleur. Chacun y retrouvait un fils, un frère, un père, chacun se l'appropriait d'autant mieux que le soldat n'avait pas de nom et qu'on ignorait jusqu'à la date de sa mort.

Kipling comme les autres. Et comme d'autres, il cherchait de la consolation dans d'autres sociétés de pensée.

Un temps, je crus qu'il se tournerait à nouveau vers la franc-maçonnerie. Ce monde m'étant totalement étranger, j'imaginais mal comment la solidarité des frères suffirait à combler le vide, et plus encore le néant, qu'il affrontait. Il avait rejoint très jeune à Lahore la loge « Espoir et persévérance » en due forme selon les anciens rites, ayant reçu une dispense du Grand Maître du District du Pendjab lui permettant d'être initié avant l'âge de vingt et un ans. Il en était même l'un des membres les plus actifs, la loge comptant sur le jeune journaliste de la *Civil and Military Gazette* pour faire un bon secrétaire. Ce qui ne fut pas le cas : il se contenta d'aider à décorer le local ; après quoi, il fut avancé à la marque dans la loge « Fidélité », puis élevé au Royal Ark Mariner dans la loge « Mont Ararat ». Un collègue de mon lycée, très au fait de ces pratiques et rituels si opaques et si mystérieux vus de l'extérieur, m'assura que Kipling y choisit pour marque un K (une équerre accolée à une perpendiculaire)... Mais en quittant les Indes, en 1889, il prit ses distances avec la maçonnerie même s'il apporta son soutien à des loges en Europe sans y participer. Tant et si bien qu'on en retrouvait les valeurs et les symboles dans ses écrits datant de cette époque, à commencer par la fraternité, le goût des organisations fermées, l'adoption d'un orphelin de maçon par sa loge. Il fut heureux d'y rencontrer des gens de toutes sortes venus de tous horizons, des musulmans, des hindous, des sikhs et même un tailleur juif ! Ce qui lui donna l'illusion de découvrir un nouveau monde. On retrouvait l'empreinte de cet esprit si particulier par des détails ou de simples évocations un peu partout dans son œuvre, mais plus pleinement dans deux nouvelles (« L'homme qui voulut être roi » et « Dans l'intérêt de nos frères ») ainsi que dans deux poèmes (« Nuit d'agapes » et « La loge mère »). Mais le fait est qu'il ne se tourna pas vers les frères dans ses moments de grande affliction, lorsqu'il perdit Josephine puis John. Il ne chercha pas le réconfort dans la maçonnerie en retournant vers elle. Ce qu'il vivait excédait le recours à la solidarité, pauvre chose en l'espèce. Dans l'épreuve, un esseulé.

Plus que jamais, malgré les problèmes de santé de Carrie (auxquels il fallait désormais ajouter une dépression plus violente encore), ils cherchèrent à s'étourdir dans les voyages. Grâce aux lettres et cartes postales qu'il m'envoyait, toujours précisément situées et pleines de détails colorés, il était aisé de reconstituer ses itinéraires et villégiatures. Les plus lointaines, les plus exotiques ne lui laissaient pas les souvenirs les plus marquants. La France l'emportait toujours. Ainsi, après avoir séjourné à Digne et Grenoble et avant de se rendre à Évian, Bourg-en-Bresse, Dijon, Troyes, Compiègne, évoquait-il dans la plénitude ses réminiscences non seulement d'Aix-les-Bains mais surtout de l'hôtel Bernascon et de la Villa Régina. Les grands établissements et les plus fameux palaces lui étaient certes familiers, du Californie à Cannes à l'hôtel de Paris à Monte-Carlo en passant par le Grand hôtel de France et d'Angleterre à Beauvais et l'hôtel du Palais à Biarritz. Mais à Aix, la direction, flattée par la présence d'un tel hôte, sut agir en conséquence. Comme l'établissement était fermé pendant la basse saison, elle fit rouvrir ses portes à sa seule intention. La salle à manger immense et vide résonnait comme une cathédrale. On y entendait les pas des deux serveurs qui y officiaient au lieu des dizaines qu'employait habituellement l'hôtel en été.

Mais ils avaient beau fuir le spectre de leur fils, celui-ci les attendait à leur retour à Bateman's. Un temps, Kipling fut tenté, comme beaucoup d'autres à cette époque, de trouver refuge dans le spiritisme. Le phénomène était porté par l'air du temps. Toute personne dans l'attente sonde en permanence l'inconnu. Plus que d'autres, elle est attirée par le surnaturel car sa détresse a besoin de se raccrocher à quelque chose. À défaut de rapatrier les cercueils, la société s'obsédait du retour des morts par l'esprit. Elle attendait d'eux qu'ils aident les vivants à supporter leur situation. Conan Doyle remplissait les théâtres en communiquant avec l'au-delà. Il est vrai que depuis la mort de sa femme en 1906, il y connaissait du monde : ses deux beaux-frères, deux de ses neveux et son propre fils tués pendant la guerre. *Raymond*, un roman écrit par le physicien Oliver Lodge, très féru des questions de survivance et d'immortalité, remportait un franc succès depuis quelques années. Tant Conan Doyle qu'Oliver Lodge avaient perdu un jeune fils au front, tant l'un que l'autre assuraient communiquer avec eux depuis lors : comment Kipling aurait-il pu y rester insensible, lui qui disait vivre dans une maison habitée par des présences invisibles ? Il se souvenait des expériences de Victor Hugo avec les tables tournantes. Lui-même s'était un peu laissé prendre au jeu après la mort de sa fille. Mais la mode de la photographie psychique par laquelle on superposait des morts et des vivants, les premiers flottant dans un nuage au-dessus de la tête des seconds, le laissait froid. Très vite, il se lassa du spiritisme même, fit d'abord preuve d'un scepticisme nuancé avant d'être plus critique. Son tempérament s'en accommodait difficilement. On en retrouve l'écho dans des nouvelles telles que « Le jardinier » et « Une madone des tranchées », ou dans le poème « En-dor » qui devait plus encore au Livre de Samuel.

Puisque ni l'ésotérisme ni le paranormal ne lui procuraient un refuge, il m'apparut inévitable que Kipling demeurât en guerre. Impossible de la mettre à distance quand bien même il laisserait s'écouler des heures lentes un livre en main à l'ombre des grands arbres de Bateman's. Pire encore qu'un ancien combattant ou un traumatisé du front. Un orphelin de fils. Nul ne parvenait à le démobiliser. Son rôle au sein de la commission des sépultures de guerre l'avait encouragé à ne pas quitter le champ de bataille avant d'être parvenu à ses fins personnelles : l'exhumation de la dépouille de John. Le voyage en France, qui lui était naturel, devint plus fréquent encore, d'autant qu'il avait reçu sa nouvelle voiture, d'une puissance supérieure à la précédente : une Rolls-Royce Silver Ghost. Avec ou sans les autres membres de la commission, toujours accompagné de son chauffeur, on le voyait arpenter les cimetières britanniques du nord de la France, ces « éternelles casernes » ainsi que les désignaient ceux qui déploraient de voir leur défunt demeurer sous les drapeaux pour l'éternité. Kipling avait fini par acquérir une connaissance intime, quasiment géologique, de cette terre mille fois retournée. L'humus avait tant souffert des substances toxiques que le sol n'était plus cultivable. Il savait se méfier des découvertes trop hâtives et se garder des joies précipitées. Les squelettes étaient rarement complets ; nombre de combattants n'ayant pas vingt et un ans, les extrémités claviculaires étaient rarement soudées ; certains portaient des plaques d'identification de camarades morts au combat pour les ramener à leur famille. Il arrivait que des obus éclatent encore et l'on disait alors que les morts toujours à découvert se vengeaient. Une grande confusion régnait deux ou trois ans après l'armistice. Kipling prenait très au sérieux son rôle au sein de la commission. Il lui arrivait de boucler la visite de sept cimetières en une seule journée. Il parcourut mille cinq cents miles au cours de l'été pour visiter une trentaine de cimetières entre Ypres, Poperinge, Arras, Amiens et Rouen. Ce qu'il appelait les cités silencieuses. Une fois, alors qu'il se trouvait à Chalk Pit Road à fouiller la terre avec son chauffeur, il regarda sa montre : c'était exactement l'heure à laquelle John était tombé à cet endroit précis. Du moins le supposait-il après avoir recoupé différents témoignages. Il visita les cimetières proches de Verdun en compagnie du père Guichat et du général Taufflieb, le nouveau mari de sa vieille amie Julia Catlin, devenu sénateur du Bas-Rhin. Lorsque George V se rendit dans les cimetières de Lille, d'Arras et alentour, Kipling fut naturellement de la partie surtout lorsqu'il s'arrêta dans celui des soldats indiens près de Boulogne-sur-Mer, puis dans celui de Terlincthun, sur la côte d'Opale, car tous les mots que prononça le roi sortaient de la plume de Kipling. Leur amitié s'en trouva raffermie et lui inspira le poème « Le pèlerinage d'un roi ». Désormais, quand il lui arrivait d'être malade, il recevait une bouteille de brandy envoyé de Buckingham Palace par le monarque.

Chaque cimetière avait sa personnalité. Il ne tarissait pas d'éloges tant sur la qualité des architectes que sur le dévouement des jardiniers, anglais bien entendu, tous également pénétrés de leur mission et du souci d'égaliser le traitement de tous les soldats. Le paysage en était d'autant plus uniformisé que les gouvernements français et belge avaient formellement décidé de supprimer les tombes éparpillées un peu partout près du champ de bataille, dans un chaos reflétant pourtant bien la vie, pour rassembler les tombes dans de grands cimetières sous la lune. La tombe isolée d'un soldat surplombée d'une pauvre croix était un spectacle de désolation que tous conjuraient. Alors on exhuma et on réenterra. Ils avaient rendu leur âme à Dieu mais on continua de les faire marcher au pas. Même morts, les soldats devaient être parfaitement alignés. Ne voir qu'une tête et rien qui dépasse. Au garde-à-vous couché. Ni riches ni pauvres en regard de la postérité. Enfin tous égaux devant Dieu.

Lorsque Ulysse retrouva Elpénor au royaume d'Hadès, nul n'ayant songé à ramener son corps abandonné sur l'île de Circé, l'âme de son ancien compagnon l'implora de retourner le chercher afin de lui donner une sépulture. Kipling était cet Ulysse arpentant les champs de bataille en dehors desquels tout lui semblait n'être que vanité et pâture de vent. Quand je l'appris, je l'imaginai aussitôt prêtant l'oreille à la terre comme s'il répondait à l'appel désespéré d'un blessé dans une fosse. Une voix d'outre-tombe arrachée aux entrailles de la terre. Une voix hélas inaudible. À croire que la nature conspirait avec le temps pour tromper ses intuitions. Alors je me le figurai se relevant pour scruter l'horizon de ses yeux durs à la manière de celui qui enquêterait sur une armée morte. Mais qu'y avait-il d'autre à explorer que la migration des âmes ? Sa religion était faite : si on ne retrouve pas le corps, c'est comme un crime qui s'achève sur un non-lieu. Même les oiseaux porteurs de tant de messages avaient eu droit à leur monument : une stèle, à Lille, en mémoire des vingt mille pigeons voyageurs morts pour la France.

Sur les lieux de la guerre, il ne devait plus pouvoir distinguer ce qu'il voyait de ce qu'il entendait et de ce qu'il avait imaginé. En ce temps-là, on pouvait encore marcher par mégarde sur les innombrables objets qu'à leurs moments perdus les soldats avaient fabriqués avec des douilles d'obus, des étuis de laiton découpés, des bagues de serrage. Un rafistolage qui témoignait d'une incroyable imagination et d'un savoir-faire certain.

On pouvait retrouver une paire de bottes contenant encore des pieds. De quoi ramener Kipling à un chiffre qui le hantait. Non celui des morts mais celui des soldats britanniques privés de tombe : cent vingt mille, soit vingt pour cent de leurs combattants. Cela lui était insupportable comme au premier jour de la disparition de John. Alors il remuait encore ciel et terre jusqu'à les trouer du regard. Fallait-il être en proie à des forces obscures pour vouloir retourner la glaise à la recherche d'un squelette, d'un visage défiguré, d'une plaque en zinc et aluminium. Ceux des soldats disparus, à commencer par le sien, son fils. Bientôt les champs seraient ensemencés, et ce serait trop tard pour fouiller davantage, même s'il arrive que, lorsque la terre absorbe une telle quantité de ferraille, toute remise en culture est impossible. À la vue des paysans qui commençaient à les combler, trou d'obus par trou d'obus, il ne trouvait plus les mots pour dire le sentiment d'impuissance qui sourdait de cette terre. Il y a comme ça des lieux où le passé dure plus longtemps qu'ailleurs.

Des noms avaient perdu leur corps, et des corps se retrouvaient sans nom, mais tous finissaient rassemblés et couchés sur la même liste. Même quand il n'y avait plus de corps, tant il avait été pulvérisé, un nom, un lieu, une date devaient attester qu'ici un soldat britannique avait vécu, qu'il s'était battu et qu'il était mort. Le lieu où l'âme lui avait été arrachée primait sur tout le reste. Plus encore que le nom de son régiment. Car c'est là, tout près de ce lieu-dit, de ce village, de cette commune, qu'il avait été vu vivant pour la dernière fois. Corps à l'abandon dans un désert de terre gelée, corps figés dans des tranchées en position assise telle que la mort était venue les frapper des jours et des nuits plus tôt.

La commission n'hésitait pas à demander sur place à Kipling de trouver une phrase pour le cimetière local. Et lui n'hésitait pas à puiser dans la Bible quand l'inspiration poétique lui faisait défaut. Ainsi fut fait le jour où il visita le cimetière communal de Vieille-Chapelle. Il rédigea plusieurs inscriptions dont l'une, s'il s'agissait d'un fils, venait du deuxième livre des Maccabées :

« … ayant laissé aux jeunes le noble exemple d'une belle mort, volontaire et généreuse… »

Mais les plus belles inscriptions, les plus lumineuses

citations ne pouvaient rien contre ce sentiment d'inaccompli qui empoisonnait ceux qui continuaient encore à ne pas revenir de cette guerre. Le poète Richard Aldington disait bien le traumatisme des siens qui ne pouvaient se satisfaire de vibrants discours devant des monuments aux morts. De belles formules comme celle que Kipling avait trouvée pour les tombes collectives : Leurs noms vivent pour toujours. Estimant tout le monde coupable de complicité d'assassinat, Aldington exhortait le monde entier à expier pour les morts au combat. Kipling était-il seulement apte à entendre ce genre d'appel ? J'en doutais tant l'absorbait son propre chagrin quand bien même il se fût dévoué à adoucir la peine collective par le biais de la commission. Il lui arrivait de se demander, et par conséquent d'interpeller en chemin les autres membres, ce qu'aurait été la réaction des Anglais si, par exemple, la région comprise entre Canterbury et Bournemouth avait été entièrement ravagée pendant quatre ans, les maisons détruites, les champs retournés, la population décimée... Selon moi, il entretenait une relation secrète avec le paysage. Il l'écoutait en silence, en se persuadant que même la guerre n'avait pas réussi à anéantir sa beauté venue du fond des âges. Il fallait sortir la terre de son sommeil, voir la glaise se dresser, comme le disait Wilfred Owen dans l'un de ses poèmes. L'idée de renoncer à creuser lui était insupportable, bien que creuser fût en principe interdit en raison des risques d'explosion (les obus mais aussi les grenades).

Défait de sa conscience, un corps n'est que squelette. Soit, mais quelle dose de cynisme fallait-il pour demander, tel Diogène, que le cadavre de son fils soit abandonné aux oiseaux et aux bêtes sauvages puisque, de toute façon, son âme aura déserté son enveloppe charnelle et qu'il ne sentira rien de leur acharnement à le dépecer ?

... Ou voir s'effondrer l'œuvre de ta vie,
Et te courber et la rebâtir de tes outils usés...

Tel le Richard II de Shakespeare, il restait roi de ses chagrins, et je ne me sentais pas le droit d'empiéter sur ce territoire protégé. Je me demande bien qui s'y autorisait. S'il se rendait volontiers en France pour y fouler la terre des cimetières militaires britanniques, ce n'était pas seulement par devoir vis-à-vis de la commission dont il était l'une des figures. Ni même dans le fol espoir de retrouver des restes de John, bien qu'il n'y renonçât jamais. C'était aussi pour enquêter sur le terrain, tel un peintre arpentant le motif, peut-être pour les besoins de son prochain livre. Ni un recueil de poèmes ni un volume de nouvelles. Plutôt l'une de ces choses qui, à n'en pas douter, ferait tache dans une bibliographie aussi cohérente, impeccable, que la sienne. L'inattendu hiatus. L'improbable faille. Où allait-il parler de son fils et de quelle manière ? Sous sa plume et sa signature, on aurait espéré, guetté, attendu le « Tombeau de John ». Le tissu diapré d'émotions fragiles, un écho à sa détresse, un morceau qui aurait fait étincelle, digne tombeau poétique hérité des épitaphes grecques. Rien de l'ordre de l'implicite. Pas son genre. Je rêvais plutôt d'une œuvre bâtie sur de la douleur sèche et les oscillations de la conscience. Un poème ou une nouvelle, crypté ou codé, dans l'esprit et la sensibilité de « Eux », dicté par la mort de Josephine.

Quelque chose de très tenu, digne, pudique, comme lui, qui jamais ne se serait abandonné à la béatitude des affligés ou aux ténias du remords, loin des ruses et échappatoires de la mauvaise conscience, cette poseuse qui congédie sa honte d'elle-même en se reprochant sa faute, donc en se mettant en face d'elle-même. « *What is done is done* », lui murmurait à l'oreille la voix de lady Macbeth.

Mais non, il restait muré dans cette retenue si anglaise, même s'agissant de la mort de son enfant. L'éducation, probablement. Une certaine conception de la pudeur en toutes circonstances. Mais comment font-ils ?

La littérature britannique de l'après-guerre fourmillait d'anciens combattants traumatisés. *Shell shock*, disaient-ils. En français : « obusite ». C'est-à-dire l'effet des ondes de choc des obus sur le cerveau. Sauf que Kipling, s'il était traumatisé, n'était pas un ancien combattant.

Il était certes rompu à l'art d'incorporer des allusions privées dans son œuvre, par jeu ou par nécessité ; autant d'allusions qui ne pouvaient être comprises que par certains amis ou membres de sa famille, si ce n'est par un seul lecteur, celui auquel un texte pouvait parfois s'adresser tel *The House Surgeon* écrit à la seule intention de Conan Doyle, lequel n'avait pas besoin d'appeler Sherlock Holmes à la rescousse pour le décoder.

Au fond de quelles douleurs allait-il puiser encore la force de créer ? Il lui fallait écrire, mais comment retrouver l'élan ? D'après ses amis, en ce début des années vingt, Kipling était encore hanté par la guerre. Il évitait de critiquer les généraux mais crachait plus que jamais sur Lloyd George. De plus en plus amer, il lui arrivait de dévier systématiquement la querelle sur les « youpins ».

Les Allemands et les Irlandais faisaient toujours partie de son musée des horreurs – mais chez ces derniers, depuis quelques années, seuls les soldats échappaient à son mépris, leur contribution à la gloire de l'Empire assurant leur salut. Désormais, le sionisme était son grand ennemi dans ses lettres et sa conversation. Le comte de Balfour, agissant en qualité de secrétaire d'État aux Affaires étrangères, avait commis une lettre d'intention dans laquelle son pays favorisait la création en Palestine d'un foyer national pour le peuple juif, ce que Kipling ne lui pardonnait pas. Il le haïssait ; d'ailleurs, par tradition comme nombre d'Anglais, il ne dissimulait pas ses convictions pro-arabes ; et puis n'étaient-ils pas musulmans comme le meilleur des troupes indiennes ?

Il connaissait par cœur la topographie des champs de bataille, le lexique technique, les armes. Il avait déjà truffé ses récits de la vie maritime de termes spécialisés. Comme à son habitude, courtois mais violent, il s'emportait dès qu'on abordait la politique. Dans ces moments-là, il me faisait penser à ces polémistes dont on disait qu'ils avaient oublié de se faire vacciner contre la rage.

Contrairement à ses principes, il accepta une demande car, selon lui, celle-ci ne pouvait se refuser : celle du commandant du régiment de son fils qui souhaitait le voir rédiger l'histoire des Irish Guards. Deux volumes qui nécessitèrent six années de recherches. De quoi l'épuiser, l'abrutir même. Je suis certain qu'il s'en sentait obligé. Quand j'appris dans quoi il s'était lancé, je ne décolérai pas. Intérieurement, cela va sans dire. J'aimais la fierté de cet homme qui avait toujours refusé d'écrire à la demande, prétextant que l'inspiration d'un écrivain n'obéit pas aux ordres. Sauf cas exceptionnel, mais qu'est-ce qui l'était davantage que les épitaphes pour des tombes ? Là, il s'agissait de rédiger des milliers de pages dans le style accablant des historiographes militaires. Il ne devait pas manquer un bouton à l'uniforme, pas une vis au lanceur d'obus, pas un mot à un journal de marche. Peut-être avait-il le sentiment qu'il trahirait son fils en se jetant à nouveau dans la fiction sitôt après sa mort, en transcendant son absence dans une œuvre d'imagination. D'aucuns y auraient peut-être vu une fuite en forme de catharsis. En s'immergeant dans l'histoire si factuelle et si rébarbative des Irish Guards, il ne lui rendait pas seulement hommage : il restait près de lui. Mais, mon Dieu, que l'écrivain payait cher la faute du père ! On sait à quel point les non-dits peuvent être corrosifs. Deux épais tomes de non-dits, était-ce le prix pour expier ? John était partout invisible dans ces milliers de pages, à peine cité, alors que parler de lui l'aurait rattaché à la communauté des hommes, l'aurait fait renaître par l'écriture.

The Irish Guards in the Great War avait tout d'une compilation de documents et d'interviews. Rien de ce à quoi il nous avait habitués. Il avait beaucoup appris sur le rôle du régiment dans la Première Guerre. Il s'autodisciplina, se força à l'anamnèse, son ascétisme à lui, qui l'empêcha d'alimenter le souvenir ou de le faire vibrer, seul moyen de mettre en fuite les spectres errants.

Il disait l'avoir écrit dans la souffrance en suant sang et eau, dans la hâte que ce soit derrière lui – et on le croyait sur parole. Le travail fut long, fastidieux, bourré de références. Sûr qu'il n'eut pas le loisir d'y caresser le divin détail. Au final, la légèreté d'une pierre tombale. A-t-on jamais lu texte plus lourd sous une plume aussi légère ? Par quel prodige Kipling avait-il réussi à transformer l'or de son inspiration en plomb de garnison ? La lecture en était aussi pénible que l'écriture avait dû en être laborieuse. Chacune des pages de ces deux tomes reflétait l'esprit de leur composition : celui d'un devoir dicté par une conscience malheureuse. Un devoir dans les deux sens du terme. Le poète se punissait, s'imposait un châtiment. Sa conscience le lui avait imposé. Lorsque je l'appris, l'analogie avec la *Vie de Rancé* s'imposa naturellement. C'était la pénitence que son confesseur avait imposée à Chateaubriand. Celui-ci éprouvait une répugnance naturelle à se lancer dans cette commande si contraire à son art. Sauf que la *Vie de Rancé*, que j'avais fait lire à mes élèves, demeurait à mes yeux son autre chef-d'œuvre littéraire avec ses *Mémoires d'outre-tombe.* Alors que *The Irish Guards in the Great War* marquerait de toute évidence son œuvre d'une pierre noire. Et dire qu'à ce reniement de ses qualités d'écrivain il dut ajouter celui de son irlandophobie… Mais qui, hormis sa secrétaire Dorothy Ponton, pouvait bien trouver ce pensum « poignant » ?

Rien n'aurait mieux, plus profondément et plus durablement, honoré le 71e corps des Irish Guards qu'un long poème à sa gloire écrit par le plus grand poète de l'Empire d'une plume trempée dans les larmes du père et le sang du fils, une épitaphe qui aurait raconté le long triomphe de l'un et la si brève participation de l'autre, une élégie qui eût dit l'épopée et la chronique, la splendeur et la souffrance, la vie quand la mort la guette à chaque pas.

À leur manière, ces deux volumes témoignaient que Kipling demeurait toujours secrètement dans le déni de la mort de son fils. Chacune de ses pages le murmurait sans jamais le dire : la perte d'un enfant n'est pas dans l'ordre des choses.

6

Un déjeuner à Paris

Puis nous nous sommes retrouvés non plus chez lui mais chez moi en quelque sorte, à Paris. Ce n'était pas la première fois. En 1921 déjà, nous nous y étions rencontrés, mais trop brièvement, et les circonstances étaient trop officielles pour que nous puissions véritablement parler. Ce jour-là, Kipling était fait docteur *honoris causa* par la Sorbonne. Il en fut ému et touché : la Sorbonne, c'était la France des Lettres dans ce qu'elle a de plus immémorial, car pour ce qui était de la distinction elle-même, il en possédait déjà une belle collection internationale. Ce samedi-là à 15 heures, sir James Frazer, l'auteur du *Rameau d'or*, était honoré en même temps que lui. À la vue des personnalités qui se pressaient près de la fanfare de la garde républicaine, dans le sillage du chef de l'État Alexandre Millerand, on pouvait prendre la mesure de la puissance de l'institution dans la mondanité intellectuelle parisienne, à égalité avec le Collège de France tout proche. Disons que le grand écrivain et la prestigieuse université s'honoraient réciproquement. Le discours de réception échut naturellement à Émile Legouis, professeur de langue et littérature anglaises dans l'auguste maison, mais il fut si complet dans son inventaire de l'œuvre qu'il en devint interminable. Ses *Histoires comme ça*, des contes pour enfants que le public français avait savourés grâce au tandem de traducteurs d'Humières & Fabulet, remportèrent la palme à l'applaudimètre. Le recteur de l'université, un Strasbourgeois du nom d'Appell, décrocha un semblable succès en remerciant chaleureusement l'écrivain au nom de l'Alsace-Lorraine pour son aide pendant la guerre. Le discours de Kipling sur la « Vertu de la France » fut très apprécié. Il ne cessa de plaider pour la responsabilité individuelle.

Je ne fus pas le dernier à l'applaudir dans le grand amphithéâtre. En voilà un qui savait projeter sa voix, comme disent les gens de théâtre. Quel orateur ! Fort heureusement pour les quelque trois mille personnes qui buvaient ses paroles, eu égard à son accent épouvantable, il s'exprima peu en français. Après une *Marseillaise* et un *God save the King* de rigueur, à la réception qui suivit la cérémonie, on le repérait facilement parmi les deux cents invités, car sa silhouette de petit homme fluet, pourtant si discrète en noir et blanc, tranchait dans la foule des uniformes chamarrés et des toges décorées. Bien que je répugne à jouer des coudes dans ce genre de bruyantes manifestations, où les pique-assiettes qui réussissent à se faufiler à la dernière minute ne sont finalement pas les plus antipathiques, je parvins jusqu'à lui.

« Lambert ! ce cher Lambert ! me héla-t-il en français. Vous étiez là ! Rendez-vous compte, je viens de m'entretenir avec Anatole France et il m'a même embrassé, mon Dieu, *La Rôtisserie de la reine Pédauque*, quel souvenir… c'est mon père qui me l'avait fait lire…

— Quel succès, quel monde ! m'égosillai-je. Je vous croyais assez réfractaire aux honneurs, aux décorations...

— Tout cela écrase et me fait horreur. Sauf que là, aujourd'hui, pour un écrivain anglais qui aime cette France qui le lui rend bien, c'est bien le seul que je n'aie pas envie de refuser. Vous savez, quand le Premier ministre Bonar Law m'a fait compagnon d'honneur à mon insu, ça m'a mis hors de moi, absolument. D'ailleurs, je lui ai aussitôt répondu : cela vous plairait-il de constater en vous réveillant qu'on vous a fait archevêque de Cantorbéry ? Non mais, franchement... Alors, Lambert, et vous, vous en êtes où avec "If..." ? Je m'inquiétais, savez-vous... »

Comme j'allais lui répondre, je forçai sur ma voix pour dominer l'insupportable brouhaha mais une quinte de toux m'empêcha de formuler la moindre phrase audible. Je manquai même de m'étrangler.

« Allons, ça ne va pas ? Un peu d'eau ou quelque chose de plus viril à boire... »

D'un signe de tête, je refusai tandis que deux membres de l'Académie française, dont le nom m'échappait mais pas la qualité si ostentatoire, l'emmenaient par le bras sans le moindre égard pour la conversation que nous avions entreprise. Il faut avouer que cet enlèvement, si typique des mauvaises manières parisiennes, était opportun car j'aurais été incapable de poursuivre.

Aussi, lorsque je retrouvai Kipling deux ans après à Paris, avais-je tout organisé afin que rien ni personne ne vînt troubler notre tête-à-tête. Pour m'en assurer, j'étais même passé le chercher à son hôtel, le Meurice, rue de Rivoli, non loin du Louvre, avant de l'emmener à sa demande à pied au café de la Paix. En chemin, comme il fut pris de douleurs à l'estomac qui l'obligèrent à se courber, je lui offris mon bras qu'il accepta sans manières. Cette proximité facilita la conversation au-delà de mes espérances, car il demeurait pour moi le-grand-écrivain-anglais, et je ne me serais jamais autorisé la moindre familiarité. Pourtant, il m'aurait suffi de l'imaginer comme je l'avais vu à Bateman's, à genoux sur le tapis de son bureau, jouant à la balle avec Michael et Ham, ses chiens. À côté de lui, je n'étais qu'un représentant de cette masse d'anonymes que l'on dit sans importance collective. Alors que nous empruntions l'avenue de l'Opéra, il évoqua les ennuis mécaniques qu'il rencontra en route pour un séjour en Algérie. Puis on s'attarda devant la vitrine des nouveautés du libraire Brentano's, comme s'il y cherchait discrètement l'un de ses livres. Il sembla y renoncer en s'apercevant qu'elle était en grande partie consacrée à Edith Wharton, la plus parisienne des romancières américaines, récent Prix Pulitzer pour *The Age of Innocence.* En poursuivant notre chemin, il m'assura que s'il venait effectivement de refuser de prononcer une conférence sur l'œuvre de Pierre Loti à la demande de l'Institut français de Londres, ce n'était pas par hostilité pour « cet homme qui ne se cache pas de nous haïr catholiquement mais compréhensivement », mais parce qu'il était submergé de travail. Enfin, alors que nous étions presque rendus, il s'arrêta un instant sur le parvis de l'Opéra non pour en admirer la façade mais pour me raconter ses deux soirées à parler à bâtons rompus avec Thomas Edward Lawrence, un personnage manifestement fascinant si j'en croyais les lueurs dans ses yeux à la seule pensée de ce héros romantique du désert. L'épopée du fameux colonel Lawrence, dit Lawrence d'Arabie, le fascinait. Pensez donc, disait-il, ce type de vingt-neuf ans à peine qui était devenu une sorte d'émir de l'Empire arabe, qui avait fait plus de rois que quiconque depuis Warwick, qui avait attaqué les Turcs au sabre et au canon et qui maintenant était professeur d'histoire à Magdalen College à Oxford ! Comme John aurait aimé rencontrer un tel personnage... Ses Mémoires s'intitulaient *Les Sept Piliers de la sagesse* ; il n'en existait alors que huit exemplaires que l'auteur avait adressés à des personnalités aussi fameuses que Thomas Hardy, Siegfried Sassoon, George Bernard Shaw, E.M. Forster et Kipling ; celui-ci avait accepté de le lire pour avis, comme les autres, mais à condition que cela ne s'ébruite pas, car s'il éprouvait une évidente sympathie pour le bonhomme, il critiquait son âme ambiguë et les mauvaises manières faites aux Français lors de la partition syrienne. Fidèle à l'une de ses tendances les plus récurrentes qui commençait à m'être de plus en plus pénible, il lui avait également dit que s'il était « pro-yid » dans la question de Palestine, il s'abstiendrait de le lire et lui renverrait le manuscrit aussitôt. Fallait-il que ce soit un vrai problème, une question essentielle à ses yeux, pour qu'il en fasse ainsi une condition sine qua non. Sofia l'avait senti et pressenti à travers les quelques allusions ou remarques que je lui avais rapportées sur un ton assez badin ; ma femme m'avait dessillé les yeux sur ce que je refusais de voir. Je n'y attachais pas tant d'importance, non seulement parce que l'antisémitisme était banalement, oserais-je dire : trivialement, répandu dans son milieu, mais parce que, dans mon esprit, cela ne portait pas à conséquence. Il était peu présent dans ses nouvelles et ses poèmes (et ses allusions n'y étaient pas toujours négatives), absent de ses discours comme de ses articles, mais, il est vrai, récurrent dans sa correspondance et sa conversation, sur un ton des plus méprisants et ouvertement raciste. C'était parfaitement lisible, pas d'erreur d'interprétation possible, d'autant qu'il usait souvent d'une machine à écrire, vieille habitude contractée depuis ses débuts dans le journalisme, ainsi qu'il m'en avait dressé l'inventaire lors d'une conversation dans son bureau à Bateman's : d'abord une petite Corona, mais comme il n'était toujours pas fichu d'aménager les espaces à sa guise, ce qui donnait parfois une allure d'ivresse à sa correspondance, il opta pour une Mark 4 ; hélas, il devait se rendre à Brighton pour chaque réparation, aussi fixa-t-il son choix sur une Remington, polie, silencieuse, bien élevée, fidèle.

Un profond mépris des Juifs, c'était bien cela, mais pas plus que de raison, diraient certains. Sa haine, systématique, assassine, irrévocable, il la réservait aux Allemands. Je veux croire que mon admiration m'aveuglait. Kipling n'était pas mon ami, mais je lui appliquais un principe d'amitié jadis édicté par un moraliste : quand un ami est borgne, il faut le regarder de profil. Ses défauts étaient manifestes, mais je me les dissimulais, ce qui suspendait pour un temps le jugement critique qui m'aurait fait m'écarter de lui. Un ami, un vrai et de longue date, à qui je m'ouvrais de mon attitude en précisant que son antisémitisme m'embarrassait, me reprit aussitôt : « Un défaut, vraiment ? » Plutôt que de Kipling, c'est de cet ami que je me suis éloigné, allez comprendre. Je mettais la fixation de Kipling sur le compte de certaines de ses mauvaises lectures de jeunesse, notamment l'influence de Gyp, romancière et pamphlétaire violemment antisémite et antidreyfusarde que ma grand-mère vouait aux gémonies. Il tonnait moins qu'il ne maugréait contre les Juifs. Si ce n'était eux, c'était les Allemands, les Juifs allemands étant les pires à ses yeux, je suppose. Les Juifs, il les sentait de loin, c'est ce qu'il prétendait. Un miroir sur la gauche. Je m'y regardais de profil. Dans mon cas, il avait manqué de flair, à moins qu'il n'ait fait preuve de délicatesse.

J'étais là, à côté de lui devant la porte à tambour du café de la Paix et je me demandais ce que j'allais faire de tout ça durant tout un déjeuner dans un décor Napoléon III. D'autant que le dossier commençait à être lourd. Je n'avais pas cherché à le constituer, il était venu à moi tout seul progressivement. Graham Richardson, mon collègue d'anglais à Janson, cette insupportable punaise, n'avait pas eu tort de me prévenir : Vous, les Français, vous ne connaissez de Kipling que le romancier, le poète, le nouvelliste, vous n'avez pas idée de ce qu'il raconte sur les tréteaux et dans les journaux, vous ignorez sa face sombre, incendiaire. Il avait doublement raison, car l'attitude des Américains à son endroit n'était pas si différente : en lui accordant l'honneur de publier son portrait en couverture en 1926, la rédaction de *Time Magazine* l'avait sous-titré : *« Poet Rudyard Kipling. Loud but not laureate. »* Il est vrai que j'avais été de surprises en effarements.

Quand le tout-Londres politique bruissait de la divulgation des *Protocoles des sages de Sion*, document prétendument sensationnel qui circulait dans les rédactions, le

Times lui accorda un certain crédit dans un éditorial consacré au «pamphlet dérangeant». Le texte mobilisait toutes les curiosités. Aussi H.A. Gwynne, le rédacteur en chef du *Morning Post,* influent quotidien londonien de droite, envoya-t-il à quelques personnalités un tapuscrit de ce qu'il appelait «le rapport bolchevik» sur l'authenticité duquel il exprimait des doutes. Parmi elles, son ami et mentor Kipling lui répondit après examen de la chose qu'il s'agissait d'une «concoction de philosophie allemande d'il y a vingt ans» mais que le programme qui y était exposé correspondait tout à fait dans son essence à ce que l'internationale juive avait accompli et continuait d'accomplir. Il n'en démordait pas : en Union soviétique, en Europe, aux États-Unis comme en Palestine, les Juifs lui apparaissaient comme des fauteurs de désordre. Ce tropisme, qui ne débordait guère du cadre de la sphère privée, s'était accentué avec l'âge. Il s'associait de plus en plus à une islamophilie qui se manifestait surtout par des invocations à Allah mais n'en était pas moins marquée par un soutien clair et affirmé à cette explication du monde. Kipling justifiait cette tendance en lui, chronique et naturelle, par le bain dans lequel il avait grandi aux Indes. «J'avais vécu parmi des musulmans, et on penche d'un côté ou de l'autre selon l'endroit où l'on a débuté», m'avait-il glissé un jour que je m'étonnais de ses fréquents : «Et Allah sait que c'est la vérité», et autres : «Rendons grâce à Allah, Dispensateur des événements». Qu'avait-il donc avec le prophète, lui le sans-Dieu ? Son dandysme à lui ? Une provocation bien dans sa manière ? Ou l'un épaulant l'autre ? À moins que ce ne fût tout simplement une métaphore de son *daemon* ou sa manière de faire ressortir le caractère aléatoire des choses humaines. J'en étais là de lui et je devais faire avec.

« Laissons cela ! À table, cher Lambert ! »

M. Georges, le vieux maître d'hôtel du café de la Paix, que ma grand-mère soudoyait régulièrement d'un malicieux sourire en coin depuis de longues années, m'y avait réservé dans une alcôve une table à part si préservée du bruit et du va-et-vient des serveurs et des clients qu'on se serait cru dans un salon privé pour cocottes et sénateurs chez Lapérouse, la porte en moins. Kipling avait l'air heureux de me retrouver, bien que sa mine fût sombre, soucieuse. Sa présence à Paris se justifiait par la nécessité de consulter. Depuis la disparition de son fils, ce qui ressemblait à un ulcère duodénal (j'en connaissais bien les symptômes, car l'un de mes amis au lycée en souffrait), mais que ses médecins à Londres ne diagnostiquaient pas comme tel, le torturait par intermittence ; il avait tout essayé, jusqu'à absorber d'impressionnantes quantités de lait en guise de pansement gastrique, mais c'était cautère sur jambe de bois. Son éducation l'empêchait de trop le manifester ; une hémorragie interne ou une perforation lui auraient fait perdre son *self control*, peut-être ; mais parfois une grimace et un embarras gestuel suffisaient à trahir sa douleur. Comme pour dissiper le moindre doute, il sortit de sa poche un flacon bleu de lait de magnésie prescrit par la Faculté et le posa d'autorité devant lui comme un défi.

« Ah, les effets de l'angoisse, encore. Des troubles de la digestion depuis 1915. Oui, la date… Vous me pardonnerez, cher Lambert, de ne pas faire honneur à la cuisine française que je goûte tant, mais comme vous le savez…

Fini, le curry indien et tout ce qui est épicé ! Désormais, poulet, poisson et un festin de fruits et légumes ! Du vin mais pour les invités, car vous êtes mon invité, pas de manières entre nous. Pour moi, du cidre. »

Pour moi, tout pareil. Quoiqu'un verre de pommard ne m'aurait pas dégoûté, mais je ne voulais pas lui faire envie. Sans attendre que le maître d'hôtel eût fini de noter la commande, il se pencha à mon oreille et enchaîna :

« Car vous le saviez déjà, n'est-ce pas ? Vous savez tout ou presque... Vous avez enquêté sur moi, contrairement... »

Comme j'allais me récrier et que je me raclai la gorge à plusieurs reprises le plus discrètement possible, il reprit le dessus :

« Allons, allons, vous avez entretenu une correspondance avec ma secrétaire, avec certains employés, avec des gens du village, le pasteur, la cuisinière, et même le chauffeur et que sais-je encore...

— Et avec vous-même, mais c'était dicté par l'amitié et non par une curiosité malsaine, croyez-le bien.

— Vous avez même correspondu avec certains de mes amis ! À propos, que vous a dit mon amie Julia Depew ?

— Rien de secret... La même chose que d'autres... Que vous n'avez jamais plus été le même après la mort de votre fils. »

Alors il secoua lentement la tête de gauche à droite, les yeux baissés, sans dire un mot, repoussant devant lui sans la finir l'assiette de soupe rafraîchie de tomates mêlée de fraises, feta et concombres, dont il avait pourtant loué le soupçon de verveine que le chef avait eu la bonne idée d'y insinuer. Mais son soudain silence, qui n'avait rien d'un mutisme de parade, me hurlait son scepticisme : il est inconcevable que la vie en ait eu marre de vivre dans ce corps de dix-huit ans à peine, inconcevable qu'il n'ait pas eu le droit de connaître d'autres âges… On l'aurait cru soudainement plongé dans un rêve éveillé à l'écoute de la voix de son fils. À la table la moins éloignée de nous, deux enfants s'envoyaient des grimaces sous le regard courroucé de leurs grands-parents. Amusé, il observa leur manège un rien provocateur.

« Et ce journaliste du *Gaulois* dont j'ai évidemment oublié le nom…

— Joseph Coudurier de Chassaigne ?

— C'est ça. Je l'ai longuement reçu. On a parlé politique, c'était bien, sourit-il. Ça m'a donné l'occasion de remercier l'Allemagne d'avoir permis à la France et l'Angleterre de s'entendre, de les avoir unies sur la haine des Boches ! J'admire votre Poincaré de même que votre Clemenceau. Le Tigre, quelle magnifique intransigeance ! Nous, on a le détestable Lloyd George qui ne veut surtout pas humilier l'Allemagne, pfffft ! Vous savez, nous n'avons pas été nombreux dans mon pays à soutenir l'occupation française de la Ruhr ni à nous opposer à un adoucissement du traité de Versailles en faveur de l'Allemagne. Le pacifisme, quel optimisme ! N'oubliez pas que les pays finissent toujours par ressembler à leur ombre. Bon mais, pourquoi avez-vous rendu visite à ce journaliste du *Gaulois* ? Tout cela était dans l'interview…

— Justement. Je voulais savoir ce qui n'y était pas. L'un de mes anciens collègues est correcteur dans ce journal. Il m'avait confié que juste avant le bouclage, on lui avait demandé de couper un passage après votre relecture de l'article.

— Ah, vraiment ? fit-il faussement étonné.

— La phrase où vous plaigniez tendrement votre femme. Dans mon souvenir, il était question des Allemands. Ça commençait par “Elle ne leur pardonnera jamais...” et s'achevait par “... notre fils”.

— En effet, c'était inutile. Trop personnel. »

Sur cette réponse coupante, il s'engagea dans son filet de rouget cuit sur la peau que le serveur venait de déposer délicatement devant lui tandis que M. Georges en annonçait l'accompagnement avec la solennité d'un aboyeur afin que nul n'en ignore : fine ratatouille, brisures de socca, tapenade d'olives noires ! De quoi rivaliser avec le *sauerkraut* dégusté à Colmar qui lui avait laissé un excellent souvenir. Le silence de Kipling aurait pu être pesant mais, pour le connaître un peu, je me doutais qu'il ne le laisserait pas s'installer longtemps.

« En tout cas, reprit-il, s'il y en a un à qui j'ai failli parler et à qui vous n'avez pas parlé, c'est bien lui.

— Lui ?

— John, mon fils.

— Vous vous êtes adonné à l'occultisme ?

— En quelque sorte.

— Ah...

— Artistiquement, si vous préférez. Voyez-vous, si je l'ai fait avec d'autres, bien sûr, c'était pour obtenir des nouvelles. Rien à voir avec les expériences parapsychiques, le don de seconde vue et tout ce jargon moderne qui m'est étranger. »

Il fallait l'entendre ainsi : ne me confondez pas avec Trix, ma sœur mentalement fragile tendance schizophrène, qui se réfugie dans une vie imaginaire au contact de l'outre-monde... –, et c'est bien ainsi que je l'entendais, même si l'esprit de nombre de ses nouvelles avait partie liée avec le surnaturel. Je n'insistai pas, car il avait l'air de considérer cela comme une preuve de faiblesse littéraire. Inapproprié pour un lauréat du prix Nobel. Pourtant, même l'histoire qu'il me raconta alors, tout en étant frappée du sceau de l'authentique, me paraissait irréelle.

« Un ancien combattant français m'a contacté. Il s'est présenté comme le seul survivant d'un combat d'artillerie près de Verdun. Il voulait juste m'offrir son exemplaire de *Kim* et sa croix de guerre, et me remercier. Il disait qu'il me devait la vie. Imaginez-vous qu'il avait rangé ce volume sur la poche gauche de sa capote Poiret à hauteur de la poitrine et qu'une balle s'y est logée. Incroyable, non ? D'ailleurs elle y était toujours. Puis nous avons entretenu une correspondance. Et lorsqu'il m'a annoncé la naissance de son fils, j'ai évidemment insisté pour lui rendre sa relique et sa médaille afin qu'il les lui offre. Il s'appelle Maurice Hammoneau.

— Ça me dit quelque chose. Peut-être l'ai-je croisé...

— Dommage que vous ne me l'ayez pas dit avant ! Je vous aurais mis en contact.

— Mais c'est que... vous refusez toujours d'installer un téléphone chez vous ! Mais comment faites-vous ?

— Comme toujours : quand c'est pressé, on dépêche quelqu'un à vélo à la poste de Burwash ou d'Etchingham pour envoyer un télégramme ou en rapporter un.

— Mais ça vous gêne tant que ça, le téléphone ? insistai-je.

— Je ne supporte pas l'idée de parler à quelqu'un que je ne vois pas. »

Sa réponse me laissa coi. À vrai dire, je n'y avais pas pensé. Généralement, les plus résistants aux téléphonages s'en sortaient par un : « Alors comme ça, on vous sonne et vous accourez ? » qui me plaisait bien. Le plus drôle, dans son cas, c'est qu'il s'obstinait dans son attitude au nom du respect de la vie privée alors que ledit bureau de poste était la capitale des potins, car le téléphone ne se trouvait pas dans une cabine. On entendait tout ! Pour la discrétion, c'était réussi. Puis la conversation revint sur nos lectures les plus récentes. Je n'espérais pas lui faire partager mon admiration pour *Eminent Victorians* de Lytton Stratchey : même si ce recueil renouvelait avec brio l'art de la biographie, je ne savais que trop le mépris dans lequel il tenait le genre pour espérer le convaincre de l'ouvrir, d'autant qu'il jugeait l'auteur immoral. Quant aux jeunes « poètes de guerre », qu'ils fussent morts au combat ou rescapés, je me voyais mal vanter leurs mérites auprès du grand-poète-de-l'Empire que cette nouvelle vague avait rejeté sur le bas-côté. De toute façon, j'aurais eu du mal à lui parler de la guerre. Décidément, la guerre, je ne pouvais rien en dire, et surtout pas la raconter, mon corps en était tétanisé, mon âme bloquée. Même s'il avait fini par bien connaître le champ de bataille à force de l'arpenter, seul ou avec la commission, je n'imaginais pas que nous puissions nous livrer à une conversation d'experts. La pensée même m'en parut obscène.

En fait, je brûlais de lui reparler de « If… ». Au retour de la guerre, la poursuite de la traduction idéale de ce poème aurait pu me paraître plus dérisoire encore. L'inverse se produisit car, après ce que nous venions de vivre, elle me sembla plus nécessaire, plus vitale encore. D'innombrables problèmes avaient surgi au cours de mes différentes versions et autant de questions à lui poser, mais je craignais de le brusquer. L'angoisse m'envahissait à mesure que la fin du repas s'annonçait. Et s'il me plantait là juste après avoir avalé leur fameux mille-feuille « Café de la Paix » dont il guettait déjà le sorbet abricot censé l'accompagner ?

« Vous avez appris pour mon traducteur Robert d'Humières ?

— Je l'ai su par une gazette littéraire. Une balle en plein cœur alors qu'il chargeait à la tête de sa compagnie. Il était lieutenant au 4e zouaves.

— Triste, très triste. »

J'approuvai sans un mot, ne voulant pas gâcher cette occasion d'entrer dans le vif du sujet par un mot de trop. Alors il se tapa la paume sur le front, demanda qu'on lui apporte son manteau et sortit de la poche droite un volume des éditions Grasset qu'il posa sur la table :

« J'allais oublier ! Et ça, vous avez lu ? Un premier roman qui a failli avoir le Goncourt. »

Si je l'avais lu… Ma grand-mère m'avait intimé de le faire dès sa parution pour mieux anticiper et désamorcer le choc qu'il ne manquerait pas de produire sur moi : *Les Silences du colonel Bramble.* L'histoire en elle-même m'était assez indifférente. Son anglophilie de bon aloi était réjouissante, encore qu'elle renforçât des stéréotypes qui avaient la vie dure, et son succès mérité. Le problème, c'est qu'on y trouvait aussi une traduction de « If... » sous un titre emprunté au dernier vers du poème : *Tu seras un homme, mon fils*. Enfin, une traduction... Disons plutôt une version. Plus je la relisais, plus elle m'accablait. Dans le roman, le personnage de l'interprète Aurelle, double de l'auteur, s'employait à rendre « If... » en français avec désinvolture et insouciance. Sofia m'avait même menacé de se débarrasser de ce livre s'il devait à ce point me déprimer. Mon embarras était manifeste :

« En fait, ce qu'il a fait de votre poème me... comment dire...

— Eh bien, dites-le !

— Ça me révolte. C'est plus que de la trahison. Il n'y a pas de mots pour cela. Ce n'est plus du Kipling : c'est du Maurois.

— Un travers commun à nombre de traducteurs lorsqu'ils sont eux-mêmes écrivains, non ?

— Il n'a rien compris à votre poème. Son seul mérite a été de faire croire à ses lecteurs qu'eux le comprenaient. Certains vers n'ont absolument rien à voir avec l'original. Et dire que cette version commence à s'imposer partout en très peu de temps. Elle s'étend et fait des dégâts.

— Mais vous en mettez du temps à le traduire, ce poème ! Où en êtes-vous ?

— Quand il sera mûr, il se détachera et je l'attraperai au vol pour lui éviter le désagrément de la chute. En attendant, il mûrit, mes élèves peuvent attendre encore un peu...

— Mais quel est le problème… Vous ne le comprenez pas ?

— C'est plutôt que je n'en finis pas de le comprendre. »

D'avoir été si souvent pillé et piraté l'avait rendu philosophe. Il posa sa main sur mon épaule, esquissant une moue de compassion d'un mouvement conjugué des lèvres et des sourcils. Il me consolait comme si j'étais l'auteur abusé. Un comble ! Il m'avait tendu une perche et je n'étais pas près de la lâcher. Kipling se cala dans son fauteuil, le verre à nouveau rempli de cidre en main, se montrant prêt à recevoir mes arguments.

André Maurois n'était pas mon type d'homme, et l'écrivain en lui ne m'emballait pas, mais je n'avais rien contre. Il avait fait la guerre comme interprète auprès de l'état-major de la 9e division écossaise ; de plus, il avait été agent de liaison lors de la bataille de Loos, ce qui lui avait valu de recevoir une breloque britannique et plaidait en sa faveur, vu de Bateman's. Sa maîtrise de l'anglais courant ne faisait guère de doute, encore qu'il se révéla incapable de prononcer une conférence dans cette langue. Il admirait sincèrement Kipling, ses livres avaient baigné sa jeunesse, et il en avait retenu une conception héroïque de la vie. Il idéalisait les Anglais, comme Kipling les Français. D'eux, il disait qu'ils étaient une oasis d'indifférence au milieu de l'universelle méchanceté. Il était bien parti pour devenir l'ambassadeur permanent de l'Angleterre à Paris. Mais seul « If… », et ce qu'il en avait fait, m'importait.

Qu'il ait voulu être fidèle à l'esprit plutôt qu'à la lettre du poème, soit. Qu'il ait fait le choix de vers réguliers à l'exclusion de rimes approximatives, bon. Qu'il ait transposé le pentamètre par l'alexandrin, bien. Qu'il ait rendu l'ensemble plus léger en privilégiant le quatrain, pourquoi pas. Mais qu'au final, il trahisse tant l'esprit que la lettre, non !

« Écoutez cela : *Si tu peux être amant sans être fou d'amour,/ Si tu peux être fort sans cesser d'être tendre,/ Et, te sentant haï, sans haïr à ton tour,/ Pourtant lutter et te défendre*... Et dites-moi, sincèrement : y a-t-il le moindre quatrain qui ressemble à cela dans "If..." ? Non, bien sûr. »

Je lui citai aussitôt d'autres vers de la même encre dans lesquels il ne pouvait décemment pas se reconnaître. Et pour cause ! La grandeur du message de « If... » résidait dans sa folie sous-jacente, qui était celle de Kipling même (car ce type avait un grain, j'en étais de plus en plus persuadé, et c'est ce déséquilibre, ce fanatisme, cette extravagance, cet égarement constitutifs en grande partie de son génie créateur qui me le rendaient si attachant). Il avait pris soin d'éviter les rimes plates afin de ne pas infantiliser son jeune lecteur. Son poème était animé d'une démesure salutaire, qu'il s'agisse de son exaltation de l'amour, de l'amitié, du sacrifice, comme du reste. La passion l'électrisait. Or, Maurois en avait fait un prudent vade-mecum pour petit-bourgeois mal assuré, prêt à tout à condition de ne rien risquer. De l'intranquillité, des incertitudes et des inquiétudes qui irriguaient le poème, il avait fait un éloge de la tempérance. Et tout cela pour chuter sur une célébration de la volonté de puissance ! Je ne décolérais pas et, une fois n'est pas coutume, le tempétueux Kipling me lançait un appel au calme tandis qu'une forte toux m'étranglait :

« Ne vous mettez pas dans cet état, cher Lambert. Après tout, à ce qu'il prétend, c'est une libre adaptation.

— Mais elle est signée de votre nom ! Franchement, vous vous souvenez avoir écrit quelque chose comme ça : "*Alors les Rois, les Dieux, la Chance et la Victoire/ Seront à tout jamais tes esclaves soumis,/ Et, ce qui vaut mieux que les Rois et la Gloire/ Tu seras un homme, mon fils*" ? Mis à part le dernier vers, un octosyllabe qui est la traduction littérale du vôtre, entre nous, vous vous y reconnaissez ? Impossible. »

C'est peu dire que j'en voulais à André Maurois. D'un poème anglais, il avait fait un poème français. Là où Kipling exhortait le jeune lecteur à l'oubli de soi, lui ne voyait que désir de domination du monde. Il ne l'avait pas seulement traduit mais adapté, transformé, métamorphosé. Il s'était accordé de telles libertés qu'il avait perdu Kipling en route. Ça se faisait, surtout depuis que François-Victor Hugo s'était approprié tout Shakespeare ; mais lui au moins n'était pas un écrivain, et son entreprise imposait le respect comme l'œuvre d'une vie.

« Au moins, reprit Kipling, avec les "Si tu peux", il a conservé mes *If you can* qui scandent le poème.

— S'il avait *aussi* éliminé cette répétition alors qu'elle structure le poème, il aurait mérité... la cour martiale.

— Rien que ça ! » lança-t-il dans un éclat de rire.

Je l'assurai de l'avancement de mon travail, de l'utilité de nos conversations, et j'en profitai pour le bombarder de questions sur chaque signe, pratiquement (car la ponctuation est respiration), de son poème. N'étant pas traducteur, je n'avais pas de philosophie du métier. Mon projet n'en reposait pas moins sur de fortes convictions :

l'idée que le respect de la forme dans toute sa rigueur entraînerait celui du sens dans toutes ses profondeurs, la volonté d'être précis dans le choix des mots, la considération pour la structure dans toute son apparente simplicité et, surtout, la prise en compte de tout ce qui faisait l'âme et l'esprit de Kipling. L'arrière-pays de son poème où j'espérais trouver le lac inconnu dans lequel il avait puisé des phrases et des expressions qu'on ne lui connaissait guère et qui le dépassaient. Chacun de nous a ses abîmes.

Peut-être connaîtrais-je moi aussi, à la lecture des épreuves de « notre » poème, ses mots à lui par mes mots à moi, la fébrilité que Baudelaire évoquait comme celle d'un lycéen face à sa première vérole. Qui sait si « notre » poème ne serait pas reproduit un jour par milliers et centaines de milliers d'exemplaires en un miracle digne de la multiplication des pains ?

Comme les enfants de la table la plus proche devenaient de plus en plus remuants et bruyants, et que leurs grands-parents leur demandaient de quitter la table, Kipling s'adressa à eux dans une attitude pleine de tendresse :

« Ne les renvoyez pas, ils sont précieux ! Vous ne savez pas votre chance d'avoir des petits-enfants... »

Alors qu'il réglait l'addition, il s'interrompit soudainement, retira ses lunettes et me scruta au fond des yeux dans une proximité inédite. Gêné, je crus un instant qu'il allait me reprocher le coût du déjeuner.

« C'est bizarre, Lambert. Je ne sais toujours pas ce que vous avez fait pendant la guerre. Vous ne m'en dites jamais rien.

— Mais vous ne me l'avez pas demandé.

— Vraiment ? »

Après un regard panoramique sur le restaurant, comme si je tenais à m'assurer que nul ne nous épiait, et un certain embarras à raconter dans ce cadre Second Empire tout en ornementations et polychromie, parmi ces gens si joyeux et apprêtés que mon récit aurait certainement dérangés, j'hésitai. L'ancien combattant traumatisé était devenu un personnage si romanesque qu'il ressemblait à son poncif. Il n'y avait pas que le héros du livre de Rebecca West : D.H. Lawrence aussi en avait usé dans *L'Amant de lady Chatterley* mais ça, seuls les Français le savaient puisque le roman était interdit en Grande-Bretagne en raison de ses scènes sexuelles trop explicites et de l'abondance de *fuck* dans le texte. Je me lâchai enfin :

« Les tranchées, la boue, la pluie, le sang, le froid, la faim. Le quotidien de l'infanterie. Sans commentaire. Ou alors ce que j'ai ramené de mes "séjours" au front, outre les cauchemars. La hantise des gaz. Ça n'attaque pas que la gorge, le nez, les poumons, mais toute la peau et les yeux. À vous les déchirer. Un masque ou rien, c'est pareil. Ça reste toxique longtemps après. Comme vous le savez, à la bataille de Loos, le vent a repoussé les nappes de chlore vers les troupes britanniques qui les avaient envoyées. Alors on a inventé les attaques chimiques par nuées dérivantes. Poétique, non ? Une horreur. Des deux côtés. J'ai enduré ça pendant des mois. Jusqu'à ce qu'on m'envoie à l'hôpital de Vadelaincourt, près de Verdun. Quand il s'est avéré que mes tissus pulmonaires étaient détruits, que je menaçais de me noyer à cause du liquide dans mes bronches, que j'étouffais petit à petit, que je m'étranglais la nuit, on m'a muté dans une unité non combattante. Une équipe de ramassage. Fouiller les champs d'honneur, rassembler les cadavres, les identifier. S'occuper des morts, quoi de plus déprimant, éreintant, tuant… L'eau était l'ennemi le plus familier, celui que nous affrontions en permanence. Nous étions des troglodytes manœuvrant à pied dans des tranchées transformées en canaux. Parfois pendant une accalmie, dans le *no man's land* où la vie refluait encore dans certains corps à l'haleine glaciale. Tout ça pour le service de l'état civil, afin qu'il puisse liquider les successions. Et après le printemps 1918, il a fallu recommencer car l'offensive allemande avait pulvérisé des tas de cimetières. Les morts avaient été tués une seconde fois. Et comme j'étais censé savoir écrire, j'ai fini dans les bureaux à rédiger des actes. Voilà, la guerre… »

Pour une fois, il m'avait longuement écouté sans tenter de m'interrompre. À mesure que je racontais, sa tête semblait s'enfoncer entre ses épaules comme s'il cherchait à disparaître, anéanti par le récit. Je l'ai vu fendre l'armure. Cela crée des liens autant que ça peut les distendre. Il aurait pu m'en vouloir. Picasso en voulait à Kahnweiler, qui l'avait connu dans sa crasse du Bateau-Lavoir, car il pouvait voir dans le regard de son marchand le reflet de son ancienne misère. Sans malveillance, je guettai le porte-à-faux et le faux mouvement, ce grain de sable qui le ferait apparaître autre que je le savais, un événement peut-être, mais non rien, rien ne venait.

Lorsque j'en eus fini, Kipling posa une main sur mon épaule ; et, en le regardant droit dans les yeux, je crus y distinguer le visage de son enfant figé dans une expression d'une intense gravité. Spectre ou fantôme, la présence de

John l'habitait. Nous sommes sortis sans un mot du café de la Paix. À peine avions-nous fait quelques pas sur le boulevard des Capucines que M. Georges nous rattrapait pour lui remettre le flacon de lait de magnésie oublié sur la table. Quand le maître d'hôtel se fut éloigné, Kipling, ému et tremblant, se retourna vers moi :

« À genoux, et remerciez Dieu de ne pas avoir de fils, m'adjura-t-il.

— C'est que, justement, je voulais vous l'annoncer, un fils nous est né. Il a dix-huit mois.

— Pardon… Comment s'appelle-t-il ?

— Ma femme et moi, nous n'avons pas réussi à nous mettre d'accord. On a déclaré deux prénoms officiels.

— C'est possible, ça ? s'étonna-t-il.

— Pour elle, c'est Jean, elle n'en démordra pas. Pour moi… Je l'appelle John. »

Ses sourcils charbonneux se soulevèrent. Alors il m'étreignit pour la première fois, d'une étreinte chaleureuse et puissante et non d'une accolade de circonstance, avant de s'éloigner en zigzaguant entre les flaques de la dernière averse, de se perdre dans la foule. Je l'observai à regret s'y fondre, secouant la tête comme un esseulé se parle à lui-même, sans personne à ses côtés pour lui murmurer que rien ne peut combler l'absence des morts.

7

Derniers temps

Au début des années trente à Bateman's, la vie suivait son cours, comme avant ou presque. Les sollicitations pleuvaient, les requêtes et invitations aussi. Car si l'empire de Kipling sur les consciences avait diminué dans son propre pays, du moins dans certains milieux car le gros de ses lecteurs lui demeurait fidèle, il s'étendait dans le reste du monde. De nouveaux admirateurs lui naissaient un peu partout à l'étranger chez les écrivains et les poètes des générations montantes. En Argentine, un certain Borges, brillant jeune homme de revues d'avant-garde dont on commençait à parler, en était. Et il revendiquait cette influence quand d'autres la dissimulaient. À Paris, plus de quarante ans après le Kipling de *L'homme qui voulut être roi* et le Conrad d'*Au cœur des ténèbres*, André Malraux reprenait le thème de l'aventurier-roi dans *La Voie royale*. Incroyable était sa dette : le blanc de la carte au début, la narration en remontée du fleuve, la quête d'un moi sauvage, la terreur sacrée…

Une secrétaire à plein temps n'était pas de trop pour canaliser l'afflux de courrier adressé à Kipling. Surtout depuis que des amis de l'auteur et quelques personnalités bien intentionnées avaient eu l'idée de créer *The Kipling Society,* un cercle littéraire particulièrement dynamique qui se donnait pour but de rassembler tout ce qui pouvait servir à l'étude de sa vie et de son œuvre, ce qui lui donnait le sentiment amer d'assister à son embaumement.

Contrairement à ce que prétendaient, année après année, des échotiers malveillants, il ne s'était pas replié dans sa solitude à la façon d'un ermite. Le livre d'or de Bateman's en témoignait : la maison ne désemplissait pas. Déjeuners, dîners, week-ends. On s'y pressait comme avant la guerre. Le nom de chaque visiteur y était soigneusement consigné. Lorsqu'il arrivait que l'un d'eux repartît mécontent de son séjour, les initiales « FIP » pour *Fell In Pound* (égaré, en quelque sorte) étaient apposées en face de son nom. Mais la plupart ne demandaient qu'à revenir. Il y en avait même qui ne décollaient pas tant ils s'y plaisaient ; ainsi Aimé Joseph de Fleuriau, l'ambassadeur de France auprès de la Couronne d'Angleterre jusqu'en 1933 : venu déjeuner à midi et demi, il ne repartait jamais avant 17 h 30, ce qui ne plaidait guère pour sa fonction si cela trahissait son bien-être. C'est qu'on était bien reçu, à Bateman's. André Maurois, avec qui Kipling avait déjeuné une fois chez Sibyl Colefax à Chelsea, fut convié. Ce fut l'occasion de mieux se connaître. Maurois, né Herzog, dont les projets d'écriture l'intéressaient, lui donna l'impression d'être *« a complete educated semite »*.

« Je travaille et m'applique à vieillir », répondait Kipling quand on lui demandait de ses nouvelles, ce dont je ne me privais pas lettre après lettre. Il se distrayait en se consacrant aux travaux de la ferme, ou en prêtant main-forte à Glasier, l'un des jardiniers. Une perte de temps qui l'amusait. L'âge était révolu où l'on se livre au calcul des plaisirs et des peines. N'empêche qu'il paraissait désœuvré, très précisément sans œuvre en cours ni à venir. Il n'en continuait pas moins à écrire, c'est-à-dire à imaginer ce qu'il savait ou croyait savoir. Un ou deux recueils d'histoires, des souvenirs de France, une esquisse d'autobiographie. Preuve qu'il refusait de se laisser réduire à son ombre. Tout sauf l'ennui, cette araignée silencieuse.

Son écriture évoluait ; elle se faisait plus complexe à mesure que s'assombrissait son univers intérieur hanté par la guerre et ses effets. De quelque côté que l'on se saisisse d'une œuvre dans sa totalité, et les plus aigus penseurs de la littérature n'y pourront rien, elle reflète les aléas de l'âme de l'auteur. Kipling n'y échappait pas. Il n'en continuait pas moins, avec Carrie, à brûler régulièrement des lettres trop personnelles dans la cheminée. Une grande partie de sa correspondance avec Perceval Landon, son vieil ami journaliste du temps de la guerre des Boers, admirable compagnon de tant de voyages, y passa. Trop ému, il n'eut pas la force d'assister à ses obsèques. Ce fut également le cas lors de la mort de Cecil Rhodes, le fondateur de la Rhodésie. L'émotion l'emportait désormais sur la colère. Un article de la *Croix du Nord*, que m'avait envoyé un ami d'Arras, rapportait que, prenant la parole au mémorial de la bataille de Loos qui ceint le cimetière britannique de Dud Corner à Loos-en-Gohelle, il avait dû s'interrompre : il ne pouvait poursuivre tant les larmes refoulées étranglaient sa voix.

Quinze ans après la disparition de son fils, elle lui était insupportable comme au premier jour. S'il avait pu se réfugier derrière un muret de pierres sèches, il l'aurait fait. Il lui fallait partir sans tarder. La nuit allait tomber et un employé du cimetière, que Kipling rémunérait à cet effet, allait bientôt se présenter muni de sa trompette pour jouer comme chaque soir à la même heure *The Last Post*, la sonnerie aux morts réglementaire en usage dans les armées du Commonwealth, à la mémoire et en l'honneur du lieutenant John Kipling, enseveli quelque part sous cette terre des plaines du Nord dans un endroit « connu de Dieu seul ».

Tout est oubli, et les images mnésiques que l'on croit les plus tenaces, les traits des êtres qu'on a aimés, finissent par s'effacer « comme la neige s'ajoute à la neige », disait Baudelaire. Seule la présence de ses enfants disparus s'imposait encore à Kipling comme au premier jour. Il était écrit que, jusqu'à sa propre mort, il chercherait son fils à tâtons dans les ténèbres de la durée. Mais il se tenait digne en toutes circonstances et ne montrait pas un visage supplicié. Tout se passait à l'intérieur. Jean Giono avait dédié *Le Grand Troupeau* qui venait de paraître à « un homme mort et à une femme vivante ». À tort ou à raison, cela me fit penser aussitôt au couple Kipling. Face à la vieillesse comme à l'approche de la mort, il avait besoin de plus de courage que le commun d'entre nous, à proportion de son imagination supérieure ; cette qualité qui l'avait fait roi de son temps se métamorphosait en handicap à la veille du grand saut.

On ne l'avait pas vu vieillir ; Kipling appartenait à cette catégorie de personnes sur lesquelles le temps ne marque pas son passage inexorable car jeunes, ils paraissaient déjà âgés et démodés. Il se reconnaissait facilement dans le miroir parce qu'il se ressemblait toujours, à croire qu'il s'était appliqué à imiter ses innombrables portraits, tout en moustaches, lunettes cerclées d'or, front dégarni, alors que rien n'obéissait moins à la pose ; sa silhouette semblait immuable, sèche et vive quand Carrie n'avait cessé d'épaissir la sienne, d'alourdir son pas, de ralentir son allure.

Il est vrai aussi que Louis Gillet, l'un de ses traducteurs français rencontré lors d'une soirée littéraire à Paris, m'avait confié avoir été frappé lors de sa dernière visite à Bateman's par le sanctuaire miniature que Kipling avait érigé dans son bureau à la mémoire de son fils. J'ignore s'il a jamais été rongé par un sentiment de remords, et si c'était le cas, jusqu'à quel point. Deux vers tirés de ses *Épitaphes de guerre* m'intriguaient car ils pouvaient être diversement interprétés :

> *Si quelqu'un veut savoir pourquoi nous sommes morts,*
> *Dites-leur : parce que nos pères ont menti.*

Que reste-t-il d'une vie d'homme à l'heure de l'examen de conscience ? Kipling rêvait-il encore ? Rêvait-il de nouveau dans la langue indigène de son enfance quand Meeta, son domestique hindou, lui racontait des histoires pour l'endormir, le sauver de la peur du noir et des terreurs nocturnes ? Ses cauchemars étaient-ils encore peuplés des ombres menaçantes de la mégère perverse qui fit office de mère par procuration durant les six années passées à la Maison de la Désolation ? Ces années d'horreur l'avaient formé à observer les comportements, à ne rien prendre pour argent comptant, à désamorcer les conflits annoncés, à se méfier, à mentir. À mentir surtout. La Maison de la Désolation l'avait fait écrivain. Il y a une vérité de la légende. Mais dans l'arrière-saison de son âge, ce bouquet d'impressions fugitives qui lui paraissait si éloignées revenait sûrement l'envahir avec une fraîcheur inattendue. Il était de ceux qui préféreraient se contredire plutôt que se renier. Il s'imaginerait toujours qu'un rocher bien placé peut corriger le cours d'un fleuve. Issu du milieu du XIXe siècle, il y était resté par bien des aspects en dépit de sa modernité dans l'écriture, de son goût de la vitesse, de la passion des machines. Les animaux, peut-être plus encore que les hommes, le rattachaient à l'ancien monde. Tout dans son aspect physique, sa façon de s'habiller, ses idées sur le monde, lui criait qu'un natif de l'année 1865 était déplacé dans l'Angleterre des années trente. Son visage était lisse, à croire qu'il s'était débarrassé de ses rides sur les plus âgés de ses personnages. Kipling n'était pas seulement d'un pays mais d'une civilisation issue d'un vieux continent saturé d'événements et recru de passé, de guerres, d'horreurs. Dans les pays qui en étaient gorgés, la mémoire dure plus longtemps qu'ailleurs. Jusqu'où allions-nous encore supporter le poids de l'Histoire ?

Le soir, la maison était un peu plus vide depuis qu'Elsie avait épousé George Bambridge, un capitaine des Irish Guards, et était allée vivre dans un vieux château à Wimpole Hall, Cambridgeshire, sans enfant. Pour les distractions, il fallait se rendre à Londres. Ainsi Kipling découvrit-il au cours d'une échappée au cinéma *Ben-Hur* avec Ramón Novarro et Francis Bushman. La presse ayant fait état de rumeurs de morts pendant les répétitions, il regarda avec plus d'effroi encore les scènes de batailles navales et de courses de char. Il en fut si vivement impressionné qu'il profita d'une escale à Paris pour le revoir.

Il parlait de plus en plus à ses chiens et préférait souvent leur compagnie à celle des hommes. Pour se soustraire au face-à-face avec sa femme, Kipling cherchait des occasions de s'évader pour de longs voyages. Égypte, Brésil, îles caribéennes, Bermudes... Des destinations bien trop lointaines pour se permettre, comme il l'avait fait lors d'une virée en Écosse, d'emmener « Esmeralda, 4e duchesse de Tours », ainsi qu'il avait baptisé sa quatrième Rolls-Royce Phantom I vert foncé, confiée aux bons soins de son nouveau chauffeur Victor Baskerfield bientôt remplacé par un certain Chichester car avec lui, c'était toujours la valse des conducteurs.

Ses vrais amis, il pouvait les compter désormais sur les doigts d'une main. Le reste, des relations. Depuis la mort du romancier Rider Haggard en 1925 et celle du journaliste Perceval Landon en 1927, il ne restait plus guère que George V. Le roi disait même de Kipling qu'il était le seul écrivain avec qui il pouvait s'entendre. En fait, ce n'est pas tant sa vision du monde qui faisait lentement se clairsemer son entourage que la violence, la méchanceté et le pessimisme le plus noir avec lesquels il lui arrivait de l'exprimer. Ne pouvait-il le dire autrement à son jeune avocat John Maude qu'en lui aboyant : « Je hais votre génération parce qu'elle s'apprête à tout brader ! » ? On ne se refait pas, pas plus lui qu'un autre. Son tempérament excessif finissait par faire du tort à ses convictions en lui aliénant celles et ceux qu'il détournait de valeurs qu'il aurait pu tout aussi bien leur transmettre. Voudrait-on faire le vide autour de soi que l'on ne s'y prendrait pas autrement. Quinze ans après notre rencontre à Vernet-les-Bains, je m'étonnais d'être encore dans son deuxième cercle. Moins qu'un ami, plus qu'une relation, un proche en quelque sorte, du moins je l'espérais. « Malgré tout », soupirait Sofia.

L'actualité politique continuait à le passionner, même si l'excitation n'était plus la même. Après avoir été enthousiasmé par les principes autoritaires de Mussolini à ses débuts, Kipling avait pris ses distances avec le dictateur italien. Sa haine irréductible des Allemands le préservait de toute séduction hitlérienne. Il s'était appliqué très tôt, dès les premiers pas des nazis dans les rues de Munich, à en dénoncer le danger mortel pour l'Europe et pour la civilisation. Pas une seule de ses tribunes des années trente n'y échappait, quitte à le faire passer pour obsessionnel et paranoïaque, ce qui n'était pas difficile dans un pays où les consciences de gauche et de droite étaient souvent gagnées par le pacifisme du plus-jamais-ça et l'illusion du désarmement. « On ne se méfiera jamais assez de la *furor teutonicus* ! » répétait-il à qui voulait l'entendre. On dit que les années écoulées nous font oublier nos antipathies ; Kipling était un cas, probablement, car sa haine de l'Allemand demeurait intacte, inentamée par le passage du temps. Depuis que le parti national-socialiste s'était approprié le svastika, symbole indien du bien-être, il avait demandé à son éditeur

MacMillan de modifier radicalement les couvertures de ses livres où figuraient jusqu'alors dans des cartouches un éléphant, la trompe enroulée d'une fleur de lotus, et le svastika, emblème hindou de Ganesha, dieu de la sagesse, de l'intelligence, de l'éducation et de la prudence. Après l'accession d'Hitler au pouvoir en 1933, plus question pour Kipling de prêter à confusion, bien que les branches entrecroisées ne fussent pas orientées dans le même sens.

N'eût été cette vigilance et la violence qu'il y mettait, on aurait dit que bien de ses anciennes colères s'étaient refroidies, métamorphosées en amertume. Ses piques fameuses ne jaillissaient plus tels des javelots d'hoplite. Plus de lassitude que de fatigue. Mais son ardeur quelquefois se réveillait. Contre son éditeur boche, tout particulièrement.

La presse avait fait largement écho à l'un de ses derniers grands discours (il avait même été radiodiffusé), l'un des plus prophétiques, prononcé à la cathédrale Saint-Paul à l'occasion du jubilé du roi George V et de la reine Mary. Sa véhémence ébranla les Anglais sur le moment, mais ne modifia pas l'opinion majoritaire, laquelle préférait conserver la paix dans l'immédiat plutôt que prendre conscience de la menace allemande à venir. Pourtant, il ne s'était pas ménagé, multipliant les discours sur le même ton dans différents cercles tels que la Société royale de Saint-George. Peine perdue. Les travaillistes ne l'écoutaient pas ; il est vrai qu'il les traitait de communistes aux ordres de Moscou, et qu'il désignait leur doctrine comme du « bolchevisme sans les balles », ce qui était tout de même excessif. Un anticommunisme qui n'empêchait pas son œuvre d'être traduite, lue, louée en

Union soviétique où elle était simplement précédée d'une mise en garde contre le « fascisme » et l'« impérialisme » de l'auteur. Nombre de conservateurs aussi avaient du mal avec lui, pour son côté vociférateur et histrionique dès qu'il s'agissait de l'Allemagne et des hitlériens « assoiffés de sang ». Il est vrai qu'à cette époque, même son cousin, ami et néanmoins Premier ministre à répétition Stanley Baldwin, ce cher Stan, se voyait gratifié de l'étiquette infamante de « socialiste », ce qui était beaucoup dire.

En fait, Kipling échappait à tout le monde. Trop incontrôlable, trop indépendant. C'eût été si facile de se débarrasser de cette Cassandre qui annonçait le cyclone, la tempête et l'apocalypse, en le rangeant sous une étiquette radicale. Malheureusement pour eux, il réservait d'aussi cruelles philippiques à un Mussolini traité de mégalomane aussi dérangé que dangereux, ou à un fasciste au petit pied tel que le leader britannique Oswald Mosley qualifié d'arriviste et de butor. Il ne pardonnait pas à ses compatriotes de n'avoir pas tiré les leçons de la guerre ; il leur en voulait à mort puisque c'était bien de cela qu'il s'agissait à ses yeux : la survie à court terme de son peuple, de son pays, de son empire. Sur ce plan-là, il voyait juste et loin. Ce qui ne l'empêchait pas dans le même temps de dénoncer toute velléité d'indépendance de l'Inde, de soutenir tout ce que son pays avait de plus conservateur et réactionnaire, de lutter contre toute réforme sociale ou féministe, de s'opposer au nationalisme irlandais, de reprocher aux Juifs d'être responsables de tous les désordres du monde… À croire que, dans la vie de cet homme, le meilleur était inséparable du pire.

Il ne désarmait pas face à Hitler. Il fallait lui reconnaître cette vertu. Convaincu que l'Allemagne ne changerait jamais, que c'était consubstantiel à sa nature, pour ne pas dire à sa race, il en parlait comme du gangster du monde, l'accusait de préparer une nouvelle guerre, récusait la partition binaire fasciste / anti-fasciste, et annonçait un avenir proche des plus sombres où l'Allemagne, au besoin aidée de ses alliés, viserait la domination de l'Europe. Quelle lucidité ! Il avait tout de suite compris les intentions d'Hitler quand son propre pays, son peuple, son gouvernement se vouaient à l'apaisement, au pacifisme, à la négociation. D'autant plus remarquable que depuis 1933, le nouveau régime à Berlin avait pour lui plaire le culte de l'ordre, le bannissement des Juifs, etc. Désormais, dans cette Europe en plein bouleversement, il se sentait étranger à tout changement. Un parfait indifférent. Mais au mitan des années trente, quelle pouvait bien être la portée d'un appel d'écrivain à incarner le génie de la race anglaise, à faire face, à vaincre et à dominer le monde ?

Bientôt septuagénaire, rongé par les maladies, il n'avait plus rien à perdre, lui qui, de toute façon et depuis toujours, ne s'était guère autocensuré. Il avait atteint l'âge mélancolique où un écrivain écrit pour lui-même, pour quelques amis et pour adoucir le cours des choses. De toute façon, il est dit dans les Écritures que chacun sera jugé à la mesure de ses œuvres… Mais en matière de politique, il lui aura toujours manqué cette colle miracle qui fait tenir ensemble les contraires.

Il pouvait disparaître à tout moment désormais. Et je ne me serais jamais pardonné de n'avoir pas reparlé avec lui une dernière fois de « notre » poème. Aussi, bien que mon travail ne m'eût pas encore satisfait et qu'il parût voué au destin d'un éternel *work in progress*, je cherchai à revoir Kipling sans forcer sa porte ni brusquer sa santé délicate. Bateman's, il ne fallait pas y penser. Comme si chacun pressentait qu'il ne tarderait pas à partir, trop de monde s'y pressait ces derniers temps. Sa secrétaire me l'avait confirmé. Outre les vieux habitués de sa table, sa fille Elsie et son gendre, ainsi que le général Taufflieb et Julia, étaient annoncés lady Milner, Gwynne du *Morning Post*, le colonel Bateson, d'autres encore qui m'étaient inconnus, certains pour le déjeuner, d'autres pour le thé, et de rares privilégiés pour le week-end. Oliver Baldwin était son préféré ; il est vrai que Kipling avait reporté sur le fils de son cousin germain l'amour qu'il vouait à John ; il projetait l'un en l'autre d'autant plus naturellement qu'ils avaient le même âge et avaient combattu dans le même régiment.

Mais Bateman's, je ne m'y voyais pas. Il y avait bien Bath, la station thermale du Somerset, assez mondaine mais pas trop pour que Kipling ait pris l'habitude d'y accompagner sa femme chaque fois qu'elle devait prendre les eaux pour soigner ses rhumatismes – tout le temps en fait. Les gazettes faisaient écho à leurs villégiatures en ces lieux : le Bath Spa Hotel, l'Empire Hotel et le Grand Pump Room Hotel, selon que leur suite préférée était libre ou pas ; il s'y plaisait, car la ville se constituait à ses yeux d'un étrange cocktail de Madère, du sud de la France, d'un zeste d'Italie et d'un soupçon de Bournemouth. Mon agent de liaison sur place s'appelait Mme Pollet ; ma grand-mère, qui avait fréquenté Bath, m'avait donné ses coordonnées. Une Française qui en avait presque oublié son français. Elle était la masseuse attitrée de Kipling dans le service du docteur Melsome. En cas de problème, elle vous le faisait passer ; en cas d'absence de problème, elle se révélait la plus charmante des compagnies. Quand les Kipling ne pouvaient quitter Bateman's, elle venait les masser à domicile. Mme Pollet était si attachante qu'ils l'avaient même emmenée une fois à Paris, et lui avaient pris une chambre à l'hôtel Lancaster avant de l'emmener consulter un grand cardiologue, but secret de sa présence.

Lorsqu'il m'apprit qu'il devait faire un saut à Londres pour y consulter à nouveau ses médecins lord Dawson et lord Webb-Johnson, je prétextai dans une lettre que je devais me rendre au tournoi France-Angleterre de jeu de paume au Royal Tennis Court de Hampton Court, dans les environs de la capitale. Trop fatigué pour un repas, Kipling m'accorda un thé à son club. Ou plutôt l'un de ses clubs, car ils étaient plusieurs à se disputer l'honneur de le compter pour membre, certains collectionnant même les lauréats du Nobel, toutes disciplines confondues, comme on réunit des timbres hors d'âge. Il marquait cependant une préférence pour le Beefsteak Club, quoique plus récent et essentiellement mondain, mais c'était justement le méli-mélo des professions, le mélange d'individus de toutes sortes quoique d'une même classe sociale qui rendaient les conversations imprévisibles. Finalement, il choisit l'Athenaeum, celui où se retrouvaient des hommes de lettres, des intellectuels, des scientifiques et des artistes, qui l'avait élu à trente-deux ans à peine, une manière de record.

Alors que je m'apprêtais à quitter mon petit hôtel de Doughty Street, un *bed and breakfast* que j'avais trouvé un jour par hasard en cherchant dans la même rue la maison où vécut Dickens, ma logeuse me signala que j'avais reçu plusieurs appels de France. Des messages de ma grand-mère et de Sofia m'attendaient. Je les survolai à peine car j'en devinais la teneur. Des injonctions à rentrer d'urgence à Paris. Mon père était malade depuis plusieurs jours. On me réclamait à son chevet.

Je ne l'avais pas vu depuis une vingtaine d'années. Ce n'était pas sa mort annoncée qui allait me faire changer d'avis et manquer mon rendez-vous avec Kipling. Ma rupture avec mon père était consommée. Tout nous opposait et je ne voyais rien de nouveau qui fût de nature à nous réconcilier. Le problème dans la vie, c'est que chacun a ses raisons. On me répéterait à nouveau les siennes comme autant de circonstances atténuantes, en oubliant que je pouvais avoir les miennes pour édifier mon mur d'intransigeance. Notre différend n'avait pas été politique, pas directement. Il allait bien au-delà. Une question morale qui nous engageait entièrement. L'affaire Dreyfus – et comment pouvait-il en être autrement. Qu'un Lambert, descendant d'une vieille lignée d'Israélites républicains enracinés dans cette terre de France depuis des lustres (le recensement de 1784 attestait la présence des Lambert à Obernai, en Alsace), ait pu imaginer qu'il pouvait choisir l'autre camp, cela m'indignait. Aussi nationaliste que je ne l'étais pas, il avait rejoint Cavaignac et les siens, des adversaires résolus de la révision du procès. On avait placé toute cette histoire en suspens par respect pour la tranquillité familiale comme on aurait mis la poussière sous le tapis. L'esprit rationnel de mon père aurait dû lui faire admettre qu'il n'y avait pas de preuve, que Dreyfus était victime d'une condamnation injuste ; mais sa passion et l'empire inouï de Maurras, de Barrès, de Daudet sur les consciences lui enjoignaient, à lui plus qu'à tout autre, de le condamner. À ses yeux, il était responsable de la fureur antisémite car il l'avait déclenchée ; son obstination à réclamer justice se faisait aux dépens de la France. D'autant plus inacceptable qu'il était juif.

Mais que dire alors de l'orgueil de mon père en cette circonstance ! il en devenait criminel. Moi, pas militant pour un sou, je n'étais que l'un des nombreux « amis inconnus » de Dreyfus, et tant pis pour l'oxymore. Je me sentais tel car je lui avais écrit pour l'assurer du soutien d'un petit prof sans importance d'un lycée parisien, d'un homme sans autorité particulière, si ce n'est celle de la fonction auprès d'une classe d'adolescents. J'en avais fait de même avec Zola après que son *J'accuse* m'avait pris aux tripes comme jamais un article de presse ne m'avait ébranlé. Pour autant, toute participation à une manifestation me faisait horreur. Une certaine répulsion non pour le peuple mais pour la foule où l'on voit le peuple s'ensauvager, revenir à l'état animal, rejoindre la meute pour se fondre dans la horde où toute responsabilité se dilue dans la masse informe. Alors j'étais dreyfusard, sans aucun doute, autant que mon père ne l'était pas. Chez nous, tout avait explosé, non à table – comme dans le fameux dessin de Caran d'Ache où l'« Affaire » met sens dessus dessous un dîner de famille – mais juste après, au salon un dimanche, quand il se mit en tête de nous lire à haute voix, intelligible, admirative, un article de *L'Intransigeant* que ma grand-mère, sa propre mère, interrompit en lisant la copie d'une lettre qu'elle avait adressée à Lucie Dreyfus. Il laissa éclater sa colère. Nous savions ma grand-mère solidaire de l'héroïsme de cette femme ; elle se disait même sensible à son charisme, à sa volonté, sa dignité, son abnégation, son dévouement, sa force de caractère ; au vrai, je la soupçonnais de se réfracter en elle. Lucie suscitait une forte empathie chez les femmes. Cela dépassait la politique et la race. Ce dimanche, des mots définitifs furent prononcés, des gifles sonnèrent, des insultes s'échangèrent, des haines recuites se dévoilèrent, des portes claquèrent. L'idée me traversa l'esprit que mon père avait été jusqu'à se convertir au catholicisme à l'insu de la famille. Il est vrai que l'Affaire rendait fous les Parisiens plus encore que les provinciaux. Pour ne rien dire des ruraux assez indifférents à « tout ça ». Nous étions de vieux Parisiens. Depuis ce déjeuner dominical, j'avais tourné le dos à mon père, et plus jamais nous ne nous étions vraiment parlé. Il faut parfois accepter d'être cruel avec ses parents pour demeurer fidèle à soi. Hors de question que je retourne à Paris.

Quinze minutes avant mon rendez-vous avec Kipling, je faisais déjà les cent pas à Pall Mall entre les colonnes doriques de l'Athenaeum, ce temple néoclassique voué au quant-à-soi des *gentlemen*. Esmeralda, 4e duchesse de Tours, pointa à l'heure dite la *Spirit of Ecstasy* qui enjolivait son bouchon de radiateur. Nous ne nous étions pas revus depuis dix ans et notre déjeuner au café de la Paix. Kipling s'appuya à mon bras pour s'extraire de la Rolls et s'y agrippa à l'instant de gravir l'escalier monumental ; malgré sa fatigue, il tint à me faire visiter les fameuses bibliothèques dont l'endroit s'enorgueillissait depuis un peu plus d'un siècle. L'atmosphère en était si feutrée, et les matières si ouatées, que les membres donnaient l'impression de marcher en glissant sur un effet de sol. Eu égard à sa notoriété et à son ancienneté, il jouissait d'une des tables pour deux situées près d'une fenêtre, insigne privilège. Dans un club, ce détail qui se voit de loin vous classe un homme dès l'entrée dans la salle à manger.

« Je ne viens presque plus ici, c'est vraiment pour vous faire plaisir. Autrefois, je trouvais que la moyenne d'âge était sacrément élevée. Désormais, il n'y a que des quadragénaires qui me donnent respectueusement du monsieur. À moins que... »

Je priai intérieurement pour que ne fût pas respectée la sacro-sainte règle du *small talk*, rituel anglais parmi les plus détestables à mes yeux qui consistait à parler de tout et de rien mais surtout de rien, notamment les humeurs de la météo et toutes choses à l'exclusion de la politique et des affaires, afin de conserver sa légèreté à la conversation. Après avoir hésité entre la Morning Room et la Drawing Room, il nous trouva le coin idéal, suffisamment isolé, bien que son club fût des rares endroits où il ne craignait pas l'indiscrétion. D'un autre dans un état semblable, on aurait dit qu'il avait pris un sacré coup de vieux. Pas de Kipling. Il restait identique à son image première. En vieillissant, son allure avait juste gagné en noblesse. Ce jour-là, il semblait bien raide, engoncé dans ses habits. Assis dans un fauteuil au cuir tanné, il se retournait tout d'une pièce au lieu d'incliner la tête vers son interlocuteur. Dès ses premiers mots, sa voix me troubla. Elle ne ressemblait plus à celle que je lui avais connue. Comme si l'instrument avait perdu son timbre. La Faculté avait diagnostiqué une fois de plus une hernie ombilicale mais craignait qu'une opération n'arrange rien. Ils n'avaient eu d'autre choix que de lui prescrire des massages, mais ceux-ci ne diminuaient en rien la souffrance. Il me raconta qu'un reste de sagesse lui avait commandé de prendre plusieurs avis. Le diagnostic du docteur Georges Roux, un médecin parisien, lui avait paru finalement le plus juste : ulcère du duodénum. Cette plaie le rongeait depuis vingt ans. Depuis l'annonce de la disparition du corps de son fils. Mais de le savoir n'entamait pas le mal et ses effets, car il n'y avait pas de traitement efficace. Quand je pense que dix ans avant, son médecin de famille, sir John Bland-Sutton, ayant cru détecter la source de sa douleur dans un foyer infectieux dans le palais, lui avait fait arracher toutes les dents… Je compatissais en songeant à son « Hymne à la douleur physique », l'un de ses poèmes paru quelques années plus tôt dans *Limites et renouvellements* :

… Et quand tu te fais oublieuse,
Et que s'évanouit la souffrance,
Dès cette libération trompeuse,
Le ver et le feu recommencent[1]…

Kipling y développait l'idée que la douleur avait le pouvoir d'atténuer le chagrin et d'annuler le remords. Seul un homme profondément malheureux pouvait avoir été l'auteur de ces vers.

1. Traduction de Daniel Nury.

Il en était à se demander s'il allait tenir tout un hiver jusqu'au long réchauffement des jours. Son état lui permettait de travailler quelques heures dans la journée, de lire un peu de Galsworthy, de Jane Austen ou de son cher Horace, pas au-delà. Lorsqu'il me le confia d'une voix lasse, j'en fus attristé. L'une des rares vertus de la maladie, c'est qu'elle vous oblige à soulever, retirer, jeter les masques. On est à nu. Kipling résistait encore. Toute une vie d'écrivain à affronter ses démons, à vaincre ses fantômes, et la finir en étant incapable de terrasser son ombre.

« Votre "ami" André Maurois m'a adressé sa récente biographie d'Édouard VII. Vous l'avez lue ? me demanda-t-il.

— Non… Il est porté par le vent de l'anglolâtrie qui souffle fort chez nous. Les lecteurs ne se rendent pas compte de ce qu'ils font lorsqu'ils plébiscitent un jeune auteur : ils l'encouragent à persévérer dans la même direction. Maurois était anglophile, comme beaucoup : magie de Big Ben, mystique du tweed… Il est à craindre qu'il tourne anglomane. Grand bien lui fasse !

— Évidemment, à côté d'un Mark Twain ! L'un des plus grands, pas seulement par son œuvre mais par son influence aujourd'hui encore dans les temps de philistinisme que nous vivons. Les plus jeunes générations seraient surprises si elles découvraient leur dette vis-à-vis d'un tel homme. »

Comme la conversation demeura exclusivement littéraire, le thé en fut exquis. À tout prendre, cela valait mieux que l'entendre mépriser Gandhi ou traiter Éamon de Valera d'assassin. Puis on évoqua les projets de films en cours adaptés de *Kim,* de *Capitaines courageux* et de *La lumière qui s'éteint.* Une fois encore, et c'était à se demander s'il ne le faisait pas exprès dans un sursaut de délicatesse, il me tendit la perche.

« Avez-vous revu mon ami Louis Gillet ?

— Je lui ai écrit à propos de sa traduction de votre *Souvenirs de France.*

— Je suis entre de bonnes mains avec lui, prévint-il.

— Sans aucun doute. Mais je ne comprends pas qu'il ait traduit *understatement* par "légèreté".

— Tiens, ça m'a également frappé. *Understatement.* Et ce n'est pas le fait de sous-estimer mais de minimiser délibérément l'effort dans toute situation. Or il lui donne une connotation négative. Ça ne va pas, et je le lui ai dit. Cela étant, tous les traducteurs ne sont pas chargés de convertir les larmes antiques en pleurs chrétiens...

— Et le passage où vous parlez du Trocadéro, franchement...

— Alors là, j'ai été ravi car j'avais un peu oublié à quoi ça ressemblait. Gillet a pris sur lui de traduire *"an edifice called the Trocadero"* par "un monstre pansu, cornu et rose dit 'Le Trocadéro'", et c'est bien mieux ainsi... Et vous alors ? "If..." ? »

Il retira ses lunettes pour lire la feuille que je lui tendis d'une main tremblante. Tout en prenant son temps, lissant sa moustache, esquissant une mimique à la commissure des lèvres, soulevant ses épais sourcils, il la replia sans la lire et me la rendit. Il me fixa droit dans les yeux et, le visage barré d'un franc sourire, il me lança d'un trait qui fit sursauter le voisinage perclus dans ses chuchotements de rigueur :

« *Nihil obstat !* »

D'apprendre de sa bouche qu'il ne s'y opposait en rien me combla. Il finirait bien par le lire un jour, « notre » poème. D'un autre, une si étrange réaction m'eût inquiété. Mais de lui, rien ne pouvait me surprendre. Mon bonheur fut cependant de courte durée car son masque se fit soudain sévère.

« Vous écrivez un livre sur moi ?

— Absolument p…

— Pourquoi toute cette enquête alors ?

— Je vous l'ai déjà dit, cela n'a rien d'une enquête.

— Je compte sur vous… Pas de livre, rien, même après ma mort. Rien ne me révulse comme d'imaginer que des gens vont se faire du fric sur mon dos et mon œuvre quand je ne serai plus de ce monde. »

Notre conversation s'arrêta là, non que l'on eût épuisé tous les sujets, mais la fatigue le gagnait. On se quitta bons amis, mais l'était-on vraiment ? Son chauffeur et la duchesse Esmeralda l'attendaient devant la porte du club. Il ne me proposa pas de me déposer, ce que j'aurais de toute façon poliment refusé. L'envie me vint de marcher jusqu'à mon hôtel malgré la distance. Cela me prendrait bien une heure. Soixante minutes avant de retrouver les messages qui m'attendaient. Entre-temps un télégramme de mon frère les avait rejoints sur la pile. Une fois rendu, je l'ouvris en priorité : « Papa nous a quittés. Rentre vite. »

Vient un moment dans la vie où après avoir été le père de son père, on bascule et l'on devient l'enfant de son enfant. Peut-être que Kipling et moi n'avons cessé d'y jouer inconsciemment. Et pourtant… Pas un instant je n'ai songé qu'il m'était un père de substitution. Ni qu'il projetait un absent en moi comme ce fut le cas avec Oliver Baldwin. Il n'avait plus de fils, je n'avais plus de père, aujourd'hui plus que jamais, et c'était ainsi. De toute façon, la fin s'annonçait proche. Sofia voyait un signe dans l'achèvement de « notre » poème. La mort le talonnait. Il s'était résolu à écrire *Something of Myself* (un titre soufflé par l'un de ses médecins), une sorte d'autobiographie posthume, exercice auquel il s'était toujours refusé par principe. Le respect de l'intimité, encore et toujours. On pouvait y chercher en vain des évocations de Josephine et de John. Ses enfants morts avant lui étaient comme des souvenirs qu'on ne partage pas. Leur évocation eût été interprétée comme un signe de faiblesse. Jusqu'au bout… Il tenait son secret au bord des lèvres. Cette culpabilité le taraudait et le rongeait. Ce que c'est que de vivre avec son vautour. Tout être emporte avec lui le noyau indestructible qui le constitue. Le sien demeurerait énigmatique. Ainsi en avait-il décidé.

Il avait toutefois accepté d'écrire ses Mémoires car les cannibales, entendez : les biographes, tournaient autour de lui depuis longtemps déjà. Même s'il n'y croyait pas trop, il espérait ainsi les décourager. La dernière phrase de *Quelques mots sur moi* (le titre français de *Something of Myself*) est l'ultime que sa main ait tracée. Et son dernier mot : « mort ». Il écrivait déjà d'outre-tombe.

Dans l'arrière-saison de son âge, il était déjà à bout de force. Sa carcasse d'homme, de plus en plus rétive, lui désobéissait désormais. Comme il déclinait, lorsque sa femme ou sa fille lui demandait : Ça ne va pas ? il répondait : Non, c'est juste que ça s'en va... Sentait-il sa vie enfin légère en attendant le souffle de la mort ? La rumeur de son affaiblissement circulait dans Londres. Un journal ayant cru bon d'annoncer qu'il n'était déjà plus de ce monde, il se fendit d'une lettre ironique pour dire que la nouvelle de sa mort était légèrement prématurée mais que, pour être en accord avec ses informations, le service concerné devait le rayer de ses abonnés. Le latiniste ne s'éloignait jamais en lui et il pouvait se croire Sénèque : « Claude en voyant ses funérailles comprit enfin qu'il était mort... »

Au début de l'année 1936, le couple Kipling se rendit à Londres. Ils firent une halte chez leur fille Elsie dans son appartement de Hampstead sur la route pour le sud de la France où ils comptaient aller se reposer. Le lendemain du dîner, dans sa chambre du Brown's, il se plaignit de fortes douleurs à l'estomac semblables à celles qui le terrassaient depuis un jour funeste de 1915, mais en plus aigu. Un véritable coup de poignard. On le transféra aussitôt au Middlesex Hospital, directement dans l'aile privée de Woolavington Ward ouverte depuis peu et réservée aux patients les plus aisés. Il fut question d'hémorragie interne et de péritonite. Son ulcère avait provoqué une perforation de l'estomac. L'opération tentée par le docteur Webb-Johnson fut vaine.

Qui n'attend pas de la fin qu'elle dénoue les problèmes ? Un enfant après l'autre, et une quarantaine d'années passées au côté d'une femme qui lui était indifférente. Que pesaient son succès, sa célébrité et sa fortune à côté ? Presque rien. Il aura tout connu sauf le bonheur, ou de manière si fugace.

Je voulais l'imaginer apaisé, sensible au doux battement d'ailes du temps, enfin délivré de tout ce qui le tourmentait, même si je savais qu'il s'en allait dans la colère, l'amertume et la déception – et non dans l'incroyable frivolité des mourants. Avait-il à l'esprit ces mots d'un sonnet de Shakespeare qu'il ne pouvait ignorer :

Quand tu auras dépassé ton midi, tu mourras inaperçu, à moins que tu n'aies un fils[1].

Il s'éteignit à minuit passé de dix minutes le 18 janvier 1936, jour de ses quarante-quatre ans de mariage, à l'âge de soixante-dix ans. Rudyard Kipling avait enfin réussi à se faufiler hors de lui-même. Tout autour de lui était enfin en ordre. Le corps fut laissé en l'état, recouvert d'un drapeau britannique, dans la chapelle de l'hôpital. L'incinération se déroula peu après au cimetière de Golders Green.

Il était écrit que la mort de son fils le tuerait.

1. Traduction de François-Victor Hugo.

ÉPILOGUE

Londres, abbaye de Westminster, le coin des poètes

23 janvier 1941

Voilà, mon fils, toute mon histoire avec Kipling.

Étrangement, ses funérailles, qui s'étaient déroulées ici même il y a cinq ans jour pour jour, m'avaient libéré de ce que mon admiration pour lui pouvait avoir d'inhibant. Il m'a fallu briser ce lien pour me retrouver. Être moi entièrement et non plus à travers lui. Jamais je n'oserais me dire son ami, d'autant que ne me quitte pas un jugement, assez pessimiste, de Jules Renard glané dans son merveilleux *Journal*, selon lequel il n'y a pas d'amis, juste des moments d'amitié. Auquel cas j'ai cru en vivre quelques-uns avec cet homme, lorsque le père en lui retenait ses larmes. Lorsqu'il n'était plus le grand poète de l'Empire, juste le veuf et l'orphelin de deux de ses enfants. D'avoir connu personnellement l'un des deux peu avant sa mort augmentait mon empathie.

Dehors, le ciel de cette fin d'été tardif est rare : s'échappant du rideau bleu, les nuages rougis par le soleil semblent à portée de la main, si bas, si galbés, si différents et détachés les uns des autres, solitaires ou en meutes, un rêve de Corot.

Nous sommes là à Londres, mon fils John et moi, à parler et déambuler dans l'abbaye de Westminster. Là, sur ce parvis où tous les grands hommes de ce pays auxquels la patrie veut dire sa reconnaissance achèvent leur histoire, eût-elle commencé bien plus loin.

J'ai connu un reste d'ancien régime en Angleterre, époque marquée par l'interminable règne victorien, et dont l'entre-deux-guerres n'a abrité que les derniers feux. Le monde d'avant 1914 et le monde d'après 1918. Ni tout à fait le même, ni tout à fait un autre. Rudyard Kipling deviendra sans nul doute l'un des grands personnages de ces deux mondes pour les générations à venir.

J'ai appris récemment que, depuis l'occupation de la France par les Allemands en 1940, le jardinier du cimetière militaire britannique de Dud Corner à Loos-en-Gohelle n'a plus le droit de sonner *The Last Post* en l'honneur du lieutenant John Kipling. J'ai également appris que deux vers de « If... » sont reproduits à l'entrée des joueurs du court central de Wimbledon. Mais m'a touché par-dessus tout le geste de l'anthropologue Paul Rivet le 14 juin 1940, jour de l'entrée des Allemands dans Paris, qui placarda le poème sur les portes du musée de l'Homme au Trocadéro en signe de protestation contre l'armistice.

Que m'importe l'auteur de la version française, seul le symbole compte. Encore que... En juin 1940, de Gaulle a demandé à André Maurois de mettre *naturellement* son prestige au service de la France libre. Et qu'a-t-il fait ? Il s'est exilé aussitôt en Amérique. Les Anglais se sont sentis abandonnés, trahis même dans leur amitié.

Quant à ma propre traduction, elle a été en usage dans mon lycée, dans d'autres aussi, à la fin des années trente. Elle n'en reste pas moins confidentielle, malgré la tentation de céder aux sirènes de la *Revue des deux mondes* et du *Mercure de France* qui m'ont proposé de la publier dans leurs numéros d'hommage à Kipling. Car en 1936, la France n'a pas été la dernière à le pleurer. Ses poèmes ont été lus aux micros du *Poste parisien* et de *Radio-Paris*. Les socialistes ont loué son génie dans *Le Populaire.* Paul Morand a décrété dans *Le Figaro* qu'il avait été le plus grand nouvelliste de son temps. Tout de même *Les Nouvelles littéraires* y sont allées un peu fort avec leur « Homère de l'Empire » en gros titre. *La Nouvelle revue française* lui a pardonné son hostilité à l'idée même d'une indépendance de l'Inde au motif qu'il avait rapproché les deux peuples. *Esprit* a vu en lui un personnage chu de l'Ancien Testament, pas sûr qu'il aurait apprécié et qu'il n'eût pas préféré le Nouveau, bien que les prophètes y fussent plus rares.

Si j'avais publié ma version de « If... », j'aurais reçu aussitôt une pluie de critiques envoyées par les habituels casse-pieds et raseurs des collèges les plus reculés du royaume dans le courrier du *Times* : « Sir... » ergotant à n'en plus finir sur une virgule discutable, pour ne rien dire des érudits sourcilleux et des gardiens du temple qui se manifesteraient dans les « Letters to the editor » du *Kipling journal*. J'avais préféré ne pas. Et grand bien m'en avait fait.

Je contemple aujourd'hui mon fils si élégant et si impressionnant dans son uniforme des Forces françaises libres, si fébrile d'en découdre, et qui se recueille discrètement devant la tombe du soldat inconnu dans la nef centrale. Des vers, des mots, des phrases de Kipling reviennent me hanter du plus profond de ma mémoire, depuis l'intérieur aveugle du temps. Non ceux, volontaristes, de « If… » mais d'autres : « Peut-être avons-nous déjà tué nos fils ! »… « Mais qui nous rendra nos enfants ? »… « Si quelqu'un veut savoir pourquoi nous sommes morts,/ Dites-leur : parce que nos pères ont menti »…

Ma grand-mère, que son âme repose en paix, m'a appris à ne jamais céder sur mes sensations d'enfance. La question « qu'aurait fait mon père ? » a été la basse continue qui a occupé une grande partie de ma jeunesse – jusqu'à ce que je m'en libère lorsque je l'ai vu faire, franchir le Rubicon, se ranger dans l'autre camp ; en mourant avant l'Occupation, il m'aura épargné la honte de le voir soutenir les antidreyfusards au pouvoir à Vichy.

Qu'aurait fait mon père… Au moins mon fils n'a pas eu à se poser la question. Ayant su très tôt quelle avait été ma position, tant pendant l'Affaire que dans la Grande Guerre, il devinait quel camp j'aurais choisi si j'avais eu son âge entre Vichy et de Gaulle. Nous sommes du même côté. Désormais, il en sait un peu plus sur ma vie avec le grand Kipling. J'ai la faiblesse de croire que tout cela n'est pas étranger à sa décision de s'engager à Londres sous cet uniforme. J'y ai ma part de responsabilité, pour le meilleur et pour le pire. Il n'a certainement même pas réfléchi. Sa conscience en a décidé ainsi et il ne s'imaginait pas vivre en désaccord avec elle. Je ne vois même pas comment il aurait pu en être autrement.

Il faut vieillir pour accéder aux pensées de ses parents. Maintenant, je peux me mettre à la place de mon père parce que justement, j'y suis. Mon jugement n'en est pas modifié pour autant.

Alors que nous marchons dans la nef et que je semble perdu dans mes pensées, sans qu'il imagine un seul instant qu'il en est le centre, John me demande : « Ohé, tu es toujours avec moi, papa ? » Il m'est impossible de lui avouer que je songe au destin d'Hilaire Belloc, un écrivain franco-anglais dont je viens de découvrir l'histoire dans le *Times* : son fils aîné était mort au combat en 1918 à Cambrai et son fils cadet était tombé dans les mêmes circonstances en 1939 lors du bombardement allemand de la base de la Royal Navy à Scapa Flow.

Alors que nous nous arrêtons face à des portraits funéraires en cire, dans la partie muséale de l'abbaye, le tableau que je cherchais à me rappeler avant l'arrivée de mon fils resurgit soudainement dans ma mémoire. Il m'avait frappé lors de ma dernière visite à la Tate Gallery. La toile, je m'en souviens maintenant, s'était comme arrachée du cadre et extraite du mur par sa seule force interne, un peu comme le baron de Münchhausen s'était sorti des sables mouvants où il s'enlisait en se tirant par les cheveux.

« À quoi penses-tu ? s'impatiente mon fils.

— À un Turner intitulé *The Field of Waterloo*. Kipling a eu le privilège d'approcher quelques toiles du maître en privé, en tête à tête, lors de son séjour à Bowood, dans l'immense demeure de lord Lansdowne près de Calne, dans le Wiltshire. Mais je doute qu'il ait jamais vu celui-là. Un vrai carnage. Turner s'était rendu sur le champ de bataille deux ans après, armé de crayons et de carnets de croquis. Et il n'avait pas seulement représenté l'ultime bataille des guerres révolutionnaires françaises ; pour la première fois, on voyait des femmes une torche à la main chercher à identifier les cadavres de leurs hommes, père, mari, frère, fils, parmi la foule des morts dans un méli-mélo de débris de canons… Il avait peint sous l'influence de Rembrandt. C'est noir, sombre, tragique et si désespéré. Il a déteint sur moi. Maintenant je sais pourquoi ce tableau m'obsède. Pour moi, quoi qu'il ait fait, dit ou écrit, Kipling restera à jamais l'homme qui a perdu son fils. »

À force de tourner dans l'abbaye qui a vu le couronnement de la quasi-totalité des monarques anglais, nous avons fini par nous retrouver vers le transept sud, non loin de Thomas Hardy et de Charles Dickens, dans le célèbre « coin des poètes ». C'est là que reposent les cendres de Kipling sous une inscription des plus lapidaires. Prénom, nom, dates de naissance et de mort. C'est là qu'on a le plus de chances de le trouver absent. Il est partout ailleurs, dans ses romans, ses poèmes, ses nouvelles, ses articles, ses lettres. Il est devenu ses lecteurs.

« Papa, as-tu jamais lu ta traduction à Kipling ?

— Jamais.

— Tu ne crois pas qu'il serait temps ?

— De toute façon, il n'est plus là.

— Tant qu'on parlera de lui et tant qu'il sera lu, il restera vivant, lui comme les autres, insiste-t-il.

— Mais je ne l'ai pas ici, ma traduction. »

Alors il sort son portefeuille de la poche droite de son uniforme, en extrait une feuille de papier qu'il déplie lentement et me tend avec détermination. Mon fils a conservé l'exemplaire que je lui ai offert un jour avec une solennité que j'aurais jugé rétroactivement déplacée si le moment que nous vivons dans la cathédrale n'était pas lui-même naturellement solennel.

« Lis, maintenant… Je t'en prie, papa. »

Comme s'il voulait désamorcer une émotion qu'il devine paralysante, il pose la main sur mon épaule, la caressant avec douceur en signe d'encouragement.

SI…

Si tu peux garder ton calme quand tous autour de toi
Le perdent et te le reprochent,
Si tu peux avoir confiance en toi quand tous doutent de toi
Tout en tenant compte de leur scepticisme ;
Si tu peux attendre sans te décourager d'attendre.
Ou quand on te calomnie, ne pas calomnier à ton tour,
Ou quand on te hait, ne pas haïr en retour,
Et cependant n'aie pas l'air trop bon, ni ne parle trop en sage.

Si tu peux rêver – sans être l'esclave de tes rêves
Si tu peux penser – sans faire de tes pensées une fin
Si tu peux affronter Victoire et Défaite
Et traiter pareillement ces deux charlatans ;
Si tu peux tolérer d'entendre ta vérité
Tordue par des arnaqueurs pour piéger des crétins,

Ou voir s'effondrer l'œuvre de ta vie
Et te courber et la rebâtir de tes outils usés.

Si tu peux rassembler en un tas tous tes gains
Et risquer ton va-tout à pile ou face,
Et perdre, et repartir de zéro comme à tes débuts
Sans jamais souffler mot de ta perte ;
Si tu peux imposer à ton cœur et tes nerfs et tes tendons
De te servir longtemps fussent-ils à bout de force
Et ainsi de tenir bon quand toute énergie t'a déserté
Excepté la volonté qui leur dit : « Tenez bon ! »

Si tu peux t'adresser aux foules et garder ton intégrité,
Ou accompagner les rois – en sachant rester simple
Si les offenses de tes amis comme celles de tes ennemis ne peuvent t'atteindre,
Si chacun compte pour toi, mais aucun ne compte trop ;
Si tu peux remplir la minute inexorable,
De soixante secondes de chemin parcouru.
À toi la Terre appartient et tout ce qu'elle contient,
Et – mieux encore – tu seras un Homme, mon fils[1] *!*

Alors John, tout aussi ému que moi, me serre dans ses bras, puis s'éloigne dans la nef jusqu'à ce que sa silhouette se perde dans la foule. Il part rejoindre sa base quelque part dans la région de Londres. Cette nuit, il sera parachuté, débarqué ou infiltré quelque part en France occupée, je ne veux pas le savoir. Cette nuit ou une tout autre nuit, il ne m'en a rien dit. Mais je le connais et je sais qu'il ira là où sa conscience le mène, cet homme que mon fils est devenu.

1. Traduction : Louis Lambert.

À LA SOURCE

Le poème *If*… a été traduit/adapté en français principalement par André Maurois (1918), Germaine Bernard-Chervesky (1942), Jules Castier (1949), Jean-Claude Amalric (2016), Hervé-Thierry Sirvent (2003), Jean-François Bedel (2006), Leslie Tourneville (2009), Alain Caillé (2012).

Pierre Abraham in *Nouvelle Revue française*, février 1936.

Stéphane Audoin-Rouzeau, « Qu'est-ce qu'un deuil de guerre ? », *Revue historique des armées*, 259 | 2010, http://journals.openedition.org/rha/6973

Marie Aynié, *Les Amis inconnus. Se mobiliser pour Dreyfus, 1897-1899*, éditions Privat, 2011.

André Bach, « La mort en 1914-1918 », *Revue historique des armées*, 259 | 2010, http://journals.openedition.org/rha/6979

Henri Barbusse, *Le Feu*, Flammarion, 1916.

Annette Becker, « Aux morts, la patrie reconnaissante » in *L'Histoire*, collections 21, octobre-décembre 2003.

La Bible, traduction de Lemaître de Sacy, « Bouquins », Robert Laffont, 1990.

Lord Birkenhead, *Rudyard Kipling*, Weidenfeld & Nicolson, 1978.

Sir Reginald Bloomfield, *Memoirs of an Architect,* MacMillan, 1932.

Edmund Blunden, *La Grande Guerre en demi-teintes. Mémoires d'un poète anglais. Artois, Somme, Flandre, 1916-1918,* traduit de l'anglais par Francis Grembert, Maurice Nadeau, 2018.

Patrick Brantlinger, « Rudyard Kipling, *Writings on Writing* », *Cahiers victoriens et édouardiens,* 74 Automne | 2011, http://journals.openedition.org/cve/1388

Jean-Pierre Brèthes, « Traduire : mission impossible ? », *Modèles linguistiques,* 72 | 2016, http://journals.openedition.org/ml/2171

Bruno Cabanes, « 1916, l'année des batailles » in *L'Histoire,* n° 423, mai 2016 ; « Les soldats de Verdun étaient-ils consentants ? » in *L'Histoire* n° 447, mai 2018.

Charles Carrington, *Rudyard Kipling : his life and work,* MacMillan, 1955.

Chesterton, G.K., *Heretics,* 1905, chapitre « On Mr Rudyard Kipling and Making the World Small ».

André Chevrillon, *Rudyard Kipling,* 1936.
– Lettres de Kipling in *La Revue de Paris,* 1er février 1916.
– Lettres de Kipling du 15 septembre 1921 in *Le Matin.*

Morton Cohen (ed.), *Rudyard Kipling to Rider Haggard. The Record of a Friendship,* Hutchinson, 1965.

Edwige Comoy Fusaro, « Rudyard Kipling et l'enchantement de la technique » et « Rudyard Kipling, "Sans fil" et autres récits de science-fiction », *Cahiers de Narratologie,* 18 | 2010, http://journals.openedition.org/narratologie/6291

Marius Conceatu, « Baudelaire et Proust traducteurs : les limites de l'étrangeté » in *Loxias* 28, 2010, http://revel.unice.fr/loxias/index.html?id=5997

Joseph Conrad, *La Ligne d'ombre,* traduction de Florence Herbulot, Bibliothèque de la Pléiade, Gallimard, 1989.

Joseph Coudurier de Chassaigne, « Une visite à Rudyard Kipling son opinion sur les relations franco-britanniques » in *Le Gaulois*, 5 avril 1923.

Pierre Coustillas, « Introductions » et « notes » à *Œuvres* de Rudyard Kipling, Bibliothèque de la Pléiade, 2001/ « Address to the Annual Luncheon », in *Kipling Journal*. 270. Juin 1994.

Henry D. Davray, « How Kipling Conquered France », *Kipling Journal*. 33. Mars 1935.

Simon Deschamps, *Sociabilité maçonnique et pouvoir colonial dans l'Inde britannique (1730-1921)*, Presses universitaires de Bordeaux, 2019.

Yves Desfossés, Alain Jacques, Gilles Prilaux, *L'Archéologie de la Grande Guerre*, Éditions Ouest-France/ Inrap, 2008.

Roland Dorgelès, *Les Croix de bois*, Albin Michel, 1919 ; *Le Réveil des morts*, Albin Michel, 1923.

Virginie Douglas, « Traduire l'intertextualité en littérature pour la jeunesse : le cas de *Stalky & Co.* de Rudyard Kipling », in *Palimpsestes*, 18/ 2006, http://journals.openedition.org/palimpsestes/563

Jean Ducat, « La femme de Sparte et la guerre », *in* « Guerre et sociétés dans les mondes grecs à l'époque classique », in *Pallas*, n° 51, 1999.

Maurice Dumoncel, « André Maurois et l'Angleterre » in *Revue des deux mondes*, août 1985.

Richard Duncan, « Vernet-les-Bains And The Kiplings, 1910, 1911 and 1914 » in *Kipling Journal*, mars 2011.

Alfred Emberson, *All About Vernet-les-Bains, 1913*.

Edward J. Erickson, *A Soldier's Kipling : poetry and the profession of Arms*, Pen & Sword, Barnsley, 2018.

Franck Field, *British and French Writers of The First World War*, Cambridge University Press, 1991.

Dorothea Flothow, « If Any question why he died ; John Kipling and the Myths of the Great War » in *Kipling Journal*, avril 2008.

Abel Gance, *J'accuse. D'après le film*, La lampe merveilleuse, 1922.

Louis Gillet in *Revue des deux mondes*, 1er février 1936.

David Gilmour, *The long recessionnal. The Imperial life of Rudyard Kipling*, Pimlico, 2003.

Jean Giono, *Le Grand Troupeau*, Gallimard, 1931.

Robert Graves, *Goodbye to All That : An Autobiography*, London, Jonathan Cape, 1929 ; New York / *Adieu à tout cela*, traduit par Robert M. Pépin, Stock, 1965 ; réédition, Libretto, 2018.
– *The Long Weekend* (en collaboration avec Alan Hodge), London, Faber & Faber, 1940.

John Gross (ed.), *Rudyard Kipling, his Work and his World,* Weidenfeld and Nicolson, 1972.

Reynaldo Hahn, « La Musique : Bérénice à l'Opéra-Comique », *Le Journal,* 24 décembre 1911.

Tonnie et Valmai Holt, *My Boy Jack ? The Search for Kipling's only Son,* Leo Cooper, 1998.

Anna Hope, *Le Chagrin des vivants (Wake,* traduit de l'anglais par Élodie Leplat), Gallimard, 2016.

Jules Huret, *Le Figaro,* 19 septembre 1905.

Samuel Hynes, *A War Imagined : The First World War and English Culture.* Bodley Head, 1990.

K. Inglis, « Entombing unknown soldiers » in *History and Memory,* nº 5, 1993.

P.W. Inwood, « Report on discussion meeting » in *Kipling Journal,* 163, septembre 1967.

Richard Jaffa, *Man and Mason-Rudyard Kipling, Milton Keynes*: Author House, 2011.

Vladimir Jankélévitch, *La Mauvaise Conscience*, Alcan, 1933, Champs, 2019.

W. J. Jervois, et Charles Wheeler, *John Kipling's Memorial*, in *Kipling Journal*, décembre 1983.

Leon Kellner, « A visit to Rudyard Kipling », *Neues Wiener Tagblatt*, 10-11 novembre 1898.

Rudyard Kipling, *Œuvres*, 4 volumes sous la direction de Pierre Coustillas, Bibliothèque de la Pléiade, 2001/ *Writings on writing*, edited by Sandra Kemp and Lisa Lewis, Cambridge University Press, 1996/ *Sur la guerre 1914-1919. Neuf lettres*, Pocket, 2014/ « Lettres de guerre à André Chevrillon 1916-1919 », in *Revue des deux mondes*, septembre 1959/ *A Book of Words. Selection from Speeches and Addresses delivered between 1907 and 1927*, Macmillan, 1928/ *Mes petits chéris. Lettres inédites et délicieuses à ses enfants*, Arléa, 2017/ *The Irish Guards In The Great War*. Volume One: *The First Battalion*. Volume Two: *The Second Battalion. Staplehurst: Spellmount.*

Roger Lancelyn Green (ed.), *Kipling. The Critical Heritage*, Routledge and Kegan Paul, 1971.

Philippe Landau, *L'Opinion juive et l'affaire Dreyfus*, Albin Michel, 1995.

Catherine Lanone, « Les passages rituels de Rudyard Kipling », *Polysèmes*, 6 | 2003, http://journals.openedition.org/polysemes/1606

Thomas Laqueur, *Le Travail des morts. Une histoire culturelle des dépouilles mortelles*, traduit de l'anglais par Hélène Borraz, Gallimard, 2018.

Laurie Laufer, « La sépulture mallarméenne. Pour un tombeau d'Anatole » in *Cliniques méditerranéennes*, 2009/2, n° 80.

David Lloyd, *Tourism, Pilgrimage and the Commemoration of the Great War*, thèse de doctorat, Cambridge University, 1995.

Philip Longworth, *The Unending Vigil. A History of the Commonwealth War Graves Commission 1917-1984*, Secker and Warburg, 1985.

Andrew Lycett, *Rudyard Kipling,* Weidenfeld and Nicolson / (ed.) « Kipling at War. From "Tommy" to "My Boy Jack" », I.B. Tauris, 2015.

Stéphane Mallarmé, *Thèmes anglais pour toutes les grammaires*, Gallimard, 1937, réédition L'Imaginaire, 2010/ « Les Mots anglais » et « Beautés de l'anglais », in *Œuvres complètes III,* Bibliothèque de la Pléiade, Gallimard, 2003.

Alberto Manguel, *Kipling, une brève biographie*, traduit de l'anglais par Christine Le Bœuf, Actes sud, 2004.

Bertrand Marchal et Marie-Pierre Pouly, *Mallarmé et l'anglais récréatif*, Cohen & Cohen, 2014.

André Maurois, *Les Silences du colonel Bramble*, Grasset, 1918.
– Préface à *Poèmes* de Rudyard Kipling, Denoël, 1935.
– « *Kipling and his Worksfrom. A French Point of View* » in *Kipling Journal*, n° 30, juin 1934.

Jane Montefiore, ed. *In Time's Eye? Essays on Rudyard Kipling,* Manchester University Press.

Sarah Montin, *Contourner l'abîme. Les poètes-combattants britanniques à l'épreuve de la Grande Guerre,* Sorbonne Université Presses, 2018.

Françoise Morvan, « Un cas d'école : Kipling », *in* http://francoise-morvan.com

Jean-Pierre Naugrette, « Angleterre, ma patrie, paysages anglais de la Grande Guerre », in *Revue des deux mondes*, 27 juin 2019.

Juliet Nicolson, *The Great Silence, 1918-1920. Living in the Shadow of the Great War,* John Murray, 2009.

Harold Orel, *A Kipling Chronology*, MacMillan, 1990.
– *Kipling. Interviews and Recollections*, MacMillan, 1983.

George Orwell, *The Collected Essay, Journalism and Letters*, vol. 2, Penguin, 1980.
– *Critical Essays*, London, 1960.

Hela Ouardi, *Les Derniers Jours de Muhammad*, Albin Michel, 2016.

Norman Page, *A Kipling Companion*, MacMillan, 1984.

Alain Pagès, *L'Affaire Dreyfus. Vérités et légendes*, Perrin, 2019.

Graham Parker et David Legg, *The Unidentified Irish Guards Lieutenant at Loos*, greatwar.co.uk

Rosamond Parsons, « Kipling at the Sorbonne, 1921 » in *The Kipling Journal*, vol. 93, n° 377, mars 2019.

Béatrix Pau, *Le Ballet des morts. État, armée, familles : s'occuper des corps de la Grande Guerre*, Vuibert, 2016.
– « La violation des sépultures militaires 1919-1920 » in *Revue historique des armées*, n° 259, 2010.

Christian Petr (sous la direction de), « Rudyard Kipling » *in* revue *Europe*, n° 817, mai 1997.

Bill Phillips, « Rudyard's Kipling's War, Freemasonry and Misogyny » in *Writings of Persuasion and Dissonance in the Great War*, edited by David Owen and Cristina Pividori, Brill Rodopi, 2016.

Thomas Pinney (ed.), *The Letters of Rudyard Kipling*, 6 tomes, University of Iowa Press, 1990 ; *Interviews with Rudyard Kipling* edited by Thomas Pinney, *Kipling Journal*, décembre 2005 ; « Kipling (Joseph) Rudyard » in *Oxford Dictionary of National Biography*, 7 janvier 2016, https://doi.org/10.1093/ref:odnb/34334.

Danièle Pistone, « Romain Rolland face à la musicologie de son temps », *Cahiers de Brèves*, n° 20, juin 2012, [http://www.association-romainrolland.org/image_articles29/Pistone 29.pdf].

Dorothy Ponton, « Kipling at Home » in *Kipling Journal*, n° 61, avril 1942 ; « Kipling at Home II », in *Kipling Journal*, n° 62, juillet 1942 ; « Kipling at Home III » in *Kipling Journal*, n° 63, octobre 1942.

Yves Pourcher, « La fouille des champs d'honneur », *Terrain*, 20 | mars 1993, http://journals.openedition.org/terrain/3057.

Christophe Prochasson, « Une crise anglaise de la pensée française ? », in *Les Cahiers du Centre de Recherches historiques*, 31 | 2003, http://journals.openedition.org/ccrh/299.

Pascal Quignard, *La vie n'est pas une biographie*, Galilée, 2019.

Philippe R., « La vie maçonnique du Frère Kipling », conférence du 12 juin 2013, in *Rudyard Kipling Lodge*, http://www.rudyard-kipling.fr/TRAVAUX-maconniques.html.

Garry Randol, *Ordre et désordre dans les nouvelles et écrits journalistiques de Rudyard Kipling*, thèse de doctorat en études anglaises, Lille 3, 1992.

Jean-Pierre Richard, « Traduire l'ignorance culturelle » in *Palimpsestes* 11/ 1998, http://journals.openedition.org/palimpsestes/1537.

Harry Rickett, *The Unforgiving Minute : A life of Rudyard Kipling*, Chatto and Windus, 1999.

Max Rives, « Kipling and France » in *Kipling Journal*, mars 2005.

William Shakespeare, *Hamlet*, in *Œuvres complètes*, *Tragédies*, t. I, traduction de Jean-Michel Déprats, Bibliothèque de la Pléiade, Gallimard, 2002.
– *La Tragédie de Richard III*, in *Œuvres complètes*, *Histoires*, t. II, traduction de Jean-Michel Déprats, Bibliothèque de la Pléiade, Gallimard, 2008.
– *Œuvres complètes*, t. XV, traduction de François-Victor Hugo, Paris, 1865-1872.

Gilbert Soubigou, *Kipling, Conrad, Malraux et le personnage de l'aventurier-roi*, sous la direction de Richard Samin, éditions Kailash, Pondichéry, 2012.

Antoinette Soulas, *Essai sur la traduction poétique et traduction en français de Poèmes de Rudyard Kipling*, Denoël, 1935.

Jean-Luc Steinmetz, *Stéphane Mallarmé. L'absolu au jour le jour*, Fayard, 1998.

André Suchet et John Tuppen, « Rudyard Kipling à Vernet-les-Bains dans le Massif du Canigou », *Babel*, 20 | 2009, 104-117.

Julia Taufflieb, « Memories of Rudyard Kipling », *Kipling Journal*, octobre 1943.

Adrien Thierry, « Au temps du roi George V », in *Revue des deux mondes*, mai 1957.

Stéphane Tison, *Comment sortir de la guerre ? Deuil, mémoire et traumatisme*, Presses universitaires de Rennes, 2011.

B.S. Townroe, « How Kipling Influenced my Life », *Kipling Journal*, juillet 1952.

Fabian Ware, *The Immortal Heritage*, Cambridge University Press, 1937.

Myriam Watthee-Delmotte, *Dépasser la mort. L'agir de la littérature*, Actes sud, 2019.

George Webb, « Book reviews » in *Kipling Journal*, septembre 2001.

Rebecca West, *Le Retour du soldat, 1918*, Grasset, 1984.

Edith Wharton, *Un fils sur le front*, traduit de l'anglais par Jean Pavans, Flammarion, 2004.

Donna R. White, « Is There a Doctor in the House ? Rudyard Kipling's Private Message to Arthur Conan Doyle in *The House Surgeon* », in *Journal of the Short Story in English*, 66, Spring, 2016.

Angus Wilson, *The Strange Ride of Rudyard Kipling*, 1977.

Keith M. Wilson, *A Study in the History and Politics of the* Morning Post *1905-1926*, The Edwin Mellen Press, New York, 1990.

Jay Winter, *Entre deuil et mémoire. La Grande Guerre dans l'histoire culturelle de l'Europe,* traduit de l'anglais par Christophe Jacquet, Armand Colin, 2008.

J. B. Wright, « Kipling's France », in *Kipling Journal*, n° 228, décembre 1983.

... et surtout :

www.kiplingjournal.com

www.kiplingsociety.co.uk

rudyard-kipling@jiscmail.ac.uk (forum de discussion sur Kipling et son œuvre).

Œuvres de Pierre Assouline (suite)

LOURDES, HISTOIRES D'EAU, Alain Moreau, 1980

LES NOUVEAUX CONVERTIS : ENQUÊTE SUR DES CHRÉTIENS, DES JUIFS ET DES MUSULMANS PAS COMME LES AUTRES, Albin Michel, 1981

L'ÉPURATION DES INTELLECTUELS, Complexe, 1985

GERMINAL : L'AVENTURE D'UN FILM, Fayard, 1993

BRÈVES DE BLOG. LE NOUVEL ÂGE DE LA CONVERSATION, Les Arènes, 2008

LA NOUVELLE RIVE GAUCHE, avec Marc Mimram, Alternatives, 2011

DU CÔTÉ DE CHEZ DROUANT, Gallimard, 2013

Anthologie

OCCUPATION, Robert Laffont/ Bouquins, 2018

Romans

LA CLIENTE, Gallimard, 1998 (prix Wizo, Choix Goncourt de la Pologne) (« Folio » n° 3347)

DOUBLE VIE, Gallimard, 2001 (prix des Libraires) (« Folio » n° 3709)

ÉTAT LIMITE, Gallimard, 2003 (« Folio » n° 4129)

LUTETIA, Gallimard, 2005 (prix Maisons de la presse) (« Folio » n° 4398)

LE PORTRAIT, Gallimard, 2007 (prix de la Langue française) (« Folio » n° 4897)

LES INVITÉS, Gallimard, 2008 (« Folio » n° 5085)

VIES DE JOB, Gallimard, 2011 (prix de la Fondation Prince Pierre de Monaco, prix Méditerranée, prix Ulysse) (« Folio » n° 5473)

UNE QUESTION D'ORGUEIL, Gallimard, 2013 (« Folio » n° 5843)

SIGMARINGEN, Gallimard, 2014 (prix du Salon du livre de Genève) (« Folio » n° 6007)

GOLEM, Gallimard, 2016 (« Folio » n° 6327)

RETOUR À SÉFARAD, Gallimard, 2018 (prix des Vendanges littéraires de Rivesaltes) (« Folio » n° 6698)

Dictionnaires

AUTODICTIONNAIRE SIMENON, Omnibus, 2009, Le Livre de poche, 2011

AUTODICTIONNAIRE PROUST, Omnibus, 2011, Tempus, 2019

DICTIONNAIRE AMOUREUX DES ÉCRIVAINS ET DE LA LITTÉRATURE, Plon, 2016

Rapport

LA CONDITION DU TRADUCTEUR, Centre National du Livre, 2012

Composition : IGS-CP
à L'Isle-d'Espagnac (16).
Achevé d'imprimer sur Roto-Page
par l'Imprimerie Floch
à Mayenne, en décembre 2019.
Dépôt légal : décembre 2019.
Numéro d'imprimeur : 95461.

ISBN 978-2-07-279162-8 / Imprimé en France.

334788